Albertine und das Haus der tausend Wunder

VORSICHT, HOCHSPANNUNG!

Frank M. Reifenberg
Jan Strathmann

Albertine

und das Haus der tausend Wunder

Mit Illustrationen von Eva Möhle

Thienemann

Verbotene Fahrt

Albertine kramte zum hundertsten Mal in ihrer Hosentasche. Das Geld war noch da. Wenn er nicht bald kommt, schnappt die Rappelmeier mich, bevor ich losgefahren bin, dachte Albertine. Die Sache kann nicht gut gehen. Noch nie durfte jemand ohne die Erlaubnis der Leiterin aus dem Heim, schon gar nicht, um alleine durch die Gegend zu fahren.

Albertines dicke Locken quollen unter dem roten Tuch hervor, das sie im Nacken zugeknotet hatte. An ihrem rotbraunen Wuschelkopf hätte sie sofort jeder erkannt und genau das wollte Albertine vermeiden. Besondere Merkmale nannte man das – irgendwo hatte sie das schon mal gelesen. Nur die Ruhe bewahren, hier ist weit und breit keiner, beruhigte sie sich. Zur Sicherheit war sie bis zur übernächsten Haltestelle gelaufen.

Ausnahmsweise steckte die praktische Allzweckweste, die Albertine sonst immer trug, in ihrem Köfferchen mit den Katzenbildchen. Eigentlich waren solche Aufkleber Kinderkram, fand Albertine, doch viel mehr als diesen Koffer und seinen Inhalt besaß sie nun einmal nicht.

Außer der Weste enthielt er nur ein T-Shirt, ihren Schlafanzug und ihre Zahnbürste, drei große Butterbrote mit Käse und eine Menge Zeitungspapier. Darin hatte sie das Spector 2004 eingewickelt: das nicht sehr große, aber dafür umso leistungsfähigere Fernrohr. Ein Geschenk von Papa. Natürlich fehlten auch die Matroschkas nicht, Albertines beste Freundinnen. Die russische Puppe-in-der-Puppe begleitete Albertine immer und überall.

Das Nebelhorn eines Ozeandampfers schreckte Albertine auf. Der Bus stand vor ihr. Mit einem Zischen öffnete sich die Tür.

»Willkommen an Bord. Istanbul, Peking, Wladiwostok und zurück!«, rief der Fahrer.

»Unterwünschelberg … bitte«, stotterte Albertine und zählte die Münzen ab. Sie befürchtete, dass das Geld nicht ausreichte.

»Na, das ist zwar nicht um die Welt herum, aber dafür brauchen wir auch nicht achtzig Tage!« Der Busfahrer riss eine Fahrkarte von einem Block ab und gab sie Albertine mit einer feierlichen Geste. »Und noch fünfzig Golddublonen zurück. Allerdings nur, wenn du die Segel setzt, Leichtmatrosin … äh?«

»Albertine. Albertine Schulze.«

»Uiii, was für'n hübscher Name.«

»Gar nicht hübsch. Altmodisch und doof. Bei den Schulzes bekommt man immer den Vornamen der Oma väterlicherseits. Und die hieß nun mal Albertine«, wehrte Albertine ab.

Schlimmer als der Name Albertine war aber, wenn jemand sie Tina oder gar Tinchen rief.

»Verstehe!«

Einen solchen Busfahrer hatte Albertine noch nie gesehen. Ein Bart versteckte fast das ganze Gesicht des Mannes. Wo das pechschwarze Gestrüpp aufhörte, begann schon fast die tief in die Stirn gezogene Kapitänsmütze. Nur eine platt gedrückte Nase und zwei funkelnde schwarze Äuglein lugten hervor.

»Bleib am besten bei mir hier vorne auf der Brücke, Leichtmatrosin Albertine«, brummte der Busfahrer und zeigte auf den Sitz in der ersten Reihe.

»Ay, ay, Käpt'n!«, rief Albertine und lachte. Sie warf das Köfferchen auf den Sitz neben sich und zog ihre Allzweckweste heraus. Es war das praktischste Kleidungsstück der Welt. Jazzy, Albertines Zimmernachbarin im Kinderheim, sagte zwar immer *der alte Lumpen* dazu, aber die unzähligen Taschen, Haken, Ösen, Fächer, Geheimfächer und Supergeheimfächer beherbergten Albertines Ausrüstung für alle Lebenslagen. Manchmal verschlangen sie diese leider auch. Ein Schraubenschlüssel oder eine Kordel oder der Lippenpflegestift mit Erdbeergeschmack – Albertine ging höchst sparsam damit um und benutzte ihn nur zu besonderen Anlässen – waren dann plötzlich für Tage oder Wochen verschwunden.

»Sag Saladin zu mir.« Der Fahrer ließ den Motor aufheulen und setzte den Bus langsam in Bewegung.

Von einem Bus konnte eigentlich keine Rede sein, eher von einer rollenden Kirmesbude. Blinkende Lichtbänder, Seidenblumen, eine leuchtende Gondel aus Venedig, bunte Perlenketten, Postkarten von fernen Orten und Inseln und eine aufblasbare Kokospalme, der langsam die Luft ausging, schmückten die Windschutzscheibe und die Ablage davor. In der Ecke hatte es sich eine große Puppe mit einem Sonnenschirm aus Seidenpapier in der Hand auf einem orientalischen Sitzkissen bequem gemacht, die Saladin als Mary Higgins, seine Freundin und Begleiterin auf allen Fahrten, vorstellte.

»Käpt'n Stürzenbecher, gesegelt auf allen Weltmeeren und nicht nur einmal versunken und verschollen«, fügte der Busfahrer voller Stolz an.

Beim Wort *verschollen* wurde Albertine still und traurig.

»Hey, was'n los? Ist dir der Klabautermann über die Leber gelaufen?«, wollte Saladin wissen.

Albertine sprach nicht gerne darüber, aber Saladin war der Seebär und Busfahrer mit der neugierigsten Nase der Welt. »Das ist das Schiff der Wahrheit, der Freundschaft und der Freude. An Bord ist Lachen Pflicht, also raus damit! Welches Seeungeheuer will dir die Laune verderben?«

Zögerlich rückte Albertine damit heraus, dass ihr Papa nun schon seit über neun Monaten in Sibirien verschollen war. Jazzy hatte überall verbreitet, dass Wolfgang Schulze nie mehr wiederkomme, genau wie Albertines Mutter, die sich schon bei ihrer Geburt aus dem Staub gemacht habe. Jazzy hatte diese Gemeinheit mit einer blutigen Nase bezahlt – schon Albertines erster Schlag war ein Volltreffer gewesen. Die acht Wochen Krusten kratzen, eine der ekligsten Strafarbeiten im Heim, bei der man die eingetrockneten Essensreste von den fast zweihundert Schalen und Tellern der Kinder abschrubben musste, waren ihr das wert gewesen. »Verschollen ist nicht verstorben.« Darauf beharrte Albertine.

»Wantendreck und Schotenbruch, da hast du aber ganz schön recht!«, polterte Saladin. »Ich war mindestens fünf Mal verschollen, zwei Mal auf so verlassenen Inseln im Indischen Ozean, dass selbst Neptun die nicht kannte! Und? Seh ich aus wie *verstorben?*« Wenn einer quicklebendig war, dann Saladin mit seinen Äuglein, die schimmerten wie zwei schwarze Oliven.

»Er kommt wieder, das weiß ich ganz genau. Wir Schulzes sind unverwüstlich, hat Papa gesagt.« Albertine verschränkte die Arme vor der Brust und nickte mit Nachdruck. Ihre Locken befreiten sich endgültig aus dem roten Kopftuch und spratzten nun in alle Himmelsrichtungen. »Wenn ein Schulze sich was in den Kopf setzt, dann kann ihn höchstens ein Erdbeben oder ein Tornado und in ganz seltenen Fällen auch ein Monstereisbecher mit Schoko- *und* Erdbeersoße daran hindern«, verkündete Albertine lachend.

»Die Schulze-Familie gefällt mir immer besser«, meinte Saladin und stimmte mit einem tiefen, brummelnden Lachen ein.

Gemächlich zog die Landschaft an Albertine vorbei. Saladins Leben auf den sieben Weltmeeren war mindestens so bunt und verrückt gewesen wie sein Bus. Albertine war sich sicher, dass die eine oder andere Geschichte, die Saladin ihr während der Fahrt erzählte, ein klitzekleines bisschen geflunkert war. Noch nie hatte jedoch jemand so spannend geflunkert wie er. Die Flüche, die der Busfahrer auf Lager hatte, konnten sich wirklich hören lassen. Bei der Rappelmeier wäre Saladin Stürzenbecher schon für sein *Makrelenmist und Krakenkacke!* zu mindestens drei Wochen Putzdienst verurteilt worden.

Draußen regnete es in Strömen und die Dämmerung hüllte die Landschaft in ein watteweiches Zwielicht. Der Bus rumpelte über eine schlecht befestigte Straße.

»Griffel in die Wanten, schwerer Seegang! Wird Zeit, dass der Landmops endlich mal die Löcher hier stopft!«, brummte Saladin. »Eines Tages fällt jemand rein und landet in Australien.«

»Landmops?« Albertine hielt mit einer Hand die viel zu große Kapitänsmütze, die Saladin ihr auf den Kopf gesetzt hatte, fest.

Saladin zeigte auf ein großes Werbeschild, auf dem ein dicker, feist grinsender Mann eine Schaufel in der Hand hatte und mit der anderen Hand wie ein Feldherr auf eine breite Autobahn zeigte. »Friedensreich Bollenstiel. Diesem Frettchen gehört fast alles in der Gegend. Und angeblich will er hier eine sechsspurige Autobahn hinklotzen. Widerlicher Typ«, sagte Saladin und spuckte aus dem offenen Fenster. »Dabei würd's reichen, wenn er 'ne Ladung Teer spendierte. Aber wäre die Landstraße in Ordnung …«

»… dann will keiner mehr die Autobahn«, ergänzte Albertine den Satz.

»Messerscharf erkannt!«, bestätigte Saladin.

»Wie weit ist es denn noch bis Wünschelberg?«

»Ober-, Unter- oder Zentralwünschelberg?«, wollte Saladin wissen.

Albertine zog den sehr vornehm wirkenden Brief aus ihrer Tasche. Bisher hatten nur Staubmäuse und eine Spinne ihr Postfach bewohnt. Wenn überhaupt, waren mit etlichen Rechtschreibfehlern verfasste Drohbriefe oder kleine Pakete mit Stinkbomben von Jazzy darin gelegen.

Doch plötzlich war dieser Brief angekommen, ein hochoffizieller Brief, ein Amtsbrief, wie Till meinte. »Du lässt uns ganz allein hier, sag's doch gleich!«, war es aus ihm herausgeplatzt, nachdem Albertine ihm und Knobel das Schreiben vorgelesen hatte. Till, zwei Minuten vor Knobel zur Welt gekommen und damit der Ältere und Wortführer der Zwillinge, hatte sich aufs Bett geworfen und bitterlich geweint.

»Ich lass euch nicht allein!«, hatte Albertine ihm versprochen.

»Warum nimmst du uns dann nicht mit?«, hatte Knobel daraufhin wissen wollen, mit sieben Jahren, zwei Monaten, fünf Tagen, dreihundertsechzig Minuten und vierundzwanzig Sekunden der Jüngere.

»Weil ...«, Albertine hatte gezögert. Sollte sie es den Jungs verraten? »Ich fahre ohne die Erlaubnis der Rappelmeier hin zu dieser ...«, sie hatte das Wort buchstabiert, »... dieser T-e-s-t-a-m-e-n-t-s-eröffnung und in spätestens zwei Tagen bin ich wieder hier bei euch. Zu dritt wär's viel zu auffällig!«

»Und was, wenn uns ausgerechnet morgen jemand haben will?« Knobel träumte, seit er träumen konnte, davon, dass endlich ein Paar netter Eltern ihn und seinen Bruder *haben wollte*.

Albertine hatte sich auf die Lippen gebissen. Das wird wohl nicht so schnell passieren, Kleiner, hatte sie traurig gedacht. Bisher wollte noch keiner gleich zwei kleine Zwillingsrabauken adoptieren. »Du bist wohl verrückt! *Ich* will euch haben. Wehe, ihr macht euch aus dem Staub, während ich ein einziges Mal Frühlingsluft schnuppern darf!«

»Von *dürfen* kann ja wohl überhaupt keine Rede sein!«, hatte Till gekichert, war aber sofort verstummt, als Jazzy ins Zimmer geplatzt war.

Albertine hatte damals laut gelacht, die Jungs an sich gedrückt und versprochen so bald wie möglich anzurufen.

Nun hielt Albertine den Brief an die chinesische Laterne, die über ihrem Kopf heftig hin- und herbaumelte. »Villa Wünschelberg!«, sagte sie. Da wollte sie aussteigen.

»Was? Du willst in der Villa Wünschelberg vor Anker

gehen? Ein doller oller Kasten. Ganz schön mutig. Man erzählt sich ja so einiges über …«, weiter kam Saladin nicht.

Ein lang gezogenes Hupen ertönte. Albertine drehte sich zur Seite und sah gerade noch zwei grelle Autoscheinwerfer, die haarscharf an der linken Seite des Busses vorbeirasten. Saladin riss das Steuer herum und Albertine flog gegen seine mächtige Seebärenschulter. Saladins Businneneinrichtung samt Mary Higgins und den Matroschkas verteilte sich wild umherfliegend im Fahrzeug.

»Verfluchte Straßenpiraten, am Mast sollt ihr baumeln. Kielholen will ich euch, ihr blutrünstigen Teufelsmuränen!«, schrie Saladin und brachte den schlingernden Bus wieder auf Kurs.

Albertine rappelte sich hoch. Die Rücklichter des Autos leuchteten noch einmal auf und verschwanden hinter einer Kurve. Mit einem Ruck hielt der Bus. Albertine suchte auf allen vieren die Matroschkas und sammelte Saladins geliebte Sachen wieder auf.

»Alle Gräten an ihrer vorschriftsmäßigen Stelle?«, fragte Saladin und spuckte aus dem Fenster.

Albertine nickte, aber der Schreck saß ihr noch in den Knochen. »Warum fahren Sie nicht weiter, Saladin?« Sie schaute aus dem Fenster. Die Felder ertranken im Regen. In der Ferne flimmerten die Lichter einer kleinen Stadt.

»Wir sind am Ziel, Leichtmatrosin Albertine. Da geht's zur Villa Wünschelberg!« Saladin zeigte mit dem Finger auf einen kleinen Berg, auf dem man die dunklen Umrisse eines großen Hauses erkennen konnte. Saladin drückte auf einen roten Knopf und die Bustür öffnete sich.

Albertine wäre lieber an Bord geblieben als in dieses dunkle Meer aus Regen und Asphalt hinabzusteigen.

»Sei immer unverzagt, kleine Matrosin. Halt die Nase in den Wind und mach ein grimmiges Gesicht, wenn die tosenden Elemente dir an den Kragen wollen!«

»Werd's mir merken, Saladin. Und passen Sie gut auf die Straßenpiraten auf.« Albertine ging die drei Stufen des Ausstiegs hinunter und trat auf die Straße.

Saladin ließ den Motor aufheulen und die Tür verschloss sich mit einem Zischen.

Albertine hob noch einmal die Hand. »Saladin, Saladin! Was erzählt man sich …«

Aber der Bus entfernte sich schon mit einem fröhlichen Tuten der Nebelhornhupe. Einen Moment später verschwand er hinter der Kurve.

Albertine verzweifelt gesucht

Erst beim Mittagessen war es aufgefallen: Albertine Schulze fehlte. Dass Albertine wieder auftauchen würde, war so sicher wie der Gong zur Nachtruhe um Punkt neun, hatte die Heimleiterin geglaubt. Die Hausaufgabenbetreuung und die freiwilligen Sportkurse – freiwillig an ihnen war nur, dass man zwischen Völkerball, Dauerlauf und Turnen *frei* wählen durfte – waren verstrichen, aber Albertine blieb verschwunden. Das Dröhnen des Gongs war ebenfalls schon geraume Zeit im Heim verhallt und keine Albertine war zu sehen.

Die Rappelmeier, Herrscherin über das Haus Kinderglück, schaute auf ihre Uhr, die an einer langen Goldkette um ihren Hals baumelte. Wenn diese kleine Schulze seit dem Frühstück unterwegs war, konnte sie schon sonst wo sein!

Eigentlich hieß die Rappelmeier Frau Eleonore Rapp-Meyerbrink. Sobald sie den Mund aufmachte, klapperten und rappelten die Meckereien nur so aus ihr heraus. Es hörte sich an, als habe jemand Kieselsteine in eine alte Keksdose gefüllt. Frau Rappelmeier fand als Einzige die graue Mauer um das Kinderheim *Haus Kinderglück* herum gut. So konnte niemand ohne ihre Zustimmung rein oder raus. Bis zu diesem Tag.

Im Haus Kinderglück hatten die meisten Kinder alles

Mögliche – nur kein Glück. Dass das Kinderheim ihr Reich war, daran ließ Frau Rapp-Meyerbrink nicht den geringsten Zweifel aufkommen. Sie sah, hörte und wusste alles und ihre Strafen waren gefürchtet.

Frau Rapp-Meyerbrink hatte ihre Lieblinge. Albertine gehörte nicht dazu. Die strenge Heimleiterin konnte es gar nicht leiden, wenn eines ihrer *Schäfchen*, wie sie die Kinder selbst bezeichnete, auf *Ideen* kam. Unter *Ideen* verstand sie, wenn jemand ihren Anordnungen widersprach, keinen Knicks vor möglichen Adoptiveltern machte oder abends um zehn Uhr Sternentelefonate führte. Albertine kam des Öfteren auf *Ideen*.

Frau Rapp-Meyerbrink hatte das ganze Haus auf den Kopf gestellt, auf links gedreht und einmal ausgeschüttelt – das alles höchstpersönlich, immer gefolgt von Tobias, dem Zivildienstleistenden, und Herrn Schlupf, Hausmeister und größte Schlafmütze zwischen hier und überall. Aber ihren Mühen zum Trotz: Albertine Schulze tauchte nicht wieder auf.

Jazzy sowie Till und Knobel, Tobias und Herr Schlupf standen in einem Halbkreis aufgereiht im Speisesaal.

»Vielleicht sollten wir die Polizei …«, wagte Herr Schlupf als Erster einen Vorschlag zu machen.

»Polizei?«, schrie die Heimleiterin ihn an. »Sind Sie denn des Wahnsinns fette Beute? Damit die ganze Welt weiß, dass mir, Eleonore Rapp-Meyerbrink, eines meiner Schäfchen abgehauen ist. Niemals. Nie, nie, nie!«

Der Hausmeister sackte in sich zusammen und biss sich auf die Lippen. Ich sag nix mehr, dachte er. Die Nachforscherei ging ihm sowieso auf die Nerven. Am Ende kam noch raus, dass er Weihnachten gerne das eine oder andere

Süßigkeiten-Paket, das eine wohltätige Einrichtung für die Kinder schickte, für sich abzwackte. Oder die Rappelmeier machte *ihn* für die geglückte Flucht des *Schäfchens* verantwortlich. Kein ganz falscher Gedanke, denn Schlupf war auch für die dreifach gesicherte Haustür zuständig. Leider hatte ihn nach dem Mittagessen wieder diese unendliche Müdigkeit überfallen. Er hätte schwören können, dass er nur ein, höchstens zwei Minütchen die Augen geschlossen hatte.

»Ich gebe allen hier Anwesenden eine letzte Frist von drei Sekunden.« Frau Rappelmeier stemmte die Arme in die Hüften. »Wer mir bis dahin sagt, wo sie ist, muss keine Strafe befürchten. Jedenfalls keine allzu schlimme.« Ihre Augen beschrieben eine große Kurve zum Wahlspruch des Heims, der über dem langen Esstisch prangte: *Glück und Sonnenschein sollen in unseren Herzen sein.*

Dann raste ihr funkelnder Blick auf Till und Knobel zu. Wenn sich Frau Rapp-Meyerbrink sehr aufregte, schielte sie ein wenig. Jetzt regte sie sich mehr als *sehr* auf, sodass sowohl Till als auch Knobel dachten, sie spieße sie mit ihrem Blick auf. Aber die Zwillinge blieben tapfer. Sie hatten Albertine versprochen zu schweigen wie ein Grab, wie zwei Gräber. Wenn Albertine wieder da wäre, würden sie alle zusammen Krusten kratzen.

»Vielleicht ist ihr auch etwas …«, Tobias traute sich nicht das Wort laut auszusprechen und duckte sich, um flüsternd fortzufahren, »… *zugestoßen*? Oder jemand hat sie entführt?«

»Zugestoßen?« Rappelmeiers Stimme überschlug sich wie ein Auto im Actionfilm. »Meinst du Dummkopf, zu einer Entführung nimmt sie ihr dusseliges Fernrohr, ihr nicht weniger dusseliges Köfferchen und ihre blöden Püppchen mit? Meinst du, irgendwer auf dieser Welt interessiert sich für dieses aufmüpfige Luder, würde diese bettelarme Kirchenmaus sogar entführen?« Frau Rappelmeier kniff die Lippen fest zusammen, so wie sie es immer tat, wenn ihr gerade wieder etwas Gemeines durch den Kopf ging. Das war ein Dauerzustand, sodass sie eigentlich immer diesen verkniffenen Mund hatte. »Die Akte! Sie hat irgendwo noch eine Tante. *Grabentag* oder so ähnlich. Aber wir müssen sehr geschickt vorgehen. Die soll auf keinen Fall merken, dass uns das Früchtchen abgehauen ist.« Sie hastete zur Tür. »Abtreten! Ins Bett! Alle!«, rappelte es aus dem Flur noch herüber.

Ein dicker Schweißtropfen löste sich von Knobels Oberlippe und segelte langsam den roten Holzdielen des Speisesaals entgegen. »Glück gehabt«, presste er aus dem einen Mundwinkel hervor. Als Knobel sich umdrehte, um diesen Ort des Grauens zu verlassen, huschte Till schnell hinter seinen Bruder. Im Entenmarsch verließen sie, vorbei an Hausmeister Schlupf und Jazzy, den Speisesaal. Niemand hatte die Akte gesehen, die hinten in Knobels Hose steckte und sich unter seinem T-Shirt abzeichnete.

Das ganze Haus schlummerte schon friedlich vor sich hin, als die Heimleiterin immer noch grübelnd an ihrem Schreibtisch saß. Vielleicht ist alles nur ein schlechter Traum, dachte Eleonore Rapp-Meyerbrink. Bestimmt liegt sie in ihrem Bett und schläft tief und fest!

Sie sprang auf und lief in den Trakt des Hauses, in dem die Mädchenzimmer lagen. Ohne anzuklopfen, riss sie die Tür zu Albertines und Jazzys Zimmer auf. Doch Albertines

Bett war leer. Nein, kein Traum, musste Frau Rapp-Meyerbrink sich eingestehen. »Diese Schulze bringt mich noch ins Grab. – Jazzy, wo ist sie?« Die Rappelmeier packte das schlafende Mädchen an den Schultern und schüttelte sie durch.

Albertines Zimmernachbarin hätte natürlich gerne gepetzt, aber Jazzy wusste nichts. Darauf hatte Albertine geachtet. »Keine Ahnung, Frau Rappe... äh ... Frau Rapp-Meyerbrink. Beim Frühstück war sie noch da und ...«, wollte Jazzy gerade zum x-ten Male erzählen.

Frau Rappelmeier hatte jedoch die Tür bereits mit solchem Schwung zugeknallt, dass der Luftzug das Plakat über Albertines wackeligem Bett von der Wand löste und es leise zu Boden segelte. *Geheimnisvolles Sibirien* war darauf zu lesen. Ein riesiger Mond beleuchtete die weite Steppe.

Tieffliegende Gewitterziege

Die Villa thronte auf einer kleinen Anhöhe. Nur ein winziges Fensterchen, links oben in einem Turmzimmer, warf einen flackernden Lichtschein in die dunkle Gewitternacht.

»Ein doller oller Kasten«, hatte Saladin gesagt und Albertine gab ihm Recht.

Ein gewundener Kiesweg führte durch einen verwilderten Park zum Haus. Zwei mittelalterliche Burgfräulein, ein Feldherr und ein wilder Stier – allesamt aus moosig grünem Stein – kämpften gegen wuchernde Rosenranken. Das Tor zur Auffahrt stand eine Handbreit offen. Regentropfen, so groß wie überreife Weintrauben, platschten Albertine ins Gesicht. Die Schrift auf dem fast zerfallenen Reklameschild, das links vor dem Tor bedenklich im Wind schwankte, verschwamm vor ihren Augen. Ein Blitz tauchte es in kaltes blaues Licht.

Mit Mühe konnte Albertine ein paar Buchstaben entziffern. »*Villa Wünschelberg*«, murmelte sie. »*Haus der tausend W...*« Mehr war nicht zu lesen.

Eine lachende und eine weinende Maske, die kunstvoll in das Gitter des schmiedeeisernen Tors eingearbeitet waren, starrten Albertine an. Jetzt wünschte Albertine sich, Saladin hätte gewartet, bis sie sicher im Haus angekommen war. Ein mulmiges Gefühl kroch ihr unter die Haut. Sie spürte, wie der Regen durch ihre Allzweckweste drang und sich kalt auf ihren Schultern ausbreitete.

Albertine drückte das Tor auf, zuckte aber sofort wieder zurück. Sie hätte schwören können, dass die weinende Maske nun lachte und die lachende weinte. »Mascha, Mascha, jetzt sehe ich schon Gespenster«, beruhigte Albertine sich selbst.

Mit einem Griff in die rechte Westentasche überzeugte sie sich, dass ihre beste Freundin noch da war. Mascha hatte sich in die hinterste Falte verkrochen. »Wohl Angst, dass uns der Blitz trifft, was?«, lachte Albertine die Matroschka aus.

Maschas rote Kittelschürze war schon ein wenig abgestoßen. Sie war eben die Größte, musste die anderen in ihrem kugeligen Bauch beschützen und immer alle Schubsereien aushalten. Es gab nichts, was Albertine den fünf Holzpüppchen nicht anvertraute.

Albertine platschte mit beiden Füßen in eine Pfütze und tastete sich vorsichtig über den breiten Kiesweg. Ein Rascheln hinter der Feldherren-Statue erschreckte sie. Albertine legte lieber einen Zahn zu und lief mit den größtmöglichen Schritten der Villa entgegen.

Aus der Nähe betrachtet wirkte das Haus keineswegs düster. Der Anstrich war einmal gelb gewesen und auf den Fensterläden erkannte Albertine bunte Malereien. Auf einer saßen Königin und König in einem prächtigen Thronsaal, zwei Zimmer weiter strahlten große Sonnenblumen vom Fensterladen herunter. Die Anbauten und Balkone, besonders die hohen Sandsteintürme zu beiden Seiten, machten aus der Villa Wünschelberg fast schon ein kleines Schlösschen.

Albertine zweifelte sehr daran, dass sie in diesem Haus auch nur ein Auge zutun würde, sammelte dennoch ihren gesamten Mut zusammen und stieg die breite Vortreppe hinauf. Rechts und links von der wuchtigen Flügeltür bewachten zwei schlafende Löwen den Eingang. Sie waren so kunstvoll gemeißelt, dass Albertine sie auf den ersten Blick für echt hielt.

»Hallo?« Ihr war klar, dass niemand sie hören konnte, aber sie sah weit und breit keinen Klingelknopf. »Haaallo-ooo-hooo!«, rief Albertine noch einmal und streckte die Hand nach der schweren Holztür aus.

Kurz bevor sie den glänzenden Messingknopf in der Mitte erreichte, übertönte ein ohrenbetäubendes Löwengebrüll das Rauschen des Regens. Albertine zuckte zusammen. Schreckensstarr blieb sie stehen und kniff die Augen zu, um sie dann aufzureißen, bis die Augenbrauen fast unter ihrem strubbeligen Pony verschwanden. Die schlafenden Löwen fletschten die Zähne, peitschten zweimal mit ihren Schweifen und verharrten wieder still und majestätisch. Die Flügeltür schlug zu beiden Seiten hin auf.

»Hände hoch, wenn Ihnen Ihr Leben lieb ist. Zwingen Sie mich nicht, von dieser Antiquität Gebrauch zu machen. Wer sind Sie und vor allem was wollen Sie?«

Albertine wagte es nicht, auch nur mit der Wimper zu zucken. Der Lauf einer rostigen Flinte schwankte vor ihr auf und ab. Es sah aus, als habe das Gewehr schon vor zweihundert Jahren seinen Dienst getan. Ob es noch funktionierte, wollte Albertine lieber nicht in Erfahrung bringen. Jedenfalls nicht, solange es auf sie gerichtet wurde. Millimeter um Millimeter hob sie die Arme.

Am anderen Ende des Gewehrs erblickte sie Monsieur

Flip, ein kleines Männchen, etwa so breit wie hoch. Sein Nachthemd schleifte hinten über den Boden und stand vorne ein wenig ab – des beachtlichen kugelrunden Bäuchleins wegen. Er hatte Mühe, den Admirals-Dreispitz auf seinem Kopf im Gleichgewicht zu halten. Die langen Straußenfedern des altertümlichen Kopfschmucks versuchten sich bei jedem Wort, das er sagte, in seinen Mund zu schmuggeln.

»Ha... haaa-ha... haaa...« Monsieur Flip kämpfte gegen die kitzelnden Federn an und presste Luft durch die Lippen, was die feinen Peiniger aber nur vom Mund in seine Nasenlöcher beförderte.

Albertine hatte noch nie so große Nasenlöcher gesehen. Wenn Monsieur Flip Luft holte, musste man sicher aufpassen, dass man nicht in einer dieser Grotten verschwand.

»Meine Name ist …«, wollte Albertine sich gerade vorstellen, da entlud sich ein Niesen, das das Männchen samt Hut und Flinte durchschüttelte.

Das Gewehr ging mit einem Krachen los. Albertine spürte den Luftzug, mit dem die Kugel an ihrem linken Ohr vorbeisauste. Das Mädchen sprang zurück. Kaum war sie vor der Steintreppe auf dem Kies gelandet, rasten zwei gleißende Lichtbälle auf sie zu. Albertine hechtete wieder auf die oberste Stufe der Freitreppe.

Die Lichtbälle gerieten ins Schleudern und wühlten den Kiesweg mit so viel Schwung auf, dass die weißen Steinchen Monsieur Flip und Albertine wie ein Hagelschauer unter Beschuss nahmen. Blitzschnell brachten die beiden sich hinter den Löwen in Sicherheit.

Als alles wieder still wurde, linste Albertine vorsichtig hinter der steinernen Raubkatze hervor. Erst jetzt erkannte sie, dass es keine magischen Lichtbälle waren, die sie erschreckt hatten, sondern Scheinwerfer, die zu einem gelben Auto gehörten. Der Wagen, der sicher schon viele Jahre älter als Albertine war, stand quer vor der Steintreppe und schaukelte leicht vor sich hin. In der Mitte der Windschutzscheibe klaffte ein kleines Loch von der Flintenkugel.

»Rufus!« Eine schnarrende Frauenstimme drang aus dem Auto.

Zögernd schob eine blasse, mit Sommersprossen übersäte Hand die Beifahrertür ein kleines Stückchen auf.

»Ruuufuuuuus! Schirm!«, durchschnitt die Stimme nun mit beißender Schärfe die Nacht.

Rufus sprang in das schlammige Blumenbeet, flitzte um das Auto herum, ließ einen Schirm aufspringen und öffnete die Fahrertür. Seinen Kopf zog er dabei so tief zwischen die spitz hervorstehenden Schultern, dass Albertine glaubte, er werde jeden Augenblick verschwinden, ganz so wie Schildkröten bei Gefahr in ihren Panzern.

»Jacke!«, schnauzte die Frauenstimme.

Rufus riss sich sofort seine grün-gelb karierte Jacke herunter. Den Schirm in der einen Hand balancierend versuchte er sie über die Schultern seiner Frau zu legen. Die schnappte sich den Schirm, grapschte nach der Jacke und warf sie in die Pfütze vor ihren Füßen. Einer Königin gleich schritt die Frau darüber und gelangte trockenen Fußes und ohne auch nur einen Regentropfen abzubekommen bis zur Tür der Villa.

»Halt! Wer sind Sie und vor allem was wo…« Weiter kam Monsieur Flip, der sich hinter dem Löwen hervorwagte, nicht.

Die Frau schob, ohne mit der Wimper zu zucken, das Gewehr beiseite und stöckelte in ihren kreischend roten Pumps an Flip vorbei. »Rabenschlag! *Cora* Rabenschlag! Geborene Schulze, Sie Wurzelzwerg. Trauernde Nichte der bekloppten alten Lizzi. Und ab morgen Herrin auf Wünschelberg!«, schmetterte sie heraus, verfiel in ein kicksendes Gelächter und verschwand im Dunkel der Villa.

Das kann ja heiter werden, dachte Albertine. Das also ist Tante Cora.

Monsieur Flip stand verdattert vor der Flügeltür der Villa. Er atmete dreimal tief ein und aus, drückte die Arme durch und spreizte die Finger, bis einer nach dem anderen geräuschvoll knackte. Das tat er immer, wenn ein Erdbeben, ein misslungener Erdnuss-Milchshake, der Gerichtsvollzieher oder sonstige Katastrophen seinen Tagesablauf durcheinanderbrachten. Mit einer schwungvollen und ausladenden Armbewegung drehte er sich zu Albertine. »Gehe ich recht in der Annahme, dass es sich bei dem jungen Fräulein um Albertine Schulze handelt?«

Albertine lugte hinter dem zweiten Löwen hervor und nickte. Sie traute ihren Augen nicht. Der kugelrunde Herr verbeugte sich tief vor ihr, steckte nun aber in einem eleganten Anzug. Die Jacke hatte an beiden Seiten lange Schwalbenschwänze. Die nach hinten spitz zulaufenden

Enden reichten bis zu seinen Kniekehlen. Sieben mächtige Goldknöpfe hielten die Jacke auf dem Bauch von Monsieur Flip zusammen. Wo war das Nachthemd? Und der Dreispitz?

»Monsieur Flip mein Name. Hausdiener, Assistent Ihrer leider verstorbenen Großtante Lizzi und manchmal auch Wachmann in der Villa Wünschelberg.« Er verdrehte die Augen Richtung Eingangstür. »Heute fliegen die Gewitterziegen wieder tief!«, zwinkerte er Albertine zu. »Habe die Ehre, Sie im Haus Ihrer Großtante willkommen zu heißen.« Monsieur Flip reichte Albertine die Hand.

Sie zögerte einen Augenblick. Ihre Hände waren nass und schmuddelig. Flip hingegen trug blütenweiße Handschuhe, wie es sich für einen vornehmen Diener gehörte. Vornehm war Monsieur Flip ohne jeden Zweifel. Oder würde er sonst *junges Fräulein* und *Sie* zu Albertine sagen?

Er hat seine Klamotten hinter dem Löwen versteckt, dachte Albertine und versuchte einen Blick hinter die steinernen Torwächter zu werfen, als ein gellender Schrei aus dem Inneren des Hauses erscholl.

Über Rufus' Gesicht huschte ein schadenfrohes Grinsen, dann hastete er mit großen Schritten in die Villa. Monsieur Flip und Albertine warfen sich einen schnellen Blick zu und folgten ihm.

Die Eingangshalle lag im Dunkeln. Nur aus dem ersten Stock fiel ein spärlicher Lichtschein in den großen Raum.

»Loslassen! Überfall! Mord! Hilfääääääää!« Tante Cora kämpfte erbittert mit einer wilden Bestie.

Monsieur Flip hob die Flinte und setzte zum Schuss an.

»Nicht!!!« Albertine befürchtete, er könnte Cora treffen – aber schon peitschte der Schuss durchs Haus.

Mit einem Schlag war die Halle in den Schein eines prächtigen Kerzenleuchters getaucht, der von der Decke herabhing.

»Ein alter Trick des großen Magiers Ludwig Döbler. Der schaffte zweihundert Kerzen. Mit einem Schuss. Meine Wenigkeit muss sich noch mit einhundertsiebenundfünfzig zufrieden geben. Noch!« Stolz reckte sich Monsieur Flip ein wenig, breitete die Arme weit aus und nahm den nicht vorhandenen Applaus eines ebenfalls nicht vorhandenen Publikums entgegen.

Tante Cora fiel, einen spitzen Schrei ausstoßend, in Ohnmacht. Sie war keineswegs das Opfer eines Mordanschlags geworden, sondern lag neben dem Fell eines sibirischen Säbelzahntigers. Einer ihrer Füße steckte im Maul der mottenstichigen Bestie.

Was sich nun im Schein von einhundertsiebenundfünfzig Kerzen an wundersamer Pracht vor Albertines Augen entfaltete, war mehr und größer und fantastischer, als sie es sich in ihren kühnsten Träumen hätte vorstellen können. Die Halle musste die Größe eines Fußballfeldes haben und die Wände aus mächtigen Steinquadern kamen in ihrer Höhe einer Kathedrale gleich. Eine gläserne Kuppel gab den Blick auf den schwarzen, von Blitzen durchzogenen Nachthimmel frei.

Rechts vom Eingang befand sich ein pompöser Kamin, in dem mühelos Saladins Bus der Länge nach hätte einparken können. Albertine kletterte auf einen schmalen Steintritt neben dem Kamin, um eine bessere Sicht auf die wilde Ansammlung von Kuriositäten zu haben. Überall hing, stand oder lag etwas: Regale voller gruseliger Schrumpfköpfe und exotischer Masken, ein hölzernes Zirkusorchester, das auf einem ausgestopften Nashorn saß, von der Decke hingen wassergefüllte Glaskugeln, in denen Fischschwärme ihre Runden drehten. Neben der Freitreppe blickte man in den rosigen, von gelblichen Zahnreihen gesäumten Schlund eines Walfischs. Er wirkte so echt, dass Albertine sich nicht gewundert hätte, wenn er sie mit einem Haps verschlungen hätte. Daneben türmten sich übereinandergestapelte rotweiß gestreifte Kisten.

Auf der gegenüberliegenden Seite der Halle führte eine kurvenreiche Freitreppe in den ersten Stock. Wer sich die vielen Stufen nicht zu Fuß hochschleppen wollte, konnte auch den kleinen Fesselballon nehmen, der neben der Treppe vertäut war. Zurzeit warnte jedoch eine handgeschriebene Tafel: *Achtung, wegen technischer Störungen außer Betrieb!*

Albertine kam aus dem Staunen nicht heraus.

Monsieur Flip legte die Hand unter Albertines Kinnlade und schob sie hoch. »Vorsicht, Durchzug. Ihre Tante Lizzi war nicht nur eine rasante Bugatti-Fahrerin, Star-Illusionistin und Weltreisende, sondern sie wurde auch von ihrer Sammelleidenschaft geradezu geplagt. Wenn Sie aber die wirklichen Attraktionen der Villa erst einmal sehen …«

»Schluss mit dem Gequatsche. Lizzis Zeiten sind hier endgültig vorbei!« Tante Cora war wieder zu sich gekommen. Sie klemmte immer noch mit dem Fuß im Maul des Säbelzahntigers fest, der als Teppichersatz neben dem Treppenaufgang eine kleine Nische auskleidete. »Mach endlich, du herzloses Wesen! Hilf mir!«, schnauzte sie Albertine an. Bevor das Mädchen aber etwas sagen oder tun konnte, setzte sie hinzu: »Was macht die Göre hier?«

»Wenn ich bekannt machen darf: Albertine Schulze, die

Großnichte ihrer verstorbenen Tante Lizzi und somit Ihre Nichte«, stellte Monsieur Flip Albertine vor.

»Was? Mein nichtsnutziger Bruder hat auch noch Kinder in die Welt gesetzt?«

»*Ein* Kind«, betonte Albertine.

Seit dem großen Familienkrach, viele Jahre vor Albertines Geburt, hatte Cora sich strengstens geweigert, mit dem kleinen Rest der Verwandtschaft auch nur zu telefonieren. Während einer der vielen Weltreisen Lizzis hatte Cora die Villa eigenmächtig in eine Schönheitsfarm verwandelt. Als Lizzi und Monsieur Flip zurückkamen – mit mehreren Lastwagen voller alter, nummerierter Steine, aus denen sie angeblich zwei Türme bauen wollten, und bepackt mit kleinen und großen Neuerwerbungen wie einem Paar pneumatischer Schuhe –, geisterten Damen mit Quarkmasken und Gurkenscheiben im Gesicht durch die Räume. Lizzi warf ihre Nichte achtkantig raus. Den Versuch Coras, Lizzi für verrückt erklären zu lassen, vereitelte Albertines Vater. Deshalb hasste sie diesen auch von jenem Tag an.

»Und wo hast du deinen Vater, den Möchtegern-Sternenglotzer, gelassen?«

Betretene Stille breitete sich aus.

Monsieur Flip stotterte verlegen los. »Wolfgang Schulze … also, er ist schon vor einigen Monaten auf einer Sibirien-Expedition verstor…«

»…schollen! Ver*schollen*. Aber er kommt wieder. Hat er versprochen und Papa hält immer, was er verspricht«, unterbrach Albertine Monsieur Flip.

»Du meine Güte! Ein Waisenkind?« Tante Cora trat so lange auf den Säbelzahntigerkopf ein, bis sie endlich ihren Fuß herausziehen konnte. Ihren linken Schuh gab die

Bestie nicht mehr her. »Du willst doch wohl nicht hier einziehen? Das kommt nicht infrage!«

»Die Rappelmeier erwartet mich morgen Abend wieder im Haus Kinderglück.« Das war nicht falsch, nicht ganz jedenfalls. Frau Rappelmeier erwartete sie sicher sehnlichst. Dass sie gar nicht wusste, wo Albertine war, musste sie dieser spitzigen Tante nicht auf die Nase binden. Albertine beschlich das ungute Gefühl, dass die Rappelmeier und Cora Rabenschlag ein hervorragendes Team sein könnten, wenn es um die Meisterschaften in Gemeinheit, Hinterhältigkeit und Nörgelei ging.

»Da gehörst du auch hin. Ins Kinderheim. Da bist du bestens aufgehoben«, säuselte Cora mit zuckersüßer Stimme. »Für dich gibt's hier sowieso nichts zu holen.« Sie schubste Albertine zur Seite und humpelte – nur noch am rechten Fuß einen roten Schuh – auf die Treppe zu. »Rufus, die Koffer! Mongsiö Flup, mein Zimmer!«

Monsieur Flip zuckte zusammen, nahm dann aber wieder eine perfekte Hausdienerhaltung an. »Flip, wenn ich bitten darf. Madame sollten wissen ... «

»Madame sollte gar nichts wissen. Madame will jetzt und sofort auf ihr Zimmer«, Cora Rabenschlag wechselte nun in einen höchst herrschaftlichen Tonfall, »in ihr *Schlafgemach* geführt werden, um die erste Nacht in ihrer neuen Residenz zu genießen!«

Monsieur Flip griff nach einem Kerzenleuchter und ging die Treppe hinauf. »Das werden wir noch sehen«, murmelte er leise vor sich hin.

Ein Seerosenbett für die Nacht

Monsieur Flip begleitete die dreiköpfige Truppe die knarrende Holztreppe hinauf, die kein Ende zu nehmen schien. Kurvenreich und steil glich sie einer Achterbahn, zwirbelte sich zu einer Wendeltreppe, um gleich darauf in eine Schlangenlinie überzugehen. Zweimal führte sie hinab statt hinauf und nur die letzten Stufen verliefen, wie es sich für eine Treppe gehörte, geradeaus nach oben.

Albertine verschnaufte am oberen Treppenabsatz und bewunderte einen kunstvoll geschnitzten Buddha, der auf dem Sockel des Geländers thronte. Voller Gelassenheit lächelte er sein dickes Ebenbild auf dem anderen Sockel an. Jeder der beiden wies mit einem ausgestreckten Arm in einen der Flure, die links und rechts von der Treppe in die Tiefe des ersten Stocks führten.

»Trödle nicht, Mädchen. Hier gibt es nichts zu glotzen«, keuchte Cora und drängelte sich an Albertine vorbei.

Albertine erinnerte sich, wie Papa ihr von Tante Cora erzählt hatte. Damals, als es darum ging, wo Albertine leben könnte, solange er seine Forschungen in Sibirien betriebe. Sie wäre lieber zu der unbekannten Tante gegangen als in ein Kinderheim. Albertine dämmerte so langsam, warum ihr Papa so strikt dagegen gewesen war. Nur im größten Notfall sollte die Rappelmeier sich an Tante Cora wenden, darauf hatte Albertines Papa bestanden.

»Der Westflügel«, Monsieur Flip deutete zur linken Seite hinüber, »befindet sich in einem beklagenswerten Zustand. Man könnte diesen Zustand auch als höchst einsturzgefährdet bezeichnen. Ich rate sehr davon ab, diesen Teil des Hauses zu betreten! Wir kommen nun in den Verkehrt-herum-Gang. Ich hoffe sehr, dass die Herrschaften schwindelfrei sind.«

»Quatschen Sie nicht rum. Ich will endlich auf mein Zimmer!«, herrschte Tante Cora ihn an.

Monsieur Flip zog die linke Augenbraue hoch, lächelte verschmitzt und watschelte los.

Nach ein paar Schritten wurde Albertine klar, was er gemeint hatte. Dieser Gang war wirklich verwirrend, denn alles stand auf dem Kopf. Sie schritten über die Decke des Gangs. Gemälde, Säulen, Büsten – all das hing verkehrt herum an den Wänden. Auch die Türen waren verkehrt herum und man musste erst ein kleines Podest betreten, um an die Klinken zu gelangen. Sogar die Kerzen der Leuchter an den Wänden brannten nach unten!

Je länger sich Albertine durch den Gang tastete, desto schwindeliger wurde ihr. Tante Cora wankte ebenfalls schon bedenklich. Nur Monsieur Flip marschierte festen Schrittes voran, ohne sich auch nur ein einziges Mal umzudrehen. Onkel Rufus hatte keine Probleme. Das lag allerdings eher daran, dass er einen Haufen übereinandergestapelter Koffer vor seinem Gesicht hatte und nur ab und zu den Kopf vorsichtig zur Seite neigte, um den Kurs zu peilen.

»Ja, ja. Dieses Haus hat seine Tücken«, gluckste der Butler vergnügt. »Seien Sie wachsam, manch einer soll hier schon verloren gegangen sein.« Monsieur Flip hielt vor einer großen Tür, in die Märchenfiguren geschnitzt waren: der

König und die Königin, die Albertine schon auf den Fensterläden gesehen hatte. »Die Königssuite, wenn ich …«

»Die kriege ich, das steht wohl fest! Ich bin jetzt lang genug herumgewandert. Außerdem braucht die Kleine für eine Nacht wohl kaum eine ganze Suite. Nicht wahr, Schätzchen?«, stieß Tante Cora hervor und marschierte in das Zimmer.

Albertine warf einen vorsichtigen Blick in das prachtvolle Zimmer. An der linken Seite fiel ihr sofort ein riesiges Himmelbett mit schweren Purpurvorhängen auf. Einmal in so einem Himmelbett schlafen, dachte Albertine, aber schon knallte ihre reizende Tante ihr die Tür vor der Nase zu.

Als habe Monsieur Flip ihre Gedanken gelesen, zwinkerte er Albertine zu. »Ich habe etwas viel Besseres für Sie.«

Albertine folgte ihm. Bleierne Müdigkeit überfiel sie. Die nassen Kleider klebten nun unangenehm an ihrem Körper. Sie hätte freiwillig eine Woche Putzdienst gemacht für ein schönes warmes Bad, wagte es aber nicht, diesen merkwürdigen Butler danach zu fragen.

Nach einigen Metern machte der Gang einen scharfen Knick nach rechts. Hier zweigten mehrere dunkle Flure ab. Albertine hatte längst die Orientierung verloren. Dieses Haus schien innen größer zu sein als außen. Endlich standen sie am Fuß einer kleinen Steintreppe, die in einen der Türme führte, die Albertine schon vom Tor aus gesehen hatte.

»Komm, Mascha, die Treppe schaffen wir auch noch«, stöhnte Albertine leise.

Gerade verschwanden die Schwalbenschwänze des Butlers um die nächste Windung der Wendeltreppe. »Die Türme gehörten ursprünglich nicht zur Villa Wünschelberg«, hörte Albertine Monsieur Flip erklären.

Sie beeilte sich, um ihn nicht zu verlieren, und wäre beinahe auf einer besonders abgetretenen Steinstufe ausgerutscht. Ein feuchter Luftzug blies ihr in die Haare. Ein Loch in der dicken Steinmauer gab den Blick auf die Landstraße nach Unterwünschelberg frei.

»So manches Burgfräulein hat hier schon gestanden. Vor fünfhundert Jahren.«

Albertine zuckte zusammen.

Monsieur Flip stand hinter ihr. »Ihre Großtante Lizzi erwarb die Türme für ein nicht unansehnliches Sümmchen. Ach, das waren noch Zeiten voll Glanz und Gloria. Sie gehörten zu einer Burg im Rheintal, deren Besitzer sich im Spielkasino um Hab und Gut gebracht hatte. Der Feldherr und das Burgfräulein in der Auffahrt waren eine Gratisdreingabe.«

»Zwei komplette Türme? Wie hat Tante Lizzi das denn gemacht?«

»Stein für Stein abgetragen, alles nummeriert und hier wieder aufgebaut. Ja, sie war ein bisschen verrückt und eine Romantikerin. Aber wenn eine Schulze sich was in den Kopf gesetzt hat, dann kann sie höchstens ein Erdbeben oder ein Tornado und in ganz seltenen Fällen …«

»… auch ein Monstereisbecher mit Schoko- *und* Erdbeersoße daran hindern«, fiel Albertine ihm lachend ins Wort.

Monsieur Flip schaute sie verwundert an.

Albertine zog die Augenbrauen und die Schultern in die Höhe. »Ist wohl ein alter Familienspruch.« Schnell hüpfte sie die Treppe hoch.

Monsieur Flip stieß eine unscheinbare Tür auf. Seine rechte Hand tastete nach einem goldgelben Schalter, der die Form einer Sonne hatte. Er drehte daran. Grelles Sonnenlicht erstrahlte. »Hoppla, das erscheint mir wenig angebracht.« Der Butler drehte an dem Mond neben der Sonne und das Zimmer wurde in silbrig sanftes Licht getaucht. Ein Wispern und Rauschen drang nach draußen.

Albertine rieb sich die Augen – nein, sie war noch nicht eingeschlafen. Was sie sah, war ohne jeden Zweifel kein Traum. Das Zimmer war eine einzige Wald- und Wiesenlandschaft und auf den ersten Blick mindestens viermal so groß wie ihr Zimmer im Kinderheim. Riesige Bäume ragten bis zur Decke und ein Meer aus bunten Blumen bedeckte den moosigen Boden.

»Ich empfehle dem gnädigen Fräulein nun die ersten Schritte barfuß zu tun«, hörte Albertine hinter sich.

Sie drehte sich um und erblickte Monsieur Flip, gekleidet wie ein Gärtner mit Gummistiefeln und einer braungrün gestreiften Hose, die von breiten Hosenträgern gehalten wurde. Sein dickes Bäuchlein umspannte eine dunkelgrüne Schürze, seine großen Nasenlöcher lugten unter einem ausgefransten Strohhut hervor.

»Das Blumenstübli! Manch trüben Novembertag haben ihre Tante und ich hier verbracht.« Monsieur Flip fuhr sich mit dem Handrücken übers linke Auge und wischte verschämt eine Träne aus dem Augenwinkel.

Albertine stellte ihren Koffer auf der Türschwelle ab, setzte sich darauf und befreite ihre Füße aus ihren dicken Tretern. Die linke Socke hatte ein großes Loch an der Ferse. Albertine stopfte das alte Ding schnell in den Schuh und wagte einen vorsichtigen Schritt ins Zimmer. Zu ihrem

Erstaunen war das Moos trocken und warm. Sanft schmiegte es sich um ihre Füße. Es war ein so schönes Gefühl, dass Albertine sich am liebsten der Länge nach auf den Boden geworfen hätte.

Erst jetzt sah sie, dass mitten im Zimmer ein kleiner, mit Seerosen bedeckter Teich in den Boden eingelassen war. Albertine sog den frischen, leicht süßlichen Geruch der Blumen ein. Schlagartig erinnerte sie sich an früher, als sie mit Papa nachts auf der Wiese im Park gelegen und er ihr die Sternenfamilie am Himmel erklärt hatte. Trotzdem sehnte sie sich, nass wie sie war, nach einem warmen, kuscheligen Bett. Hilfesuchend schaute sie Monsieur Flip an. »Wo soll ich denn schlafen?«

»Im Seerosenbett natürlich. Besser können Sie nirgendwo auf der Welt schlafen und träumen«, sagte Monsieur Flip und trat zu der großen hölzernen Kommode neben der Tür. Er nahm eine aus Lilien gewobene Decke und zwei moosgrüne Kissen heraus. »Wenn es irgendwo schöne Träume gibt, schön und mächtig, dann in der Villa Wünschelberg!«, fügte er ein wenig wehmütig hinzu.

Albertine trat zögernd an den Seerosenteich in der Mitte des Zimmers. Sie war sich nicht sicher, ob sie das alles nicht träumte. »Die können mich tragen?«, fragte sie und strich über die schwankenden Seerosen.

»Probieren geht über studieren!«

Vorsichtig setzte sich Albertine auf das Seerosenfeld – und tatsächlich, es trug sie. Unter ihr gluckerte leise das Wasser, aber es drang nicht durch, obwohl sie mit den Fingern Kreise darin ziehen konnte. Der schwere Duft der Seerosen benebelte sie etwas.

Sie richtete sich auf. Irgendetwas stimmte nicht. Sie

fühlte sich auf eine seltsame Weise beobachtet. Wieder rauschte und wisperte es. Ein eigenartiges Schmatzen kam aus einer Ecke. Die Pflanzen beobachteten sie, reckten ihre Hälse und Kelche zu ihr herüber!

Das Wispern war zu einem deutlich vernehmbaren Kichern und Quieksen angeschwollen.

»Was ist das? Warum drehen die sich alle zu mir um?«

»Sie mögen Sie.«

»Sie … sie *mögen* mich?«

»Ja! Pflanzen haben eine Seele, das weiß man doch. Diese Pflanzen haben eine besonders empfindliche Seele. Würden sie Sie nicht mögen, hinge das gnädige Fräulein schon längst kopfüber an einer Liane dort oben in den Baumwipfeln.«

Albertine fand den Gedanken gruselig, aber Monsieur Flip beruhigte sie. »Glauben Sie mir, wenn die Pflanzen Sie mögen, haben Sie eine wichtige Prüfung bestanden. Ich darf mich nun verabschieden.« Kaum hatte Monsieur Flip die Schwelle übertreten, trug er wieder den Frack. »Das Bad befindet sich übrigens die Treppe runter, links den Gang entlang, danach rechts um die Ecke und dann ist es schon die dritte Tür rechts. – Das hoffe ich jedenfalls.« Ein verschmitztes Lächeln huschte über Monsieur Flips Gesicht, als er die Tür hinter sich zuzog.

»Makrelenmist und Krakenkacke!«, entfuhr es Albertine. »Mascha, warum erinnerst du mich nicht?« Sie kramte in der Weste herum und zog ihre Uhr hervor. Es war höchste Zeit, schon kurz vor zehn!

Sie legte ihren Reiseproviant auf die große Blüte einer Sonnenblume und holte das Hochleistungsfernrohr aus dem Koffer. In nur wenigen Sekunden stand das Spector

2004 zusammengeschraubt auf seinem Stativ auf der Fensterbank. Daneben stellte Albertine die Matroschkas der Reihe nach auf. Jetzt war alles bereit und sie musste nur noch Luminos am Himmel finden.

Dieses Ritual vollführte sie jeden Abend, immer um die gleiche Zeit. Sie hatte mit Papa ausgemacht, dass sie beide zu dieser Zeit Luminos am Himmel suchen und ihm dann erzählen würden, was sie am Tag erlebt hatten. Papa war davon überzeugt, dass zwei Menschen, die den gleichen Stern zur gleichen Zeit sehen, miteinander reden können. Sternentelefon nannte er das. Für Albertine war Sternentelefonieren das Schönste am ganzen Tag.

Außerdem war da ja noch Ninotschka, die kleinste der Matroschkas. Die, die man nicht teilen konnte. Papa hatte sie nach Sibirien mitgenommen als Versprechen, dass er wieder mit ihr zurückkehren und alle wieder vereint sein würden. Darum standen Ninotschkas Schwestern jeden Abend an ihrem Fensterplatz und suchten zusammen mit Albertine den Himmel nach Luminos ab.

Albertine nahm einen großen Bissen von ihrem Käsebrot. Sie liebte Käsebrote und ihr Magen knurrte schon seit geraumer Zeit. »Mifft, Luminoff, alter Faulpelff, wo bifft du?«, murmelte Albertine mit vollem Mund.

Sie stellte die Schärfe nach und drehte am Koordinatenregler des Fernrohrs. Der grünliche Lichtfilter zoomte den Himmel nah heran und als die dichte Wolkendecke für einen Augenblick aufriss, sah sie Luminos.

»Hab ich dich doch wieder gefunden! Du musst unbedingt Papa erzählen, dass ich einen Tag Ferien im verrücktesten Haus der Welt mache. Und dass ich auf Seerosen schlafe wie eine Prinzessin. Und er soll Ninotschka einen Kuss von uns allen geben und sie immer gut in den Eierwärmer stecken, den ich ihr geschenkt habe, damit sie nicht friert.« Albertine hätte Luminos gern noch mehr mit auf den Weg gegeben für Papa, aber die Wolkendecke zog sich zu und unterbrach ihr Sternentelefonat.

»Na ja, besser als nichts«, seufzte Albertine. Vielleicht war es auch besser so. Ansonsten wäre sie nicht umhingekommen Papa zu gestehen, dass Tante Lizzi gestorben war und seine Tochter zwar mit einem Amtsbrief, aber ohne die

Erlaubnis der Rappelmeier nach Wünschelberg gefahren war.

Sie steckte die Matroschkas wieder ineinander. »Glaubt bloß nicht, dass ihr ungewaschen ins Bett kommt. Keine Widerrede!«

Albertine zog ihre nassen Sachen aus, hängte sie über einen Ast zum Trocknen und schlüpfte in ihren Schlafanzug. Vielleicht könnte sie ja doch ein Bad nehmen? Schließlich hatte sie so etwas wie Ferien. Die Gelegenheit, ungestört zu baden, käme bestimmt nicht so schnell wieder. Vor allen Dingen nicht, wenn man sich normalerweise mit acht anderen Mädchen eine Dusche teilen musste, die nicht einmal richtig warm wurde.

Albertine zog sich vorsichtshalber die Weste über den Schlafanzug, verstaute die Matroschkas in einer der Taschen und schlüpfte in ihre Schuhe.

Rabenschwarze Pläne

Eine grüne Fratze grinste Tante Cora aus dem Spiegel des Schminktischs an. Sie fühlte sich hier wohl wie schon lange nicht mehr. Eine Königssuite war genau das, was ihr zustand. Sollte jemand etwas anderes behaupten, würde er Cora Rabenschlag von der unangenehmen Seite kennenlernen.

»Wir wollen doch morgen tipptopp aussehen!« Sie verteilte noch mehr von der grünen Schönheitspaste in ihrem Gesicht. Angeblich waren zerriebene Brennnesselblätter der Hauptbestandteil der übel riechenden Mixtur, die sie allabendlich selbst anrührte. Nur jemand wie Cora Rabenschlag konnte sich so etwas ins Gesicht schmieren. »Schließlich haben wir lange, lange auf diesen Augenblick gewartet.« Mit *wir* meinte sie keinesfalls ihren Mann Rufus und sich, sondern nur sich selbst. In dieser Suite war es angebracht, nur in der Mehrzahl von sich zu sprechen, so wie es die Fürsten und Könige einst taten.

Tante Cora hatte Tante Lizzi gehasst und es war ihr eine große Genugtuung, dass sie diesen Tag noch erleben durfte. Über zwanzig Jahre hatte Lizzi ihr den Zutritt zur Villa Wünschelberg verwehrt. Dabei war Cora Rabenschlag doch viel, viel besser in einer Villa aufgehoben. In *dieser* Villa.

Tante Coras Bild von der Welt war ebenso einfach wie

unumstößlich. Die mit Geld und Rang waren die Guten, der Rest war eben der Rest.

Warum Lizzi, die sich ihr halbes Leben in der Welt herumgetrieben, ihr Geld für all diesen Plunder ausgegeben, ganze Burgtürme steinchenweise umgepflanzt hatte – nur weil darin angeblich die Seele einer längst verrotteten Baroness de Fleur hauste –, warum diese verrückte alte Schachtel Herrin auf Wünschelberg sein durfte, war für Tante Cora schon immer ein Rätsel gewesen. Und eine himmelschreiende Ungerechtigkeit. Aber nun würde sie es ihr heimzahlen. Man musste eben nur lange genug warten können. »Rufus!«

Rufus Rabenschlag hatte sich zwar schon seine Stöpsel in die Ohren gesteckt, sprang aber sofort auf. Der schrille Klang von Tante Coras Stimme durchschlug Stahl, erst recht ein bisschen Schaumgummi. Er warf ein dickes, altes Buch, das er auf dem Nachttisch gefunden hatte, auf die schwere Steppdecke des Himmelbetts. *Die Kunst der Schlafmalerei* stand auf dem in Leder gebundenen Schmöker von einem Herrn Zati Songor.

»Nun mach schon. Aufschnüren!«, patzte seine Frau ihn an.

Geduldig fummelte Rufus die Häkchen des rosa Gestänges auf. Schon nach dem dritten platzte seine Frau aus dem Korsett, das die wirkliche Leibesfülle von Tante Cora tagsüber in Form hielt.

»Mit dem Sandstrahler gehe ich durch den Kasten! Gleich nach der Testamentseröffnung, da kannst du Gift drauf nehmen. – Nein!«, verbesserte sie sich. »Zuerst schmeiß ich diesen eingebildeten Butler raus. Im hohen Bogen. Und die kleine Göre kann er gleich mitnehmen.«

Karobande auf der Flucht

Albertine huschte die Stufen des Turms hinab. Sie versuchte sich an Monsieur Flips Wegbeschreibung zu erinnern. *Links den Gang*, hatte er gesagt. Das war noch nicht so schwer, dann rechts wieder in den Verkehrt-herum-Gang. Aber was kam dann? Albertine bog in den nächsten Flur. Nach wenigen Schritten stolperte sie über etwas. Wahllos übereinandergestapelte Ritterrüstungen lagen im Weg. Albertine stieg über die Blechhaufen hinweg. Ein bisschen sah es hier aus wie nach einer mittelalterlichen Schlacht.

Wenn es Pflanzen mit Seelen in dieser Villa gab, lag die Vermutung nahe, dass es nur einer winzigen Berührung bedurfte und diese Armee erwachte zum Leben. Womöglich spukte es in diesem Haus? Ohne den Anblick eines leibhaftigen Gespenstes, entschied sich Albertine, werden wir diese Möglichkeit nicht in Betracht ziehen und als albernen Kinderkram abtun. Aber selbst Mascha und die Mädels nahmen Albertine das nicht wirklich ab.

Der Gang endete vor einem großen Gemälde, auf dem eine wunderschöne Frau in einem weißen Kleid abgebildet war. Ein über und über mit glitzernden Steinen besetzter Umhang verlieh der Frau einen majestätischen Ausdruck. Albertine stellte sich ganz dicht vor das Bild, aber es war zu dunkel im Flur, um alles zu erkennen. Mit spitzen Fingern hielt die Frau ein goldenes Kettchen, an dem ein großer Schlüssel in der Form eines Drachenkopfs baumelte. In den Drachenkopf eingelassen schimmerte ein Smaragd, aus dem grüne Funken schlugen. Die Frau stand ganz vorne auf einer Bühne, hinter deren Vorhang seltsame Wesen hervorschauten: bunt geschminkte Clowns mit mehreren Köpfen, eine mannshohe Katze in einem Frack und ein dicker, griesgrämiger Riese mit einem Fellschurz.

Der Gang machte einen leichten Knick nach rechts. Albertine trippelte über den schweren Teppichboden. Ihr war mittlerweile ziemlich kalt. Endlich hatte sie die dritte Tür erreicht. Sie drückte die Klinke nach unten und schob mit der Schulter die schwere Tür auf.

Das Wort *Badezimmer* war eine hemmungslose Untertreibung. Das war kein Zimmer, das war ein Saal – ein Badesaal mit einer Badewanne, in der alle Kinderheimbewohner bequem auf einmal Platz gefunden hätten. Die Wanne stand auf goldenen Füßen und statt eines Wasserhahns ragten zwei Schlangenköpfe mit aufgerissenen Mäulern aus der Wand. Die ganze linke Seite des Raums war ein einziger großer Spiegel und das Waschbecken wurde von zwei lachenden Affen aus Porzellan gehalten. In einem Regal standen unzählige Krüge und orientalische Tongefäße.

Albertine nahm eine der Flaschen und löste den Stöpsel. Der Hauch eines honigsüßen Dufts stieg ihr in die Nase. Sie wollte etwas von der Essenz in die Wanne schütten, aber es tröpfelten nur noch spärliche Reste aus der Flasche. Warmes Wasser tut's auch, dachte Albertine. Bloß wie machte man das Wasser an? Sie drehte die Schlangenköpfe nach links und rechts. Nichts, es kam kein Wasser aus den Mäulern. Stattdessen erfüllte ein Zischen den Raum. Albertine fuhr erschrocken herum und sah, dass aus den Mäulern der Affen Luft herausblies – heiße Luft. Die Köpfe schienen eine Art Fön zu sein. Sie suchte nach einem Knopf. Nachdem sie auf die Nase des Affen gedrückt hatte, stoppte der Luftstrom, dafür floss Wasser aus den Hähnen des Waschbeckens.

Albertine drehte an den Reglern und mit einem Mal setzte ein Rumpeln ein. Der Boden unter ihr vibrierte, die Wände wackelten. Sie versuchte sich am Waschbecken festzuhalten. War das ein Erdbeben? Oder stürzte das Haus ein? Einen allzu stabilen Eindruck hatte die Villa nicht gemacht. Die leise Befürchtung, dass es in dieser Villa nicht mit rechten Dingen zuging, wuchs in Albertine zu etwas, das sie sich nicht gerne eingestand: Albertine hatte Angst. Aber sie kam gar nicht dazu, weiter darüber nachzudenken.

Der Raum drehte sich. Aus den Affenmäulern und Schlangenhälsen erklangen schrille Schreie. Albertine kam ins Straucheln und fiel auf den schwarzen Marmorboden. Sie hielt sich mit aller Kraft an den Füßen eines der Affen fest. Plötzlich kam das Zimmer wieder zur Ruhe. Das Schreien und Krächzen verebbte. Alles war wieder still und ruhig. Mit zitternden Knien stand Albertine auf und wankte zur Tür. Nie und nimmer würde sie in diese Wanne steigen. Am Ende war es ein Tauchboot und sie landete irgendwo im Indischen Ozean. Verschollen!

Ein Knirschen kündigte die nächste Fahrt dieses seltsamen Karussells an.

Albertine hatte mehr als genug von diesem tollwütigen Badezimmer. Sie riss die Tür auf und rannte hinaus. Ihr Knie schlug gegen etwas Hartes. »Autsch!«, hallte ihre Stimme durch einen großen Raum. Albertine tastete sich voran und merkte, dass sie gegen einen Stuhl gestoßen war.

An Stühle im Gang vor dem Badezimmer konnte sie sich beim besten Willen nicht erinnern. Ritterrüstungen, ja, aber Stühle? Sie war in einem anderen Raum. Irgendetwas stimmte mit diesem Badezimmer nicht.

Langsam gewöhnten sich Albertines Augen an das bläuliche Licht des Mondes, das sich ab und zu einen Weg durch die dicken schwarzen Wolken bahnte. Sie konnte eine Bühne erkennen. Albertine stand inmitten eines kleinen Theatersaals.

Eine goldene Leiste umrahmte die Bühne und endete über der Mitte in zwei goldenen Schwanenköpfen. Der tiefrot schimmernde Samt des Vorhangs war so mottenzerfressen, dass er bei der kleinsten Berührung weich auf die Bühnenbretter hinuntergleiten würde.

Albertine tastete sich durch die Zuschauerreihen, die aus alten Armsesseln bestanden. Ein jeder hatte eine hohe Lehne, die ebenfalls in Schwanenköpfen endete, ein dickes rotes Samtpolster und goldene Beine, die hinteren in Form von zwei geschwungenen Flügeln.

Vorsichtig setzte Albertine sich in die letzte Reihe. »Ups!« So schön der Schwarm von Schwanensesseln anzuschauen war, die Sprungfedern in den Sitzen hatten längst den Geist aufgegeben und Albertine in den Po gepikst. Albertines Angst war wie verflogen. Sie fragte sich, warum dieser Saal ihr ein so warmes und heimeliges Gefühl gab.

Auf der Bühne blitzte etwas im Mondlicht. Was mochte das sein?

Albertine sprang aus dem Sessel und nahm den direkten Weg auf die Bühne. Schon stand sie wie eine Seiltänzerin auf der Balustrade des kleinen Orchestergrabens. »Sehen Sie die größte aller Zirkusartistinnen, Fräulein Albertine Schulze!«, murmelte Albertine und breitete die Arme aus, um das Gleichgewicht zu halten.

Ein Blick in den Orchestergraben jagte ihr einen Schrecken ein. Er war deutlich tiefer, als sie gedacht hatte, und die spitzen Kanten der Notenständer versprachen nichts Gutes. Doch Albertine trippelte weiter, beschleunigte ihren Gang auf den letzten Metern und spurtete mit einem Sprung auf die Bühne.

»Zimperlieschen! Hattest du etwa Angst?«, veralberte sie Mascha. »Na gut, beim nächsten Mal nehmen wir die Treppe.«

Sie schaute sich um. Die Bühne war vollgestellt mit Plunder: ein Schminktisch, an dem der Spiegel fehlte, ein Garderobenständer mit alten Kostümen und Abendkleidern, eine lange schwarze Kiste, unterteilt mit zwei Blechschiebern.

Auf der hinteren Bühne stand ein Tischchen, auf dem jemand die Reste einer Federboa und einen mit glitzernden Pailletten besetzten Zylinderhut vergessen hatte. Wenn das Mondlicht ihn traf, blitzten die Pailletten auf.

Ein Stuhl, dessen Lehne keine Schwäne, sondern zwei Feuer speiende Drachen formte, stand am Rand der Bühne. Der abgestoßene mannshohe Schrankkoffer daneben wurde halb von einem Seitenvorhang verdeckt.

Albertine schob den schwarzen Stoff weg und kramte in den Innentaschen ihrer Weste. Wie immer versteckte sich ihre kleine Taschenlampe in der allerletzten Ecke.

Der Strahl der Lampe erfasste die unzähligen Aufkleber, die die Tür des Koffers bedeckten. Aufkleber von Schiffslinien, deren Dampfer schon auf dem Grund der Ozeane rosteten, und von vornehmen Hotels aus Valparaiso, Kapstadt, San Francisco, Honolulu und vielen anderen Städten der Welt. Albertines Hand strich über den Koffer. Die Schrift eines der Aufkleber war ein bisschen erhaben und sonderte noch immer ein wenig Goldbronze ab. *Ritz Grandhotel Istanbul* stand darauf. Ob der Koffer wohl ihrer Tante Lizzi gehört hatte und ob sie in all diesen Städten gewesen war? Albertines Hände zitterten vor Spannung. Vielleicht waren in diesem Koffer noch Sachen von ihrer alten Großtante? Oder Souvenirs aus allen Ecken der Welt?

Ein unwiderstehlicher Drang führte ihre Hand zum Schloss.

Das Gewitter entlud sich draußen, als wolle der Wettergott ganz Wünschelberg wegpusten. Albertines Hand zuckte zurück, dann jedoch zog das Mädchen entschlossen an der Tür des Koffers. Er war fest verschlossen, allerdings steckte ein Schlüssel, der ebenfalls die Form eines Drachens hatte. Das Drachenauge funkelte im Schein der Taschenlampe smaragdgrün. Erst nach einigem Zerren und Ruckeln bewegte sich der Schlüssel und leuchtete grün auf. Der Koffer öffnete sich einen Spaltbreit.

Ein Donner krachte und in Albertines Rücken klirrte es. Ein Schrecken fuhr ihr durch die Glieder. – Doch es war nur der Sturm, der ein Fenster aufgedrückt hatte. Die leichten weißen Vorhänge wehten wie Nebelschwaden in den Raum und der Fensterladen schlug gegen einen der Schwanenstühle. Ohne zu zögern, flitzte Albertine über die kleine Treppe in den Zuschauerraum. Sie stemmte sich mit aller Kraft gegen das Fenster und verriegelte es.

Obwohl das Fenster geschlossen war, hörte Albertine

laute Straßengeräusche – das Hupen von Autos, das Klingeln einer Straßenbahn. Sie blickte verwundert nach draußen: kein Auto, kein einziger Scheinwerfer weit und breit, und schon gar keine Straßenbahn.

»Eeeeeextrablatt! Karobande auf der Flucht! Eeeextrablatt«, ertönte plötzlich eine Jungenstimme.

Eine schrille Trillerpfeife zerriss Albertine fast das Trommelfell. »Gleich haben wir sie!«, freute sich ein tiefer Männerbass. »Halt, stehen bleiben!«

Wie aus dem Nichts erschien ein Junge – vielleicht ein oder zwei Jahre älter als Albertine – auf der Bühne.

Albertine hielt die Luft an. Mucksmäuschenstill ging sie hinter einem der Schwanensessel in Deckung.

Alles an dem Jungen war kariert: das wollene, bis zu den Ellbogen hochgekrempelte Hemd, die Hose, die unter den Knien in hohen Strümpfen endete und von breiten Hosenträgern gehalten wurde, der Schal mit den langen Fransen und die Schiebermütze, die er tief ins Gesicht gezogen hatte. Aus seiner Gesäßtasche guckte der Zipfel eines karierten Taschentuchs hervor.

Der Junge war schweißgebadet. In seinen Augen stand die pure Angst. Er schaute sich hektisch um. »Paule, Klara! Schnell, hierher!«, zischte er ins Dunkel hinter der Bühne.

Von dort tauchte ein Mädchen auf. Auch an ihr war alles kariert – selbst die klobigen Stiefel, die ganz und gar nicht zu ihrem schimmernden Charleston-Kleid und zu dem eleganten kurzen Jäckchen passten, das gerade bis zur Mitte des Rückens reichte. Der Senkel des linken Stiefels war abgerissen, sodass er nur noch bis zum fünften Loch geschnürt werden konnte. Klaras pechschwarze Haare versteckten sich – bis auf zwei kleine, an die Wangen geschmiegte Strähnen – unter einer eng anliegenden Haube. Im Schummerlicht des Theatersaals sah man kaum, dass Klara dreizehn, höchstens vielleicht vierzehn Jahre alt war. Sie wirkte schon sehr damenhaft. Jetzt war sie allerdings recht undamenhaft aus der Puste. »Wenn die uns kriegen, verschwinden wir auf Nimmerwiedersehen.«

»Ick seh der Schupos nich' mehr!«, unterbrach Paule sie und trat in aller Seelenruhe an die Bühnenrampe.

»Die, Paule, es heißt *die* Schupos!« Klara konnte einen ziemlich zickigen Ton anschlagen.

»Jut! *Die* Schupos ham wa's jejeben.«

Ein strafender Blick Klaras traf Paule.

»'tschuldigung: … *ha-ben wir es ge-ge-ben*«, verbesserte er sich mit betont gezierter und näselnder Stimme. »Ick lern dett noch.« Paules Anzug war ungefähr drei Nummern zu klein, aber es war ein Anzug und darauf war Paule stolz. Dass die Jacke andere Karos als die Hose und beide wiederum andere als die Weste hatten, schien ihn nicht zu stören. Dass Jacke, Hose und Weste noch nie ohne Ölflecken gesehen wurden, auch nicht. Schließlich musste Paule dauernd etwas reparieren, aus- und einbauen, aufbrechen oder schlichtweg herausfinden, wie dieser oder jener Apparat genau funktionierte.

»Hört ihr jetzt mal mit eurer Deutschstunde auf. Wir haben andere Probleme.« Otto sprang auf die Balustrade des Orchestergrabens. Sicher und ohne nur ein einziges Mal zu wackeln, bewegte er sich auf den Zuschauerraum zu, fast wie ein Seiltänzer im Zirkus.

»Nicht schlecht, Herr Specht«, rutschte es Albertine in ihrem Versteck heraus.

»Still!«, raunte Otto seinen Freunden zu und bewegte

sich keinen Zentimeter weiter. Mit aller Kraft drückte er sich ab, sprang und stürzte zwischen die Schwanensessel.

Ein paar der staubigen Sitzgelegenheiten rumpelten zur Seite. Eine Lehne traf Albertine unsanft an der Schulter. Sie wollte aufspringen, aber Otto erwischte sie an einem Zipfel ihrer Weste. »Was machst du hier?«

»Was machst *du* hier?«, konterte Albertine und kickte mit dem linken Fuß nach Ottos Hand. So leicht wollte sie sich nicht einschüchtern lassen!

»Hey!«, schrie Otto laut auf.

Beide rappelten sich auf und standen nun voreinander. Otto war einen knappen Kopf größer und hatte ziemlich starke Arme. Er packte Albertine fest an den Schultern.

Wieder schrillte eine Trillerpfeife durch den Raum. Irgendwo mussten hier Polizisten sein?! In Albertines Kopf schwirrten die Gedanken durcheinander. Was sollte sie tun? Um Hilfe schreien? Weglaufen? Dem Kerl vors Schienbein treten? Sie riss den Mund weit auf.

»Nicht schreien!«, flüsterte Otto. »Ich kann dir alles erklären. Wir haben nix ausgefressen.« Seine tiefgrünen Augen – grün wie ein Laubfrosch – flehten Albertine an. »Wir brauchen deine Hilfe!«

»Otto!« Paule stand schreckensstarr auf der Bühne, vor ihm zwei Polizisten. In ihren Uniformen wirkten sie, als seien sie einem Film mit *Dick und Doof* entsprungen.

»In den Koffer!«, schrie Otto. So schnell wie er von der Bühne gesprungen war, so schnell kletterte er auch wieder hinauf.

Otto schubste Paule an, der nach hinten stürzte und dabei die Polizisten anrempelte. Die Polizisten fielen rückwärts in den Koffer.

Sofort warf Otto sich vor die Tür und drückte mit aller Kraft dagegen. »Nun macht schon!«, brüllte er die anderen an.

Paule und Klara stürzten ebenfalls zum Koffer, aber die Polizisten waren zu stark. Verbissen drückten sie die schwere Koffertür Stück für Stück wieder auf. Der Größere von beiden schob eine Schulter heraus und versuchte mit Fingern, lang wie die Arme eines Kraken, Klara zu fassen. Immer wieder schnappte er nach ihr, erwischte jedoch nur die Haube und riss sie ihr vom Kopf. Klaras glatte schwarze Haare kamen zum Vorschein.

»Her damit!«, schrie das Mädchen und schnappte sich ihre Haube aus den Tentakelfingern.

»Hilf uns, bitte!«, flehte Otto Albertine an.

Albertine zögerte nur einen kurzen Augenblick. Es war Ehrensache, sich gegenseitig zu helfen. Das hatte sie im Kinderheim auf jeden Fall gelernt. Außerdem war sie froh, nicht mehr allein in dieser sonderbaren Villa zu sein.

Sie sprang auf die Bühne und warf sich mit den anderen gegen die Koffertür. Mit vereinten Kräften drückten sie, bis Albertine den Koffer schließen und den Schlüssel umdrehen konnte. Der Koffer wackelte und polterte.

»Wir müssen hier weg.« Otto balancierte schon wieder hoch über dem Orchestergraben.

»Da kriegste mir nich' mit zehn Gäule rauf«, protestierte Paule.

»Ihr seid vielleicht eine Truppe!«, schaltete Albertine sich ein und verfiel in den Ton von Monsieur Flip: »Wenn ich die gnädigsten Herrschaften zur weiteren Flucht da lang bitten dürfte.« Sie hatte zwar keinerlei Ahnung, wohin der Weg nun führen sollte, zeigte aber entschlossen auf eine große Flügeltür.

Eine Minute später schlummerte das Theater wieder staubig und still im Dämmerlicht.

Mahnung aus der Schattenwelt

Im westlichen Turmzimmer, von dem aus man einen guten Überblick über den größten Teil der Villa und den hinteren Garten hatte, machte sich Monsieur Flip Gedanken über die Zukunft des ehemals so glanzvollen Hauses der tausend Wunder.

»Ach, Lizzi!?«, seufzte Monsieur Flip und streifte sich die Jacke seines Fracks ab. Er öffnete eine kleine Wandtür und verschwand in seinem Ankleidezimmer. Mehr als hundert Anzüge und Kostüme waren hier fein säuberlich aufgereiht. Der Dreispitz lag neben einem wagenradgroßen braunen Turban, der Strohhut hatte sein Plätzchen neben einer Kapitänsmütze und einem Tropenhelm, die Gärtnerschürze baumelte an einem Garderobenständer neben dem Nachthemd, einer weißen Jacke, wie sie Meisterköche tragen, und einer prachtvollen, mit silbernen Pailletten übersäten Jacke.

Monsieur Flip schlüpfte in einen reich bestickten Morgenmantel. Ein dicker Wassertropfen platschte auf seine Stirn, rann über seine dicke Nase und über die Wange zum Kinn hinunter. Ein Blick zur Decke offenbarte das Unglück: Wie immer an solchen Regentagen glich das Dach einem Sieb – morsch und alt wie die Villa war. Flip schob einen halb vollen Wassereimer etwas weiter nach links, bis der nächste Regentropfen genau in dessen Mitte platschte.

Das Haus fault mir unterm Allerwertesten weg, kein Geschäft zwischen Wünschelberg und der Staatsgrenze, wo wir keine Schulden hätten, der Kühlschrank leer und nun ein minderjähriges Mädchen und eine Hexe im Korsett, dachte Flip. Zugegeben, das Mädchen scheint ein nettes Wesen zu sein! Er setzte sich an einen kleinen Tisch und ließ ein altes Kartenspiel wie eine Kaskade über den linken Arm hinauf zur Schulter und über den rechten wieder hinablaufen. Dann nahm er sich den zerknitterten Brief, den er seit Lizzis Tod schon hundertmal gelesen hatte.

Lizzi bat ihren alten, treuen Flip darin inständigst, ihr Vermächtnis zu akzeptieren und den großen und kleinen Wundern und Wunderlichkeiten der Villa Wünschelberg nicht den Rücken zu kehren. Sie sei keineswegs verrückt und verwirrt gewesen, wer anderes als Flip könne es besser wissen.

Ich habe mit dem Feuer gespielt, las Monsieur Flip. *Sie wissen, mein verehrter Freund, dass mich die Traumwelten schon immer gepackt und geschüttelt haben. Ich bin Ihnen unendlich dankbar, dass Sie mir so viele Jahre zur Seite standen, auch als jeglicher Glanz aus diesem Hause sich längst verabschiedet und meine Seele sich in die Schattenwelt zurückgezogen hat.*

An dieser Stelle musste Flip wieder schlucken. Tränen füllten seine Augen und die Zeilen verschwammen. Er hatte Lizzi Schulze so viele Jahre begleitet, mit ihr alle Kontinente bereist und dann das Haus der tausend Wunder eröffnet und geführt. Er war ihr Assistent auf der Bühne, ihr Butler und Chauffeur und ihr Vertrauter gewesen.

Nehmen Sie sich meiner Erbin an. Glauben Sie mir, ich bin mir ganz sicher, dass ich die richtige Entscheidung getroffen habe. Wenn auch Sie dieses Gefühl teilen, überreichen Sie ihr

meine Bühnenrobe und weihen Sie sie in die Geheimnisse des Hauses ein. Nur das eine soll nie wieder – weder von Ihnen, lieber Flip, noch von sonst jemandem – gezeigt werden. Denken Sie an die Folgen. Es hat uns kein Glück gebracht, in diese verborgenen Welten einzudringen und sie ans Licht unserer Wirklichkeit zu zerren.
Leben Sie wohl,
Ihre Lizzi Schulze

Wer wusste das besser als Monsieur Flip? Aber rätselhaft war ihm, warum ausgerechnet Cora die *richtige Entscheidung* sein sollte. Flip kräuselten sich die Nackenhaare bei dem Gedanken, Cora die Robe zu überreichen.

Beim P.S., das dem Gruß der alten Dame noch folgte, fand Monsieur Flip sein schelmisches Lachen wieder:

Ich verzeihe Ihnen natürlich nicht, dass Sie mir – immerhin Preisträgerin des Grand Prix Magique – niemals ihren Kostümtrick verraten haben. Ich weiß, dass alle Kostüme in Ihrem Ankleidezimmer hängen, aber wie zum T. . . – hier hatte Lizzi ein Wort durchgekritzelt – können Sie eine komplette Montur so schnell wechseln?

Monsieur Flip zog in aller Ruhe den Morgenmantel aus und schlüpfte unter die schwere Daunendecke seines Betts. Er klatschte in die Hände und das Licht erlosch.

»Tja, liebe Lizzi, auch ein Butler muss seine kleinen Geheimnisse haben. Und manchmal auch größere«, murmelte er und schlief ein.

Entwischt!

Albertine schaute nach links und nach rechts, aber nichts kam ihr bekannt vor. Sie irrten nun schon eine endlos scheinende Zeit durch die Villa, so endlos wie die Wartezeit beim Zahnarzt. Wie um alles in der Welt sollte sie den Weg zurück ins Blumenstübli finden?

»Und jetzt?«, keuchte Otto.

Der Gang, in dem sie standen, war gepunktet: schwarze Punkte auf weißem Untergrund. Die Stühle neben den Türen, die Bilder und Bilderrahmen, die Türen zu den Zimmern, der Teppich, ein großer Schrank, selbst die Kronleuchter – alles war weiß mit schwarzen Punkten in allen Größen.

»Soll'n wir hier Wurzeln schlagen, oder was?«, drängelte Klara.

Jemand tippte ihr auf die Schulter.

Klara drehte sich um, schnappte zweimal leise nach Luft und schrie wie am Spieß.

Otto presste ihr die Hand auf den Mund.

»Mmmpfmpfmrrks!« Klara gab sich die größte Mühe, Otto etwas verständlich zu machen.

Paule stand dort. Ohne Kopf und ohne Hände. »Ick lach ma schief«, hörten sie seine dumpfe Stimme.

Albertine zog der kopflosen Gestalt am Nacken und wie von Geisterhand erschien Paules Kopf. »Hab ich schon einmal im Fernsehen gesehen.« Sie hielt eine gepunktete Kapuze in der Hand.

»Im was?«, fragte Klara.

»In den Schrank fin'ste 'ne janze Punktejaderobe.«

»Dem, *dem* Schrank, Paule!«

»Wenn du so einen gepunkteten Anzug anziehst, verschwindest du in diesem Punktemeer. Ganz einfach.« Albertine zog die gepunktete Kapuze, die sie Paule abgenommen hatte, über den Kopf und stand nun ihrerseits kopflos vor den anderen. »Schwupp, auf einmal bist du unsichtbar. Sozusagen.«

»Mit oder ohne Kopf, wir sollten uns schleunigst aus dem Staub machen und nicht auf irgendwelchen Punktegängen rumhängen«, meldete sich Otto zu Wort. »Wo geht's lang?«

»Also, ich war hier noch nie, aber ich glaube, wir müssen nach rechts«, antwortete Albertine und lief los. Sie betete, dass sie richtig lag.

»Fein, feiner, am feinsten! Die Kleine hat keinen blassen Schimmer«, giftete Klara.

Der Ton klang zu sehr nach Jazzy, als dass Albertine ihn einfach hätte ignorieren können. »Lern du erst mal Schuhe binden«, gab Albertine nicht minder giftig zurück und zeigte abfällig auf Klaras offen stehenden Stiefel.

Klara schnappte empört nach Luft.

Der Gang endete in einer Steintreppe, ganz ähnlich der, die zum Blumenstübli führte.

Albertine hielt inne, in ihrem Hirn ratterte es. »Gang nach rechts, dann links, dann die Treppe«, versuchte Albertine sich zu erinnern. Die Villa hatte an beiden Seiten je einen Turm, also mussten sie nun genau den umgekehrten Weg gehen.

»Kommt, wir suchen uns selber ein Versteck«, zischte Klara.

»Könnt ihr natürlich machen, aber ich weiß, wo ihr sicher seid«, gab Albertine zurück. So schnell würde sie sich nicht unterbuttern lassen! Außerdem hatten die drei karierten Gestalten sie in eine Polizeiverfolgung hineingezogen. Einfach abhauen kam da nicht in Frage, meinte Albertine. »Wir müssen da weiter. Hab mich nur mit einem Flur vertan!«, rief sie und rannte los, ohne sich umzuschauen. Sollte die blöde Ziege doch bleiben, wo sie war.

Sie hörte, wie Otto Klara in einem scharfen Ton etwas zuraunte und die drei ihr dann folgten. Hinter der nächsten Biegung erkannte sie den Gang mit den Ritterrüstungen. Albertine gab den anderen ein Zeichen, leise zu sein. »Ich glaube, wir sind wieder in der Nähe des Theaters«, flüsterte sie.

Paule hatte die Rüstungen allerdings schon in Augenschein genommen. »Mann, ey, dett janze Blech könnteste dolle …« Er riss einen Brustpanzer aus dem Stapel, der mit einem Scheppern in sich zusammenstürzte.

Klara, Otto und Albertine zogen die Köpfe zwischen die Schultern und kniffen die Augen zu.

»Egal, in welchem Flur wir noch landen, Paule, du rührst nichts mehr an, okay?«, traute sich Albertine als Erste etwas zu sagen.

»Mensch, Paule, mach doch gleich 'ne Durchsage mit der Flüstertüte, dass wir hier sind.« Otto schüttelte den Kopf. »Ihr seid mir vielleicht eine Bande!«

»Und du bist ein ganz schön blauäugiger Trottel!« Klara stand vor dem großen Gemälde mit der Dame in dem glitzernden Mantel. »Das bist doch du«, fuhr sie Albertine an.

Albertine fummelte die Taschenlampe aus ihrer Allzweckweste.

»Kiek dir dett an, is' ja Wahnsinn!« Paule war von der Taschenlampe begeistert. »So kleen und so 'n Licht.«

Der Lichtkegel fiel auf das Gesicht der Dame. Sie hatte eine verblüffende Ähnlichkeit mit Albertine. Langsam wanderte der Strahl der Lampe über das ganze Gemälde.

»Da … da … die Polizisten«, stotterte Paule.

Jetzt sah auch Albertine die beiden Polizisten. Bei ihrer ersten Betrachtung waren sie ihr nicht aufgefallen, weil die beiden links und rechts hinter dem halb geöffneten Vorhang nur ein wenig hervorlugten. Ihre langen Krakenfinger hielten den Vorhang auseinander.

»Wieso sind die auf dem Bild?«, fragte Otto.

»Ich habe keine Ahnung. Vielleicht sind es auch irgendwelche andere Polizisten«, sagte Albertine.

»Ach, haben alle Polizisten so lange Griffel?«, entgegnete Klara.

»Ich bin selbst erst seit höchstens zwei Stunden hier. Woher soll ich das denn wissen?«, platzte es aus Albertine heraus. Sie hatte die Nase langsam voll. »Ich will endlich in mein Zimmer. Ihr könnt hier Wurzeln schlagen oder Tee trinken oder euch schnappen lassen. Oder mitkommen.«

»Na prächtig! Kaum zwei Stunden hier und die große Führerin spielen«, meckerte Klara.

Otto stieß sie in die Seite. »Halt endlich den Mund und komm!«

Der Rest des Weges war nicht mehr schwer zu bewältigen. Erschöpft kamen sie im Blumenstübli an.

»Wo sind wir?«, fragte Otto entgeistert, als er die Blumenpracht sah.

»*Mein* Zimmer«, sagte Albertine voller Stolz. »Das Zimmer wird *das Blumenstübli* genannt. *Paradies* wäre aber auch kein schlechter Name.«

»Die gucken uns an!« Jetzt war Klara das erste Mal ganz schön kleinlaut. »Die haben die Köpfe zu uns gedreht.«

»Dann mögen sie euch, ein gutes Zeichen«, antwortete Albertine, obwohl es ihr schwerfiel, zu glauben, dass die Blumen auch die patzige Klara nett fanden.

»Los, hilf mir mal mit der Kommode. Sicher ist sicher«, forderte Otto sie auf.

Gemeinsam schoben sie das schwere Möbel vor die Tür.

Paule und Klara hatten sich derweil auf dem Seerosenbett niedergelassen. »Mensch, Klara, dett is herrlich. Ick schwebe«, jauchzte Paule.

Albertine überlegte kurz, wie sie den beiden begreiflich machen konnte, dass das ihr Bett war. Schließlich hatte sie nur diese eine Nacht und da wollte sie nicht auf dem Boden schlafen oder gar mit dem dicken Paule in einem Bett. Aus den Augenwinkeln bemerkte sie, wie Otto ans Fenster trat und durch das Spector 2004 linste.

»Kann man von hier aus den Ku'damm sehen?«, fragte Otto und schwenkte das Fernrohr heftig hin und her.

»Gleich links vom Eiffelturm«, lachte Albertine. »Der Ku'damm ist doch in Berlin!«

»Na eben!«, sagte Otto und wunderte sich, was es da zu lachen gab. »Ich heiße übrigens Otto. Und das sind Paule und Klara.«

Klara nickte ihr zu, ohne eine Miene zu verziehen.

»Tach ooch!«, sagte Paule und zögerte, Albertine seine ölverschmierte Hand zu geben. Er spielte verlegen an den Knöpfen seiner Weste. Die waren Paule eigentlich ein

Dorn im Auge, denn sie bestanden aus drei kleinen, durchbohrten Holzstäbchen, die früher die Seitenwände eines Wäscheschranks zusammengehalten hatten. Knöpfe aus schillerndem Perlmutt, das wär's, meinte Paule.

Otto streckte Albertine die Hand entgegen.

»Albertine. Albertine Schulze«, antwortete Albertine und reichte Otto ihrerseits die Hand.

»Danke, dass du uns gerettet hast«, sagte Otto, während er ihr immer noch heftig die Hand schüttelte.

»Keine Ursache. Ich rette gerne mal jemanden«, gab sie zurück und fand, dass das eine ziemlich coole Antwort war.

Otto warf sich auf einen großen Palmwedel, verschränkte die Arme hinter dem Kopf und atmete tief durch. »Ganz schön doller Schuppen. Deine Eltern haben wohl ordentlich Kohle, was?«

»Die Villa gehört nicht meinen Eltern«, erwiderte Albertine. Sie rückte nicht gerne damit heraus, dass sie in einem Kinderheim wohnte. Die Leute kriegten dann plötzlich so einen mitleidigen Tonfall, den sie überhaupt nicht ausstehen konnte. »Wo sind denn eure Eltern?«, lenkte sie von sich ab.

»Unsere Eltern? Wir haben keine Eltern. Noch nie gehabt. Brauchen wir auch nicht!«, mischte Klara sich so beiläufig ein, als sei es das Normalste auf der Welt, keine Eltern zu haben.

»Also können wir nun hier pennen?«, fragte Otto nochmals.

Albertine wollte zu bedenken geben, dass sie am nächsten Tag selbst wieder wegmüsse, aber Klara und Paule waren schon verschwunden. Sie machten es sich in einer von Blättern umrankten Hängematte in den Wipfeln der

Bäume des Blumenstüblis bequem. Nach wenigen Augenblicken ertönte ein wohliges Schnarchen über den Köpfen von Albertine und Otto.

»Mann, die haben Nerven!« Otto zuckte entschuldigend mit der Schulter. »Na ja, war vielleicht alles ein bisschen viel heute.«

»*Du* hast Nerven! Ihr habt keine Eltern. Dann tippe ich mal darauf, dass ihr aus'm Kinderheim abgehauen seid? Und nun sucht euch die Polizei!« Kaum hatte sie es ausgesprochen, wurde Albertine bewusst, was ihr selbst vielleicht blühte. Die Rappelmeier hatte bestimmt schon alle Höllenhunde hinter ihr hergejagt.

Otto wich ihrem Blick aus. »Quatsch, Kinderheim! Wer wohnt schon in einem Kinderheim?« Er schlenderte zum Fenster und schaute durch das Fernrohr. »Nix zu sehen. Zu viele Wolken«, sagte er und sah sich verstohlen nach Albertine um.

»Lenk nicht ab!«

»Doch … da is' einer … Mann, ist der hell!«

»Luminos. Das kann nur Luminos sein.« Albertine schubste Otto zur Seite und zog ihm das Fernrohr weg. Sie konnte nicht glauben, dass ausgerechnet dieser Amateur Luminos in Sekundenschnelle ins Visier genommen hatte. »Das ist kein Stern, das sind die Lichter eines Düsenjägers«, murmelte sie enttäuscht.

»Düsenjäger?« Otto kratzte sich den Kopf unter seiner Mütze.

»Also, warum will die Polizei euch an den Kragen?«

»Ach, 'ne alte Geschichte, vergiss es. Luminos? Bist du Astrokolin?«

»*Astronomin* heißt das. Den Stern Luminos hat mein

Papa entdeckt. – Du lenkst ab.« Otto war ein sonderbarer Junge, fand Albertine. Irgendwie anders als die Jungs im Haus Kinderglück. Als er sie im Theatersaal fest an den Schultern gepackt und ihr in die Augen geschaut hatte, war es ihr ganz warm im Bauch geworden. Vielleicht lag das aber auch an dieser sonderbaren Villa, schüttelte sie die Gedanken von sich ab. Bei Tag betrachtet sah bestimmt alles ganz anders aus.

»Wo is'n dein Papa?«, fragte Otto.

»In Sibirien. Da kann man Luminos nämlich besonders gut sehen.«

»Ich würde auch gerne mal verreisen«, seufzte Otto. »Was machste denn hier, wenn der Schuppen nicht deinen Eltern gehört?« Otto lehnte lässig an der Wand neben dem Fenster.

»Das geht dich gar nichts an.«

Otto ging langsam auf Albertine zu, huschte einmal um sie herum und lehnte sich wieder an die Wand.

»Hey, was soll das?«, fragte Albertine und sah im nächsten Augenblick, dass Otto etwas in der Hand hielt. Mascha. Sie tastete nach der Westentasche und tatsächlich – die Matroschkas waren weg. »Wie hast du das gemacht?«

»Bin halt ein Profi!« Er drehte und wendete Mascha in der Hand. »Ganz schön abgeschrabbeltes Ding.« Otto baute die Matroschkas in Windeseile und mit einer Fingerfertigkeit, die jeden Taschenspieler begeistert hätte, auf.

»Finger weg!«, rief Albertine.

»Ich will doch bloß gucken, nix weiter«, beschwichtigte Otto und rückte die Püppchen liebevoll zurecht.

Albertine schob ihn beiseite. Sie berührte dabei seine Hand. Wieder strömte es warm und wohlig durch ihren

Bauch. Albertine Schulze, du benimmst dich genauso doof wie die Schnepfen in Jazzys Fotoromanen, dachte sie.

»Wo ist die Kleinste?«, fragte Otto.

»Ninotschka passt auf Papa auf!«

»Du hast vielleicht einen Papa. Kurvt in Sibirien herum und nimmt dich nicht mit!«

»Sag nichts gegen meinen Papa«, platzte es aus Albertine heraus. »Der wäre doch längst wieder hier, wenn …« Sie verstummte.

»Wenn was?«, bohrte Otto nach.

»Das geht dich gar nichts an!« Sie schnappte sich die Püppchen und baute sie wieder zusammen. »Ihr schlaft heute bei mir. Sicher ist sicher«, murmelte sie und ärgerte sich sofort, dass sie vor einem fremden Jungen mit den Matroschkas gesprochen hatte.

Als sie sich umdrehte, lag Otto mit geschlossenen Augen auf einem fast zwei Meter großen Palmwedel. »Komm schon«, rief sie. »Ich will wissen, warum die Polizei hinter euch her ist!«

»Das geht dich gar nichts an!«, äffte Otto Albertine nach, schnarchte laut auf und drehte sich auf die Seite.

Albertine rüttelte ihn an der Schulter, aber es war nichts zu machen. Das Reich der Träume hatte Otto schon verschlungen.

»Dann eben nicht!« Trotzig kuschelte Albertine sich auf das Seerosenbett. Am Ende ist er doch nur ein blöder Fatzke, dieser Otto. Aber ein geheimnisvoller Fatzke mit Augen so tief und grün wie der Regenwald am Amazonas, trudelte es durch ihren Kopf. »Von denen lassen wir uns doch die Laune nicht verderben, was, Mascha?« Die Müdigkeit nach diesem ereignisreichen Tag legte sich bleischwer über

Albertine und keine fünf Minuten vergingen, bis sie tief und fest schlief – den Seerosenduft in der Nase.

Sekunden später ritt Albertine auch schon durch das Reich der Träume, das eine auffällige Ähnlichkeit mit der sibirischen Steppe hatte. Sie galoppierte aber nicht auf einem Pferd, sondern ein Stern trug sie – schneller als das Licht. Allerdings nicht schnell genug, um Otto, der vor ihr auf einem Stern saß, zu erreichen.

Über ihr in den Baumwipfeln sägte Paule einen ganzen Urwald ab. Doch selbst sein Schnarchen und Klaras ängstliche Rufe, die sie dann und wann im Schlaf ausstieß, konnten Albertine nicht stören.

Auf dem Palmwedel lag Otto und öffnete vorsichtig ein Auge. Langsam drehte er sich herum, um zu sehen, ob Albertine wirklich schon schlief. Er schlich zum Seerosenbett, zog die Liliendecke so hoch, dass Albertine bis zum Kinn darunter verschwand, und ging zum Fenster. Wenn ich mal wüsste, was sie mit *Düsenjäger* gemeint hat, dachte Otto und suchte den Himmel mit Albertines Fernrohr ab.

Düstere Gesellen

Kulikov sah, wie das letzte Licht in der Villa erlosch. Nun lag auch der östliche Turm im Dunkel der Gewitternacht.

Die beiden finsteren Gestalten hatten von ihrem Versteck aus die Villa nun schon über eine Stunde beobachtet. Fast wären sie von dem Mädchen entdeckt worden, als der Wasserstrahl der Pfütze, in die sie gesprungen war, Gomezinger mitten ins Gesicht getroffen hatte. Kulikovs schadenfrohes Lachen hatten das Schicksal und die Pfütze nur wenige Minuten später bestraft: Gerade war sie wieder vollgelaufen, da war das gelbe Auto hindurchgerast und hatte Kulikov in eine Fontäne aus Regen, Schlamm und Kies eingehüllt.

»Nun lass mich auch mal sehen!« Kulikov – mit seiner hageren und großen Gestalt sah er einem Geier ähnlich – rammte seinem Kumpan den Ellbogen in die Seite

»Es gibt nix zu sehen.« Gomezinger versuchte das Fernglas zurückzubekommen. An ihn würde sich niemand erinnern, selbst wenn er versuchte, unvermummt eine Bank auszurauben. Er war die Unscheinbarkeit in Person.

»Warum starrst du dann hin?« Kulikov schnappte sich das kleine Fernglas aus Gomezingers Hand.

Gomezinger kippte um und rutschte vom Sockel der Feldherrnstatue in die Rosenranken. »Autschautschautschautsch…«

»Schschscht! – Was ist das denn für ein kleines, blödes Ding?«, meckerte Kulikov. Das Fernglas verschwand komplett in seiner Handfläche und schimmerte dort gold- und perlmuttfarben.

»Ich hatte kein anderes. Damit geht meine Frau in die Oper.«

»Mann, wir haben einen Überwachungsauftrag und du bringst ein Opernglas mit?« Kulikov hielt es vor die Augen. »Man sieht nix.«

»Sag ich doch! Blödmann.« Gomezinger fischte einen weiteren Rosendorn aus seiner Pobacke. »Aaaah! Sie sind schon alle im Haus. Außerdem, wer ist denn hier der Großwildjäger und hat seinen Feldstecher vergessen?«

»Pah. Was heißt *alle?*«

»Das Mädchen, die alte Schrapnell, der Trottel aus dem Auto und der verrückte Butler mit seiner Kanone!«

»Aber B…«

»Keine Namen«, unterbrach ihn Gomezinger und schaute verschwörerisch nach rechts und links.

»Aber *er* hat doch gesagt, dass *eine* Erbin kommt, und die sollen wir entführen, bis …«

»Nun sind gleich drei da und was noch schlimmer ist, die kleine Kugel von Butler hat 'ne Kanone. Wir brechen das Unternehmen hier ab, basta.«

»Aber B…, äh, *er* dreht uns den Hals um …«

»Nix *aber*! Oder sollen wir gleich 'ne ganze Familie mal so auf gut Glück entführen?« Gomezinger schlich leise zum Gittertor, drehte sich um und kreischte laut auf.

»Geht's noch lauter?« Kulikov zog das Tor hinter sich zu.

»Die-die-die-die«, Gomezinger holte tief Luft, »die Masken haben sich … bewegt.«

»Ich hab dir schon immer gesagt, Finger weg vom Schnaps. Hast du dir dein Hirn weggesoffen? Was soll sich da bewegen?« Kulikov rüttelte am Tor, nichts tat sich. Er schob Gomezinger zu einem Lieferwagen, der hinter dem großen Holunderstrauch versteckt war. Ein großer Rostfleck machte sich auf dem rechten Kotflügel breit, der linke war samt Scheinwerfer vor etlichen Jahren – angeblich bei der Jagd auf einen gemeingefährlichen Keiler – verloren gegangen. *Kulikov – Kammer- & Großwildjäger* stand auf der Beifahrertür.

Beim Schrei Gomezingers hatte ein leises Rumoren auf der Ladefläche begonnen, das nach und nach zu einem donnerartigen Grollen anschwoll.

»Du hast die Bestien dabei, stimmt's?« Gomezingers Stimme überschlug sich. »Ich setze keinen Zeh in diese Karre. Wahrscheinlich lässt das Beruhigungsmittel wieder nach.«

»Ich habe den ganzen Kasten hinten mit Stahl verstärkt. Nun mach dir nicht ins Hemd!«, erwiderte Kulikov. »Außerdem weiß ich jetzt, wie man sie todsicher in den Griff bekommt.« Eine Flöte, kaum größer als ein sauer eingelegtes Gürkchen, steckte zwischen seinen gelbbraunen Zähnen.

Alle meine Entchen klang leise durch die Nacht und sofort kehrte Ruhe in Kulikovs Auto ein.

»Du mit deinen fiesen *Versuchen*!« Gomezinger hatte Kulikov schon mehrmals vorhergesagt, dass er eines Tages ein Opfer seiner Leidenschaft für seine mehr als zweifelhaften Zuchtversuche würde.

»Rein mit dir!«, schnauzte Kulikov und schubste Gomezinger ins Auto.

Achterbahn ins Erdgeschoss

Am nächsten Morgen riss Albertine ein lautes Pochen aus dem Schlaf. In ihren Träumen hatte sie mit Walfischen in Ritterrüstungen und mit Säbelzahntanten gekämpft. Sie war gerade dabei, einen gepunkteten Taschendieb zu fangen, der sich aber immer, wenn sie glaubte ihn zu haben, in Wasser, Zuckerwatte, Luft oder Blütenstaub verwandelte und ihr doch wieder entwischte. Albertine schreckte auf und rieb sich die Augen.

»Fräulein Albertine! Hallo? Sind Sie wach?«

»Ihr müsst euch verstecken, schnell!«, brummelte Albertine verschlafen. »Otto? Klara?«

»Hallo, Fräulein Albertine, Sie müssen dringlichst aufstehen!«, rief Monsieur Flip hinter der Tür.

Albertine sah sich rasch im Blumenstübli um. Otto lag nicht mehr auf dem Palmwedel und auch von Klara und Paule gab es keine Spur. »Hey, wo seid ihr?«, flüsterte Albertine.

»Wie meinen?« Monsieur Flip hatte lautlos das Blumenstübli betreten und stand etwas verlegen da. Er trug seinen altmodischen schwarzen Frack und grau gestreifte Hosen. »Ich bitte vielmals um Entschuldigung. Mir ist durchaus bewusst, dass es sich nicht schickt, ohne Aufforderung das Zimmer einer Dame zu betreten. Doch ich möchte Sie höflichst darauf hinweisen, dass um neun Uhr das Testament in der Bibliothek durch Dr. Winkelfux eröffnet wird. Ach ja, und einen guten Morgen wünsche ich auch.« Er rückte den aus einer kreisrunden Baumscheibe gefertigten Tisch neben das Seerosenbett. Dann stellte er ein Tablett darauf, auf dem zwei silberne Servierhauben die Frühstücksköstlichkeiten versteckten.

Albertines Magen meldete sich gleich mit einem Knurren, teils aus Vorfreude, teils weil sie seit dem Vortag nichts außer dem kargen Frühstück im Haus Kinderglück und ihren drei Käsebroten gegessen hatte. Für Otto, Klara und Paule reicht die Portion aber nicht, dachte Albertine. Es sei denn, unter der einen Haube kommt ein Berg Pfannkuchen und unter der anderen ein Riesentopf Schokoflakes hervor.

»Ich muss zu meiner großen Schande gestehen, dass die Küche …«, Monsieur Flip dachte einen Augenblick nach, »… nur ein etwas spartanisches Mahl hergibt. Ich war auf so viele Gäste nicht eingerichtet.« Er hob die Hauben hoch.

»Das reicht nicht einmal für *mich*«, entfuhr es Albertine.

Ein gekochtes Ei verlor sich auf einem der großen Teller. Auf dem anderen lagen drei gelbliche Fladen, die entfernte Ähnlichkeit mit Brot hatten.

»In der Tat, Ihre Tante wird ohne Frühstück auskommen müssen«, bestätigte Monsieur Flip. »Hoffen wir sehr, dass sie dies nicht noch griesgrämiger macht. Ich darf Sie jedoch beruhigen, über Eier verfügen wir normalerweise in ausreichendem Maß. Milly, Molly und Miranda sind da sehr zuverlässig.« Er winkte Albertine zum Fenster, von dem aus sie die schneeweißen Hühner im hinteren Garten sehen konnte. »Dort hinter dem Buchsbaumlabyrinth versteckt sich übrigens unser Gemüsegarten. Leider habe ich ihn in diesem Jahr ausschließlich zur Züchtung neuer Kohlsorten genutzt. Wenn man von den Stachelbeersträuchern absieht. Ihre Großtante Lizzi und ich erprobten gerade die totale Selbstversorgung.«

»Und was ist das?«, fragte Albertine, bevor sie eines der Fladenbrote in die Hand nahm.

»Prieselbrote.«

»Prieselbrote?« Albertine hatte noch nie etwas davon gehört. Ihr schwante Fürchterliches. Hoffentlich war es kein Ergebnis der Versuche zur *totalen Selbstversorgung*.

»Prieselschoten wuchsen ausschließlich auf den nördlichen Aleuten. Oder war es im nördlichen Albanien? Ich weiß es nicht mehr. Die Pflanze ist jedenfalls längst ausgestorben. Ihre Schoten halten aber ewig und wir haben von der vorletzten Reise noch zwei Fässer voll im Keller. Man kann sie zu fast allem verarbeiten. Sehr nahrhaft.«

Albertine kostete von den Prieselbroten. Sie schmeckten ein bisschen nach Walnüssen und, wenn man lange genug darauf herumkaute, auch nach Aprikosen.

»Was schwatze ich hier herum. Es wird höchste Zeit.« Monsieur Flip warf einen Blick auf seine Taschenuhr. »Ich empfehle mich und warte vor der Tür, bis Sie angekleidet sind.«

»Entschuldigung, Monsieur Flip. War gestern die Polizei im Haus?«

»Polizei? Vielleicht um eine gewisse Cora Rabenschlag wegen Bösartigkeit und geschmackloser Kleidung zu verhaften?« Monsieur Flip kicherte. »Schön wär's! Das gnädige Fräulein hat wohl geträumt. Mächtige Träume sind in diesem Haus nichts Ungewöhnliches. In gewisser Hinsicht ist die Villa Wünschelberg von unzähligen Träumen bevölkert«, sagte Monsieur Flip und schloss die Tür.

Albertine kämpfte gegen die Enttäuschung an. Sie hatte das alles also nur geträumt? Hatte sie einen von diesen *mächtigen* Träumen gehabt, wie Monsieur Flip es ausdrückte? Waren Otto, Klara und Paule nur in ihrer Fantasie vorgekommen? »Mascha, Hand aufs Herz! Spinne ich oder geht's hier nicht mit rechten Dingen zu?«

Aber Mascha verweigerte die Antwort.

Hastig stopfte sich Albertine das Ei und ein weiteres Prieselbrot in den Mund. Sie schlüpfte in ihre Sachen, prüfte, ob die Matroschkas an der richtigen Stelle in der Weste saßen, beförderte den Schlafanzug in den Koffer und rannte zum Fenster. In Windeseile baute sie das Spector 2004 zusammen und bettete es vorsichtig auf den Schlafanzug. Albertine warf noch einen letzten, sehnsuchtsvollen Blick in dieses wunderschöne Zimmer und öffnete die Tür.

Am Fuß der Steintreppe wartete Monsieur Flip neben einer Mischung aus Fahrrad und Kutsche. »In Anbetracht der Tatsache, dass die Zeit zur Eile mahnt, möchte ich Ihnen unsere alte Haus-Rikscha zur Fortbewegung anbieten. Ein Geschenk des Maharadschas von Eschnapur, vor dem Ihre Großtante zum Neujahrsfest 1967 auftreten durfte. Darf ich Sie bitten, hier hinten Platz zu nehmen? Wir haben noch genau sechs Minuten und dreiundzwanzig Sekunden Zeit.« Monsieur Flip kletterte auf den Sattel. Kaum saß er darauf, wackelte ein braun schimmernder Turban aus feinster Seide, so groß wie ein Wagenrad, auf seinem Kopf. Eine goldene Troddel war oben in der Mitte befestigt. Seine Beine steckten in ebenfalls braunen Pluderhosen. Die langen, spitz zulaufenden Pantöffelchen erinnerten an venezianische Gondeln.

Albertine musste grinsen und stieg ein. Das war wirklich

ein komischer Kauz. Schade, dass sie ihn nicht mitnehmen konnte. Till und Knobel hätten ihren Spaß an ihm gehabt.

»Vorsicht bitte, wir nehmen Fahrt auf«, sagte Monsieur Flip und trat in die Pedale.

Nach einigen heftigen Wacklern fuhren sie durch die unendlichen Gänge der Villa. Unübersehbar eigneten sich Goldtroddel, Pluderhosen und Pantöffelchen nicht für einen Rikschafahrer. Monsieur Flip kämpfte entweder mit der Troddel, die ihm die Sicht nahm, den Pantoffeln, die sich im Vorderrad verklemmten, oder der Pluderhose, die sich der Kette immer wieder bedenklich näherte.

Albertine wollte ihrem beherzten Chauffeur gerade anbieten die Plätze zu tauschen, da warf Monsieur Flip den Kopf über die Schulter und ächzte: »Zeit?«

Albertine sah auf ihre Uhr. »Noch zwei Minuten, dann ist es genau neun Uhr!«, rief sie.

Monsieur Flip stieg in die Bremsen. »Dann muss die edle Maharani von Wünschnapur mit einem etwas weniger hochherrschaftlichen Fortgang der Reise vorliebnehmen.«

Sie standen am Ende des Verkehrt-herum-Gangs an der Treppe zur Halle.

»Bitte Platz zu nehmen.« Monsieur Flip deutete auf die oberste Stufe.

Albertine sah ihn mit großen Augen an.

»Nun ja, die Fahrt ist noch nicht zu Ende. Wir wechseln nur die Art der Fortbewegung. Vertrauen Sie mir. Oh, Verzeihung.« Er trat zwei Mal auf die oberste Treppenstufe, die sich zur Seite aufklappte und nun eine entfernte Ähnlichkeit mit einem Rennbob hatte. »Bitte schön! Ihr Platz ist vorne an den Lenkseilen und ich darf mich als Bremser nützlich machen.«

Albertine tat wie ihr geheißen und Monsieur Flip setzte sich hinter sie.

»Achtung, es geht los!« Er drehte einen der Buddhas am Geländer.

Augenblicklich klappten sich die unzähligen Stufen der Treppe ein. Albertine und der Butler sausten mit einem Höllentempo die kurvige Rutschbahn hinab.

»Jiiipiiiih«, kreischte Albertine vor Vergnügen und auch

Monsieur Flip stieß einige brummende Jauchzer aus. Sie wurden immer schneller und die Kurven immer steiler. Albertine sah die Halle schon bedenklich nahe kommen. »Wie bremst man?«, schrie sie ihrem Beifahrer zu.

Monsieur Flip fummelte am Boden des Schlittens und beförderte eine Reißleine mit einem kleinen Messingring hervor. Er zerrte einmal ruckartig an der Leine. – Nichts passierte. Er zog ein zweites Mal mit aller Kraft daran und hielt den Messingring samt der abgerissenen Leine in der Hand. Die Panik in seinen Augen versprach nichts Gutes. »Ich schlage vor …«

Sie hatten allerdings das Ende der Treppenrutschbahn schon mit unverminderter Geschwindigkeit erreicht.

»Fääästhaltääääännn«, hallte Monsieur Flips Stimme durch den Raum.

Die anfängliche Begeisterung über die ungewöhnliche Achterbahnfahrt wich zuerst einem beklemmenden Gefühl und dann der puren Angst. Albertine schlug die Hände vors Gesicht. »Neiiii-iiii-hiiiin«, quietschte es aus ihrem Mund.

Der Treppenstufen-Rennbob flog ungefähr eine Handbreit über dem Boden in die Halle. Monsieur Flips Turban begab sich auf Abwege und drillerte, vom Fahrtwind angetrieben, wie eine Frisbee-Scheibe zum Eingangsportal. Das Zirkusorchester auf dem Nashorn beendete den Fluchtversuch der Kopfbedeckung schließlich.

Das außer Kontrolle geratene Flugobjekt mit Albertine und Monsieur Flip darauf driftete nach links, ditschte zweimal auf dem Boden auf und nahm mit kaum verminderter Geschwindigkeit Kurs auf den großen Kamin. Das rußig schwarze Gitter daran kündigte einen unschönen Tod an.

Das ist das Ende! Jetzt weiß ich auch, was Todesangst bedeutet, und tot, das bin ich in drei Sekunden, dachte Albertine.

»Abspringen!«, schrie Monsieur Flip.

Für einen kurzen Moment glaubte Albertine, bei dem weißen Flaum handle es sich um Wolkenfetzen, die sie auf ihrem Flug in den Himmel durchstieß. Erleichtert stellte sie fest, dass es nur ein Gestöber aus Daunenfedern war, das ihr die Sicht verschleierte. Noch musste sie sich keine Gedanken machen, ob man sie in den Himmel hineinließ, denn noch lebte sie ohne Zweifel!

Albertine rappelte sich aus den Kissen und Polstern des großen Sofas hoch, auf dem man sich an kalten Wintertagen sicher wohlig warm vor dem Kamin räkeln konnte. »Monsieur Flip?«

Zwischen zwei Paradekissen guckte ein spitzes Pantöffelchen hervor.

»Leben Sie noch, Monsieur Flip?«

Das Pantöffelchen zuckte. »Hmmmpffihmmpf.«

Albertine sprang auf und wühlte in dem Kissenberg, bis sie zum Kopf des Butlers vorgedrungen war. Er steckte in der Ritze zwischen zwei Polstern.

»Hmmmpffihmmpf«, wiederholte Flip.

Albertine zog mit aller Kraft. Mit einem Ruck schnellte Flip aus der Ritze. Seine wenigen Haare standen wie elektrisiert in alle Richtungen. Mit aufgeblasenen ampelroten Backen hockte er auf dem ramponierten Sofa. Albertine konnte sich ein Kichern nicht verkneifen, zu sehr ähnelte der vornehme Hausdiener einem Truthahn kurz vorm Schlachten.

»Aaammmpffff«, würgte Monsieur Flip hervor und fasste sich mit beiden Händen an den Hals.

Albertine schlug ihm mit aller Kraft auf den Rücken. Ein dicker Knubbel Daunenfedern quoll aus seinem Mund.

»Vielleicht brauchen die Bremsschirme eine Generalüberholung!« Monsieur Flip versuchte, so gut es ging, die gewohnt vornehme Haltung wiederzugewinnen.

»Alle Gräten noch an ihrer vorschriftsmäßigen Stelle?«, erkundigte sich Albertine, die das Kichern immer noch nicht unterdrücken konnte.

»Hauptsache, die Gäste unseres Hauses haben Spaß – so haben wir es immer gehalten«, antwortete Flip und tat, als sei überhaupt nichts passiert.

Ihr ungewöhnlicher Bob war mit Karacho im Kamingitter gelandet und in seine Einzelteile zersplittert. Ungefähr dort, wo einmal die hinteren Höhenflügel gewesen sein mussten, hing ein schlaffer Fallschirm heraus.

»Der hätte sich eigentlich schon auf dem zweiten Treppenabsatz entfalten müssen«, ächzte Monsieur Flip und versuchte seine Haare zu bändigen. »Zeit?«

»Auf meiner Uhr noch achtundvierzig Sekunden.«

»Dann würde ich vorschlagen, wir machen etwas, was sich einer Dame und einem Herrn eigentlich nicht ziemt – wir rennen!«

Eine neue Herrin auf Wünschelberg

Die Wanduhr in der Bibliothek schlug genau neun Uhr, als Albertine und Monsieur Flip die zwei großen Flügeltüren aufstießen. Tante Cora, Onkel Rufus und, auf der anderen Seite des schweren Eichentisches, Dr. Baldur Winkelfux fuhren erschrocken in ihren üppigen Ledersesseln zusammen. Für einen Moment war es totenstill. Die drei schauten die Neuankömmlinge mit fragenden Mienen an.

Albertine sah verstohlen zu Monsieur Flip und zwinkerte ihm zu. Mit hochgezogenen Augenbrauen deutete sie auf seine Hose.

»Ups!« Monsieur Flip entdeckte die Pluderhose, stolzierte aber in aller Seelenruhe zu dem kleinen Teewagen vor der großen Terrassentür. Kaum dort angekommen, kleidete ihn wieder sein hochherrschaftlicher Hausdiener-Anzug. Nur die Haare standen noch immer wie bei einem Punker zu Berge.

»Es ist genau neun Uhr. Ich bin pünktlich«, keuchte Albertine. Sie riskierte einen Blick durch die Bibliothek. Das mussten Tausende und Abertausende Bücher sein, die hier in dunklen, hohen Holzregalen standen. Wahrscheinlich brauchte man eine Bergsteigerausrüstung, um an die oberen Fächer zu kommen. Auf einem breiten, alten Stehpult lag ein Stapel altertümlicher Dokumente, Landkarten und Pergamentrollen.

»Ich glaube kaum, dass dies der richtige Zeitpunkt ist, durchs Haus zu tollen«, giftete Tante Cora, die sich richtig in Schale – in grellbunte Schale – geworfen hatte. Das leuchtend gelbe Kleid spannte etwas um ihre Hüften und auf dem Ausschnitt prangte eine monströse Stoffblume – rosa mit grünen Punkten drauf. Tante Cora sah aus wie ein wandelndes Lutschbonbon. Sie spielte bemüht elegant mit einer Nerzstola und drehte sich mit einem verzerrten Lächeln dem Notar zu.

Winkelfux räusperte sich trocken. Er saß am Kopfende des Tisches und war der blasseste und hagerste Mensch, den Albertine je gesehen hatte. Das Licht fiel durch das Bibliotheksfenster direkt auf sein Gesicht und spiegelte sich so in den Brillengläsern, dass es aussah, als habe er nur eine Brille, aber keine Augen.

»Wir haben doch nur …«, setzte Albertine zu ihrer Verteidigungsrede an.

»… hier ein Testament zu eröffnen«, sagte Tante Cora. Ihr passte die Anwesenheit von Albertine nicht. »Kindchen, du musst doch bestimmt wieder rechtzeitig im Kinderheim sein. Fahr doch einfach, was sollst du denn lange hier rumsitzen mit den Erwachsenen«, flötete sie und nahm eine altmodisch bestickte Reisetasche von einem Sockel, der neben ihrem Sessel stand. Kinder lassen sich leicht bestechen, dachte Tante Cora. So eine Tasche war schon mehr als großzügig. »Da, ein kleines Andenken. Und ansonsten eine schöne Rückfahrt.«

Die Tasche zappelte, als habe sich ein vorwitziges Karnickel in ihr verlaufen.

Monsieur Flip, der lautlos mit ein paar Kaffeetassen auf dem silbernen Servierwagen herumhantiert hatte, stürzte wie von der Tarantel gestochen auf Tante Cora zu und riss ihr die Tasche aus der Hand. »Wollen Sie uns alle umbringen? Haben Sie eine Ahnung, was so ein Taschentornado alles anrichten kann?«, rief er aufgeregt.

»Was ist das denn jetzt schon wieder für ein Unsinn?«, zeterte Tante Cora.

»Taschentornados sind noch nicht ausgewachsene Tornados, die im Ruhezustand bequem in eine Reisetasche passen. Im Ruhezustand wohlgemerkt. Lässt man sie einmal frei, können sie die schlimmsten Verwüstungen verursachen. Diesen hier hat Lizzi 1954 von den Bermudas mitgebracht«, erklärte Monsieur Flip und stellte die Reisetasche vorsichtig wieder auf den Sockel.

»Wir sollten vielleicht ...«, hob Dr. Winkelfux an, während er auf seine Uhr schaute.

»Sie haben vollkommen recht. Fangen wir endlich an. Je eher wir die Formalitäten geklärt haben, desto besser – für mich«, unterbrach ihn Tante Cora.

Dr. Winkelfux entnahm seiner schwarzen Aktenmappe einen Umschlag, räusperte sich wieder, schob die Nickelbrille zurecht und stierte auf ein Blatt Papier. Offensichtlich hatte er doch Augen. »Anwesend zur Testamentseröffnung der verstorbenen Frau Elisabeth Schulze sind a) ihre Großnichte Alb...«

»Wen interessiert das denn? Das sieht doch jeder, wer anwesend ist. Geben Sie mal her, das kann ich schneller«, ging Tante Cora dazwischen und griff nach dem Testament.

Winkelfux' Hand knallte auf den Umschlag. Tante Cora hatte eine Ecke zu fassen bekommen und zerrte daran.

»Ich warne Sie!«, zischte Winkelfux. Er nahm seine Brille ab und warf Tante Cora einen stechenden Blick zu.

Tante Cora lehnte sich schmollend in ihren Sessel zurück. Die Nerzstola war ihr beim Versuch, an den Umschlag zu kommen, von der Schulter auf den Boden geglitten. Der Nerz bewegte sich nun langsam über den Teppich.

Albertine wollte die augenscheinlich zum Leben erwachte Stola im Blick behalten, aber als sie den Kopf so unauffällig wie möglich unter den Tisch steckte, war die Stola schon verschwunden.

Tante Cora trommelte ungeduldig mit ihren gelb lackierten Fingernägeln auf der Tischplatte. Mit der anderen Hand griff sie nach der Tasse, die Monsieur Flip an ihr vorbeitrug.

Der Butler wich ihr aus und neigte sich zu Albertine hinunter. »Heiße Schokolade, Fräulein Albertine?«, flüsterte er und gab Albertine die Tasse. »Ooooh«, wandte er sich an Cora Rabenschlag. »Das war leider der letzte Tropfen, ich bin uuuuuuntröstlich!«

»Ich würde gerne fortfahren!« Ein strafender Blick von Winkelfux traf Monsieur Flip.

Dr. Winkelfux öffnete mit feierlicher Geste den Umschlag. Er tapste mit einer Hand auf dem Tisch herum. Seine Brille war verschwunden. Er hielt das Testament im Abstand von einem knappen Zentimeter vor seine Augen und räusperte sich abermals. *»Ich, Elisabeth Schulze, verfüge freien Willens, dass Monsieur Flip zeit seines Lebens in der Villa Wünschelberg wohnen darf.«*

Tante Cora atmete tief durch und krallte sich in den Armlehnen ihres Sessels fest.

»Außerdem soll er meinen großen Übersee-Schrankkoffer, meine Privatbibliothek und mein geliebtes Automobil, den 1929er Bugatti T41 Royale, bekommen.« Winkelfux über-

reichte Monsieur Flip den Schlüssel zu dem Teil der Bibliothek, den Lizzi selbst vor den Augen ihres langjährigen Dieners und Vertrauten verborgen gehalten hatte. »*Meine Nichte Cora erhält mein großes Porträt im Rittergang* ... «

»Alte Hexe«, murmelte Tante Cora.

»Ich muss doch bitten!« Monsieur Flip trat einen Schritt vor. »Immerhin ist das ein Meisterwerk von Pobla Pacossi, der vielleicht größten Künstlerin unserer Zeit!«

»Meine Herrschaften!«, ermahnte Winkelfux. »... *des Weiteren vermache ich ihr den Jugendstil-Hühnerstall* ... «

»Überspringen Sie den ganzen Quatsch! Wo kommt die Stelle mit der Villa, Sie Wurzelzwerg ... Winselgreis ... Winkelfux!« Tante Cora sprang auf und schnappte sich Winkelfux am Kragen.

Albertine verdrehte die Augen und griff nach ihrer Kakaotasse. Ihre Hand ging ins Leere. Die Tasse war verschwunden. Ihre Blicke suchten den großen Tisch und das Servierwägelchen ab. Nichts. Keine Kakaotasse weit und breit. Albertine wollte sich enttäuscht in ihren Sessel fallen lassen, da erspähte sie noch mit einem Auge, dass ein kariertes Knickerbocker-Bein durch die Tür hinaushuschte. »Ott...« Aber Albertine schluckte den Rest lieber hinunter. Leise wandte sie sich der Tür zu.

Winkelfux stopfte sein gestärktes Hemd, an dem Tante Cora gezerrt hatte, wieder in die Hose und brüllte mit hochrotem Gesicht gegen das Gezeter an. »... *ihr den Jugendstil-Hühnerstall, damit ihr aufgeregtes Gegacker* – hören Sie, hier steht ausdrücklich *Gegacker*! – *die Universalerbin aller meiner Güter und Besitztümer, Albertine Schulze, nicht stört.*«

Als sie ihren Namen hörte, blieb Albertine erschrocken

stehen. Schlagartig war es mucksmäuschenstill geworden. Mist, erwischt!, dachte sie und drehte sich um.

Tante Cora stand da, als habe jemand die Zeit angehalten. Blankes Entsetzen war ihr ins Gesicht geschrieben.

Monsieur Flip zog überrascht die Augenbrauen hoch. Ganz langsam wanderte ein Lächeln über sein Gesicht. Beginnend im linken Mundwinkel wuchs es sich schnell zu einem breiten Grinsen aus. Natürlich! Wie hatte er glauben können, dass Lizzi die Villa in die Hände einer Gewitterziege wie Cora gäbe.

»Universalerbin?«, fragte Albertine.

Als sei dies ein geheimes Losungswort gewesen, kam wieder Bewegung in die Runde.

Tante Cora sank wortlos in sich zusammen.

Monsieur Flip klapperte nervös mit der Kakaokanne auf dem Servierwägelchen. »Universalerbin. Das heißt … Sie haben … äh, Sie sind nun die neue Besitzerin. Die Villa mit allem Drum und Dran gehört Ihnen ganz allein. Und das wiederum heißt, Sie können tun und lassen, was Sie wollen.«

»Und ich muss nicht mehr zurück zur Rappelmeier!«, flüsterte sie mehr zu sich selbst als zu den anderen.

»Wie meinen?«, fragte Monsieur Flip.

Statt einer Antwort fiel Albertine ihm um den Hals, drückte ihm einen Schmatzer auf die Wange und rannte so schnell sie konnte aus dem Zimmer.

»Unverkennbar, das Temperament hat sie auch von ihrer Großtante geerbt!«, stellte der Butler fest. »Wenn Madame eine Führung durch den Hühnerstall wünschen, stehe ich selbstverständlich gern zur Verfügung«, wandte er sich an Cora.

»Ach, bevor ich es vergesse …« Monsieur Flip zog den Schlüssel zu Lizzis Privatbibliothek hervor und öffnete die Glastür, die einige der vielen Bücher vor fremdem Zugriff schützte. »Ich darf noch eines *meiner* Bücher entwenden.« Er stieg auf die Leiter und murmelte: »Tarantelgifte … Thermoplastische …, nein, Transsylvanische … Wo ist es denn … ah, *da* ist es.« Er zog ein dickes, in Leder gebundenes Buch hervor und verschwand aus der Bibliothek.

Ein unwiderstehliches Angebot

Tante Cora hing wie ein angeschlagener Preisboxer in ihrem Sessel. Ihre Arme baumelten kraftlos über die Lehne. Onkel Rufus schnappte sich eine Landkarte, die den Verlauf der Chinesischen Mauer im 12. Jahrhundert darstellte, und fächelte seiner Frau so schwungvoll Luft zu, dass die Stoffblume auf ihrem Busen auf- und niederwippte. Aber Cora rührte sich nicht.

Winkelfux rieb sich die Hände. »Die alte Lizzi Schulze. Immer wieder für eine Überraschung gut.« Er ordnete seine Papiere, unterschrieb ein Formular und legte es fein säuberlich neben das Testament.

Unbemerkt von allen hatte eine mächtige Gestalt die Verandatür aufgeschoben und die Bibliothek betreten. Die wurstigen Finger des Mannes, dessen Bauch noch den von Monsieur Flip übertraf, umklammerten ein winziges Hündchen mit großen abstehenden Ohren und Glupschaugen. Ein blaues Rollkragenpullöverchen ersetzte das Fell des Nackthundes.

»Madame.« Der große Mann stürmte auf die röchelnde Tante Cora zu. »So eine Erbschaft haut die stärkste Frau um, das weiß niemand besser als Friedensreich Bollenstiel, Bauunternehmer, Bürgermeister und bescheidener Wohltäter unseres geliebten Unterwünschelberg. Habe die Ehre.« Er lüpfte seinen braunen Filzhut und vollführte einen schwungvollen und tiefen Diener. Bollenstiels Kopf war genauso nackt wie sein Hündchen.

Aus der Brusttasche seines Jacketts purzelten bei der Verbeugung drei Zuckerstangen, eine Lakritzschnecke und eine Handvoll Karamell-Bonbons, jedes in ein andersfarbiges Glanzpapier eingewickelt. Das Pulloverhündchen stürzte sich auf die Lakritzschnecke, aber Bollenstiel rettete den schwarzen Kringel. Er warf ihn in die Luft und fing ihn mit der Zunge auf, die gut und gerne als Abschleppseil dienen konnte, so lang war sie.

»Däischie, Däischie, du bösches Mähtschen«, nuschelte er mit vollem Munde. Mit einem Glucksen verschwand die zermantschte Lakritzschnecke in seinem Rachen.

»Meine Villa …«, ächzte Tante Cora, die allmählich wieder zu sich kam.

»… ist ohne Zweifel ein Schmuckstück«, unterbrach Bollenstiel sie. »Das kann niemand besser beurteilen als ein Mann von Welt wie ich. Ich möchte Ihnen jedoch …«

»Meine Villa …«, wiederholte Tante Cora.

Bollenstiel ließ sich von Tante Coras Stammeln nicht verunsichern. »Ihre Villa wird für die hübsche Summe von einer Million in bar in meinen Besitz übergehen. Ich bin ein alter Freund und Verehrer dieses Hauses.«

Er schnipste mit den Fingern und Herr Gomezinger, der Chauffeur des Bürgermeisters, räusperte sich. Der unscheinbare Mann im dunkelblauen Anzug war bisher niemandem aufgefallen. »Bitte sehr«, seine Hacken schlugen zusammen, »der Koffer!« Ein Lederkoffer mit blank geputzten Messingbeschlägen lag wie ein Bauchladen in seinen ausgebreiteten Armen.

Bollenstiel öffnete mit eleganter Geste die Schnapp-

schlösser, wobei der Deckel hochschnellte und gegen Gomezingers Nase knallte.

Violette Geldbündel leuchteten Tante Cora entgegen, sieben Reihen quer, vier hoch, bis zum Rand des Koffers. Tante Coras Augen quollen über. Langsam fuhr sie ihre gelb lackierten Krallen aus und näherte sich mit zitternder Hand den glatten, neuen Scheinen. Mit einem Mal war sie hellwach.

»Herr Bollenstiel, hier liegt ein Irrtum vor«, meldete sich Dr. Winkelfux zu Wort.

Tante Cora stieß ein scharfes Zischen aus und sah Dr. Winkelfux mit dem stechenden Blick einer Kobra an. »Hier liegt eine Million vor und sonst gar nix. Halten Sie gefälligst den Mund.«

»Aber …«

»Aber das können wir auch allein regeln, Herr Notar.« Tante Cora raffte sich Winkelfux' Aktenmappe und knallte sie ihm vor die Brust. »Schönen Tag noch.«

Bevor der Notar etwas erwidern konnte, hatte Tante Cora ihn schon zur Verandatür hinausbugsiert. Ihre linke Hand blieb auf der Klinke liegen. Sicher ist sicher, dachte sie sich. Mit der anderen zeichnete sie einen weiten Bogen durch den Raum und drehte sich mit einem liebenswürdigen Lächeln zu Bollenstiel um. »Wo waren wir stehen geblieben, mein Guter?« Tante Cora fühlte sich schon wie eine der schottischen Gutsherrinnen, die sie in den geliebten Sonntagabendfilmen immer so beneidete.

»Bei einer Million, Verehrteste.«

»Ach ja, Herr Knollenspiel …«

»Bollenstiel, sehr verehrte gnädige Frau.«

»Verzeihung, wie ungeschickt von mir, Herr *Bollenstiel*.«

Tante Cora schlängelte sich um den großen Eichentisch, schubste ihren Mann Rufus zur Seite und baute sich direkt vor dem Bürgermeister auf.

Daisy knurrte mit gebleckten Zähnen, die allerdings kaum größer als die Mandelsplitter auf Bollenstiels Lieblingskeksen waren.

»Gewähren Sie mir zwei klitzekleine Tage? Ich muss nur noch ein, zwei ebenso klitzekleine Formalitäten erledigen. Sie wissen schon.«

Bollenstiel schlug den Koffer schwungvoll zu, nahm mit seiner dicken Wurstpranke Tante Coras dürre Kralle und küsste sie auf so schmierig-elegante Weise, dass Onkel Rufus angewidert den Mund verzog. »Zwei Tage kann ich gerne warten, Gnädigste. Nehmen Sie dies als Anzahlung und Zeichen meiner Verehrung.« Bollenstiel drehte Tante Coras Hand um und legte ein Geldbündel hinein.

Tante Cora wurde rot. Sie schaute verlegen zur Seite, als habe Bollenstiel ihr gerade einen Heiratsantrag gemacht.

»Ich lasse der werten Dame diese kleine Urkunde da. Eine Unterschrift hier unten links und schon gehört der alte Kasten mir und das Köfferchen samt Scheinchen Ihnen.«

Während Bollenstiel sich rückwärts gehend und Kusshändchen werfend Richtung Verandatür bewegte, winkte Tante Cora ihm versonnen nach. »Sie guter Mann, so großzügig und galant. Also in zwei Tagen dann«, zwitscherte sie ihm hinterher.

Kaum war Bollenstiel mit einem letzten Küsschen durch die Verandatür in den Garten getreten, verschwand jeglicher Liebreiz aus Tante Coras Gesicht. Die Temperatur in der Bibliothek sank augenblicklich auf den Gefrierpunkt.

Beim Blick auf das Testament, das auf dem Tisch lag, brach sie in ein schrilles Gelächter aus und ballte die Fäuste. Der Preisboxer war wieder zurück im Ring! Cora Rabenschlag, geborene Schulze, würde einen Weg finden, der Göre mit ihrer lächerlichen Tausendtaschenweste die Villa Wünschelberg madig zu machen. Daran hatte sie nicht den geringsten Zweifel. Testament hin oder her.

»Herr Winkelfüxchen«, trällerte sie und lief zur Verandatür. »Liebster Herr Notariatsoberdirektor Winkelfux, ich hätte da noch eine klitzekleine Frage.«

Bollenstiel ließ sich lachend auf die Rückbank seiner Luxuslimousine fallen, deren Tür Gomezinger eilfertig und mit einem tiefen Diener aufgerissen hatte. Die Polster, weich, bequem und aus feinstem Wildleder gefertigt, verschluckten den schweren Mann fast. Die breiten Reifen, in deren chromblitzende Radkappen jeweils ein verschlungenes *FB* für Friedensreich Bollenstiel eingraviert war, knirschten über den Kiesweg.

Bollenstiel warf einen Blick zurück auf die Villa. »Selbst ist der Mann!«, schnaufte er und gönnte sich zur Belohnung eine ganze Packung weißer Schaummäuse.

Daisy bettelte hechelnd in seinem Arm.

»Komm, mein Häschen, happi, happi«, forderte Bollenstiel sein Hündchen auf. Zwischen seinen Zähnen steckte eine Maus aus süßem Zuckerspeck.

Daisy streckte sich. Als aber zwischen den Zuckerschwaden auch der Mundgeruch ihres Herrchens in ihr nacktes Näschen drang, jaulte sie auf.

»Dumme Töle!« Bollenstiel pfefferte das Hündchen auf ein rotes Samtkissen zu seiner Rechten. »Wenn du dummer

Trottel deine Aufgabe erfüllt hättest, wäre mir dieser Auftritt erspart geblieben«, schnauzte Bollenstiel seinen Chauffeur an. »Diesem geschmacklosen Wesen von Frau auch noch die Hand küssen, bah!«

Gomezinger rutschte etwas tiefer in den Fahrersitz. »Ich bitte um Verzeihung, Herr Bollenstiel«, er nestelte nervös an seiner Krawatte, »aber Kulikov und ich waren in der Unterzahl.«

»Das ist mir doch egal! Ihr solltet mir die Erbin vom Hals schaffen, bevor sie über die Schwelle des Hauses tritt. Keine Erbin, keine Erbschaft! Und die Gemeinde Unterwünschelberg hätte alles gekriegt. Und wer *ist* die Gemeinde Unterwünschelberg?«

In ganz Unterwünschelberg hörte jeder aufs Wort, wenn Friedensreich Bollenstiel etwas wollte. Deshalb rief Gomezinger: »Friedensreich Bollenstiel ist die Gemeinde Unterwünschelberg!« Er wollte die Hacken ergeben zusammenschlagen, doch er brauchte seinen rechten Fuß gerade zum Gasgeben.

Bollenstiel grunzte zufrieden. Innerhalb von einem halben Tag würde er die Villa dem Erdboden gleichgemacht haben und keine Woche später würden sechs saubere Autobahnspuren quer über das Grundstück verlaufen. Hübsch schwarz geteert, mit schnurgeraden Leitplanken in der Mitte und einer Abfahrt, die zu einer kleinen Goldgrube führen würde – zu Bollenstiels Rast- und Tankstelle. Der Bagger mit der Abrissbirne stand schon bereit, seit diese Lizzi Schulze unter der Erde lag. Nun gut, er würde eben noch ein paar Tage warten. Vorfreude war bekanntlich die schönste Freude.

Gomezinger dachte einen Moment lang darüber nach,

seinen Chef im alten Steinbruch rauszuschmeißen. Dort fand man oft Rehe oder Wildschweine, die vom Steinschlag dahingerafft worden waren. Das konnte doch auch einem Bürgermeister passieren. Ein genussvolles Lächeln schlich sich über das Gesicht des Chauffeurs. Die Million im Koffer war bestimmt aus Bollenstiels schwarzer Kasse für besondere Aufträge. Deshalb würde kein Mensch das Geld vermissen, wenn Gomezinger damit auf eine einsame Insel in der Karibik verschwände.

Selbst wenn das Matterhorn über Bollenstiel zusammenkrachte, würde er lebend aus der Lawine herauskriechen, überlegte Gomezinger und verwarf die Idee mit dem plötzlichen Tod des Bürgermeisters durch einen gezielten Steinschlag.

Die Karoprüfung

Albertine war aus der Bibliothek in die Halle gestürmt und hatte gehofft, Otto dort zu finden. Die drei hatten sich also doch nicht aus dem Staub gemacht und ein Traum waren sie schon gar nicht! Sie suchte alle Winkel und Ecken der Halle ab, aber Otto tauchte nirgendwo auf. Er schien ein Meister im Unsichtbarmachen zu sein. Ob er ins Blumenstübli gegangen war?

Albertine kämpfte sich die endlose Treppe zum ersten Stock hoch und war froh, dass dort noch die Rikscha auf sie wartete, leider ohne Fahrer in Pluderhosen. Sie beugte sich über das Lenkrad und strampelte, so schnell sie konnte. Wenn sie nicht Astronomin würde, könnte sie sich ihren Lebensunterhalt auch mit einem solchen Dreirad verdienen.

Der Verkehrt-herum-Gang flog an ihr vorbei.

Otto würde Augen machen, da war sie sich ganz sicher. Die Villa gehörte ihr und als neue Besitzerin konnte sie tun und lassen, wozu sie Lust hatte. Also durften Otto und seine Bande in der Villa bleiben, so lange sie wollten.

Die Tür zum Blumenstübli war nur angelehnt. Durch den Spalt drangen leise Stimmen an ihr Ohr. Ihr Herz machte einen kleinen Hüpfer.

Gerade wollte sie hineinstürmen, da hörte sie Klara. »Was soll'n wir mit dem Plunder?«

Albertine drückte die Tür vorsichtig ein bisschen weiter auf und spähte durch den Spalt.

Die drei standen um einen kleinen Haufen Gerümpel herum: ein alter Kronleuchter, ein paar emaillierte Döschen, ein afrikanischer Kopfschmuck mit Straußenfedern. Klara stopfte eine kleine chinesische Vase in einen alten Leinensack. Otto hielt die Kakaotasse aus der Bibliothek in der einen Hand und setzte sich mit der anderen Winkelfux' Lesebrille auf.

Paule begutachtete Tante Coras Pelzstola und rümpfte verächtlich die Nase. »Dett is' keen echter Pelz, du Anfänger. Dett Ding hat in seinem Leben noch keen Tier von Weitem jesehen.«

In Albertine stieg eine unbändige Wut empor. Diese Bande wollte sie doch allen Ernstes beklauen und das, nachdem sie ihnen letzte Nacht noch das Leben gerettet und sie in Sicherheit gebracht hatte.

»Quatsch nicht rum. Wir müssen uns beeilen.« Klara knallte Otto den Leinensack vor die Füße. Ein Klirren verriet, dass die chinesische Vase ihre besten Tage nun hinter sich hatte.

Otto hielt Klara am Ärmel fest. »Und was wird aus Albertine?«

»Um die muss sich hier niemand Sorgen machen!«, rief Albertine und stieß die Tür auf.

Die drei drehten sich erschrocken um.

»A-a-albertine!«, stotterte Otto. Mit der viel zu großen Brille auf der Nase sah er ziemlich dämlich aus.

»Ihr solltet euch lieber Sorgen um *euch* machen. Eine hundsgemeine Diebesbande seid ihr. Darum ist auch die Polizei hinter euch her. Und ich war so blöd und hab euch geholfen«, sagte Albertine wütend und riss Otto das Diebesgut aus der Hand. Sie war enttäuscht, besonders von Otto. Irgendwie war die Begegnung mit ihm in der Nacht zuvor etwas Besonderes gewesen. Das hatte sie jedenfalls bisher gedacht.

Klara griff nach dem Leinensack und baute sich drohend vor Albertine auf. Was wagte die Kleine, in einem solchen Ton mit den Karos zu sprechen! Und ihnen auch noch zu drohen! Sie sah auf die fast einen Kopf kleinere Albertine hinunter und pustete sich lässig eine Haarsträhne aus dem Gesicht. »Pass mal auf, Kleine, wir sind nicht irgendeine hundsgemeine Diebesbande, sondern die berühmte, unschlagbare Karobande.« Sie warf ihren Freunden einen auffordernden Blick zu.

Wie aus der Pistole geschossen riefen Paule und Otto:

»Dreimal Karo, uns schlägt niemand.
Unsere Bande ist die beste
und im ganzen Land bekannt.«

Klara hielt Paule und Otto die geballte Faust hin. Die Jungs stapelten ihre Fäuste auf Klaras. Gemeinsam vollendeten sie den Wahlspruch der Karobande:

»Karos, die sind nie allein,
und so soll es immer sein!«

»Ich wette, du gehörst zu Moneten-Mizzis Bande und hast uns nur geholfen, weil wir in der Überzahl waren und weil du weißt, was die Karobande mit Feinden macht.« Klara zog das Diebesgut zu sich herüber.

Albertines Finger krallten sich fest in den Leinensack. »Ich gehöre zu überhaupt keiner Bande und es ist mir egal, was ihr mit euren Feinden macht! Aber die Villa lasst ihr in Ruhe, die gehört nämlich mir.«

»Seit wann denn das?«, fragte Otto überrascht.

»Seit einer Viertelstunde. Und als neue Herrin von Wünschelberg schwöre ich, dass nichts – noch nicht einmal eine Tasse – aus dieser Villa verschwindet. Außerdem hat daraus schon«, sie griff nach der Tasse in Ottos Hand, »die Königin von England ihren Kakao getrunken.« Das war schlichtweg gelogen, aber wenn Tante Lizzi Taschentornados von den Bermudas und Rikschas aus Indien mitgebracht hatte, wäre auch das möglich gewesen.

Auf Otto machte es Eindruck. »Siehste, die ist doch was wert!«

»Entweder bringt ihr die Sachen wieder zurück oder mein Butler und Leibwächter, Monsieur Flip, lässt den Taschentornado auf euch los. Vielleicht werden sich vorher aber auch meine Freunde hier um euch kümmern. Die können sehr unangenehm werden, wenn sie jemanden nicht mögen. Ein Wort von mir und sie reißen euch in Stücke.« Albertine zeigte auf die Pflanzen. Das war zwar auch nicht ganz die Wahrheit, eine bessere Drohung fiel ihr jedoch gerade nicht ein.

Otto nahm die Brille ab und klappte sie zusammen. Er hielt Albertine stumm Tasse und Brille entgegen. »Wir wollen keinen Streit mit dir. Du bist die Erste, die uns einfach so geholfen hat. Wir rennen schon seit Ewigkeiten durch die Kälte und diese Nacht hatten wir endlich mal ein Dach über dem Kopf. Schade, ich dachte, wir könnten Freunde werden.«

Albertine löste eine Hand von dem Leinensack und nahm die Tasse. Nichts hätte sie sich mehr gewünscht, als Freundschaft mit Otto zu schließen. Sie schaute für einen kurzen Moment in Ottos traurige Augen und glaubte zu erkennen, dass auch Otto nicht nur deshalb bleiben wollte, weil er bei Albertine endlich ein Dach über dem Kopf hatte.

»Komm, Klara, lass ihr den Plunder«, sagte Otto.

Klara dachte nicht daran, nachzugeben. »Taschentornado, Killerpflanzen! Du glaubst doch nicht, dass du mir mit ein paar dieser albernen Horrorgeschichten Angst einjagen kannst. Und wenn dir der Pisspott des Kaisers von China gehörte!«

»Das mit dem Taschentornado stimmt, Klara. Ich hab's selbst mitgekriegt, wie der Missjö vor ihm gewarnt hat. Komm jetzt, wir verschwinden«, redete Otto weiter auf seine Komplizin ein.

Klara starrte Albertine an. »Du würdest den Taschentornado wirklich gegen uns hetzen?«

Albertine nickte entschlossen.

»Du würdest diesen Kasten mit allen Mitteln verteidigen und wenn du selbst dabei draufgingst?«

»Hm-hmmm«, bestätigte Albertine und verschränkte die Arme vor der Brust. Ein grimmiges Gesicht, dachte Albertine, das hilft gegen die Elemente. Lieber wäre mir allerdings, Saladin wäre jetzt höchstpersönlich hier. Oder wenigstens Till und Knobel. Oder Monsieur Flip.

Klaras helles Lachen platzte in die Stille. Sie holte weit mit der Hand aus. Albertine duckte sich blitzartig, aber Klaras Hand landete als freundschaftlicher Klaps auf Albertines Schulter. »Du fängst an mir zu gefallen, Kleine. Du bist mutig und verrückt genug das zu verteidigen, was du am meisten liebst.«

»Aber mich wollt ihr nun mit den Polizisten im Koffer hier sitzen lassen. Eine feine Bande! Drei Oberfeiglinge, das seid ihr.« Trotzig schob sie Klaras Hand von ihrer Schulter.

Das Brüllen eines Löwen drang den drei Karos durch Mark und Bein. Albertine, die die ungewöhnliche Türklingel der Villa schon kannte, blieb ganz ruhig.

»Was war das denn?«, fragte Klara ängstlich.

»Na, die Löwenwächter«, antwortete Albertine, als sei Löwengebrüll im Haus die normalste Sache der Welt. »Da ist jemand an der Tür. Bewegt euch keinen Schritt weg, ich schau nach.«

Kaum war Albertine durch die Tür verschwunden, flammte ein heftiger Streit zwischen den Mitgliedern der Karobande auf.

Klara blieb dabei. »Wir sind bisher bestens ohne eine schnieke Villa ausgekommen. Gehen wir, Paule!«

Paule fummelte verlegen an den Holzstäbchen seiner Weste herum. Die Aussicht auf ein warmes Bett und einen Hausdiener, der Buletten mit Mostrich und 'ne Berliner Weiße brachte, fand er verlockend. »Ick könnt dafür ja der Kronleuchter repararieren, watt?«

»Was hast du eigentlich gegen Albertine?«, brachte Otto die Sache auf den Punkt.

»Ich hab nix gegen Albertine!«

»Ohne Albertine würdest du längst die große Dame spielen und die Schränke mit den Abendkleidern plündern. Tu doch nicht so, als ob dir die Villa nicht gefällt.«

»Seit wann kann einfach jeder mir nichts, dir nichts zu den Karos gehören?«

»Sie hat uns vor der Polente versteckt. Das hat bisher noch niemand gemacht!«

Paule sagte, wie immer wenn Klara und Otto aneinandergerieten, zuerst einmal nichts. Lange Reden schwingen war nicht seine Stärke. Nun aber stimmte er Otto zu. »Die Kleene jehört doch schon fast dazu!«

»Ohne die Karoprüfung gehörte noch nie jemand dazu.« Klara war nicht zu erweichen.

»Denn muss sie ebend die Prüfung machen«, schlug Paule vor.

»Genau.« Otto drehte sich schnell zum Fenster, um seine Begeisterung über Paules Idee zu verbergen. Um die Villa ging es ihm eigentlich gar nicht. Albertine war der Grund, warum er nicht wegwollte. Warum war er nicht selbst auf die Idee gekommen?, dachte Otto. »Die Karoprüfung! Und du suchst die Aufgabe aus, Klara!«

In der Einfahrt vor der Villa kurbelte Tante Cora die Fensterscheibe ihres Autos hinunter. Auf dem Rücksitz saß Notar Winkelfux, den Cora gerade noch erwischt hatte. Er zuckte zusammen, als Coras scharfe Stimme die Luft durchschnitt.

»Rufus!«, übertönte Tante Cora das erneute Löwengebrüll, das Onkel Rufus vorm Eingang der Villa ausgelöst hatte.

Noch einmal bewegte er die Hand auf den Messingknopf zu und die Löwen rechts und links von der Tür vollführten ihr übliches Ritual.

Die Tür öffnete sich und Albertine trat ins Freie.

Tante Coras Augen verengten sich zu Schlitzen – so schmal wie die Linie eines frisch gespitzten Bleistifts. Statt ihre Nichte mit Drohungen und Verwünschungen zu überschütten, beherrschte sie sich und drehte sich mit einer besonders netten Miene zu Winkelfux um. »Ich möchte mich noch von meiner süßen kleinen Nichte verabschieden«, säuselte sie, stieg aus dem Auto und stöckelte auf ihren viel zu hohen gelben Pumps durch den Kies. »Du wirst noch von mir hören, Albertine Schulze! Noch ist das letzte Wort nicht gesprochen«, zischelte sie Albertine böse an, wackelte wieder zum Auto und warf ein allerfreundlichstes »Tschüssi, Kleines!« hinter sich. Kaum saß sie in ihrem Auto, heulte der Motor auf und das gelbe Gefährt raste die Auffahrt hinunter.

Albertine winkte nach oben. »Die sind wir los!«, rief sie.

Otto gab Albertine ein Zeichen, wieder ins Haus zu kommen.

»Was war das denn für'n bunter Papagei?«, fragte Otto, als er und die anderen in der Halle auf die neue Besitzerin der Villa trafen.

»Meine Tante Cora, aber die ist eher rabenschwarz. Mit der ist nicht gut Kirschen essen, glaube ich jedenfalls.«

»Du kannst in unserer Bande mitmachen, dafür musst du allerdings eine Aufnahmeprüfung ablegen!«, meldete Klara sich zu Wort. »Und die lautet: Schaff uns die Polizisten vom Hals.«

Otto starrte Klara an. »Was soll das denn?« Anschleichen, Tresore knacken, Verfolger in die Irre führen – das waren die normalen Karoprüfungen. Aber ihre gefährlichsten Verfolger verschwinden lassen, das war nun wirklich eine schwierige, vielleicht sogar *zu* schwierige Aufgabe.

»Glotz nicht so. Ich durfte die Aufgabe aussuchen! Also, schaff uns die Polizisten vom Hals und du bist das vierte Mitglied der Karobande.

»Ich?«, fragte Albertine. »Mitglied der Karobande?« Das

Herz schlug ihr bis zum Hals. Albertine Schulze, Mitglied einer Bande! Wenn sie das Papa erzählte, würde er sich riesig freuen. Papa hatte schon immer die Befürchtung, dass Albertine ein wenig eigenbrötlerisch sei und keine Freunde finde.

»Ja! Wir haben beschlossen dich in die Bande aufzunehmen!«, strahlte Otto sie an.

Klara schob Otto beiseite und hopste auf das Sofa.

»Ich bin mir sicher, dass Monsieur Flip uns hilft! Wir erklären ... «, überlegte Albertine.

Klara unterbrach sie sofort. »Die erste Regel der Karos heißt: Trau nie einem Erwachsenen über den Weg. Also, nix mit deinem Missjö. Kein Wort über die Bande – zu niemandem. Das musst du schon alleine hinkriegen.«

»Also, wie willst du's machen?«, fragte Otto.

Albertine schlug vor, die Polizisten einfach aufzusuchen und das Missverständnis aufzuklären. Sie würde ihnen sagen, dass es gar keinen Einbruch in die Villa gegeben habe, dass sie alle gute Freunde seien.

Paule winkte ab. Die Polizei war schon immer hinter ihnen her und so manches Mal waren sie ihren langen, klebrigen Fingern nur in letzter Sekunde entkommen. Die konnte man nicht so leicht vom Ziel abbringen.

»Außerdem müssen wir zuerst den Theatersaal finden«, gab Otto zu bedenken.

»Janz eenfach, kiekt mal hier!« Paule hatte die rot-weiß gestreiften Kisten, die neben dem Walfischmaul lagen, vor dem Kamin übereinandergestapelt und begutachtete eine große, alte Zeichnung.

Von Weitem wirkte sie wie eine Landkarte, tatsächlich war es aber ein Lageplan der Villa. *Haus der tausend Wun-*

der stand in goldenen Buchstaben darüber. Bunte Bildchen, die zeigten, was es in den Zimmern der Villa zu sehen gab, waren aufgemalt.

Albertine kletterte zu ihm hinauf. »Da, der Punktegang! Und da ist das gruselige Badezimmer.«

»Gruselig?« Otto runzelte die Stirn.

»Von dem aus bin ich irgendwie im Theatersaal gelandet.« Sie tippte mit dem Finger auf das Bild. Die kleine kunstvolle Zeichnung des Badezimmers begann sich langsam zu drehen, um sich dann wie ein Wirbelwind über die gesamte Karte zu bewegen. Alle Zimmer und Gänge flatterten durcheinander und kamen in neuer Anordnung wieder zur Ruhe.

»Hier sind nicht nur die Badezimmer gruselig«, murmelte Otto.

»Toll! Eine Karte, die sich schnell mal umsortiert«, meckerte Klara. »Na, viel Spaß bei der Suche!«

»Ich brauch die Karte gar nicht.« Albertine wusste genau, wie sie den Theatersaal finden würden.

Spieglein, Spieglein an der Wand

Das Bad befindet sich übrigens die Treppe runter, links den Gang entlang, danach rechts um die Ecke und dann ist es schon die dritte Tür rechts. – Das hoffe ich jedenfalls, hatte Monsieur Flip gesagt. Sie erinnerte sich genau an die Worte des Butlers.

Die vier standen am Ende des Rittergangs. Albertine hatte sie vom Blumenstübli aus dorthin geführt.

»Das muss das Badezimmer sein. Oder so was Ähnliches«, sagte Albertine.

»So was Ähnliches?«, wollte Otto wissen.

»Wirst schon merken.« Albertine öffnete die Tür.

Staunend schauten die Karos sich um. So etwas hatte bisher keiner von ihnen gesehen.

»Irgendwo muss eine zweite Tür sein, ganz sicher. Ich bin von hier aus direkt im Theatersaal gelandet.«

»Wenn hier 'ne zweete Tür is' will ick Kaiser Wilhelm heeßen!« Paule starrte die Wasserhähne am Waschbecken an. »Menschenskinder, dett is' Jold, dett riech ick!« Er betastete ehrfürchtig den Warmwasserhahn und drehte ihn auf.

Augenblicklich setzte dieses Rattern und Rumpeln ein, das Albertine bereits vom Abend zuvor kannte.

»Festhalten!«, schrie sie.

Otto und Klara wurden aber schon durch die Luft ge-

schleudert. Paule klammerte sich an den Rand des Waschbeckens. An seinem Hosenbein hing Albertine. Sie zog sich an Paule hoch, bis sie den Wasserhahn fassen und zudrehen konnte. Das Badezimmer stand sofort still.

Otto und Klara waren gegen die Badewanne gedonnert und Albertine befürchtete schlimmste Verletzungen. Wie durch ein Wunder trugen die beiden jedoch nicht einmal einen blauen Fleck davon.

Albertine öffnete die Tür und blickte in ein lang gezogenes Zimmer.

»Ja, ja … *Ich brauch die Karte nicht*«, meckerte Klara.

Otto schob sie zur Seite. »Scheint eine Art Spiegellabyrinth zu sein. Habe ich mal auf einem Jahrmarkt gesehen, als Paule und ich in der Geisterbahn den Leuten einen Mordsschrecken eingejagt haben und Klara ihnen währenddessen die Geldbeutel geklaut hat.« Otto packte Albertine am Ärmel und zog sie in das Spiegelzimmer.

Albertine stellte sich vor den ersten Spiegel. Sie hatte einen ellen-

langen Hals, einen winzig kleinen Kopf und einen gedrungenen, kugelrunden Rumpf mit kleinen Stummelfüßchen. Das nächste Spiegelbild zeigte sie mit einem riesigen Kopf, der direkt auf ihren langen, spindeldürren Beinen saß.

Je weiter sie in das Labyrinth vorstießen, desto fantastischer wurden die Spiegelbilder. Über dem Durchgang zu einem zweiten Saal warnte ein schwarz-weißes Emaille-Schild in einer altmodischen Schrift: *Wir bitten Besucher mit schwachem Herzen höflichst, die schwarzen Augenbinden zu benutzen.* Auf einem kleinen Tischlein lag

ein Bauchladen, mit dem einstmals Riechfläschchen, Augenbinden und Fächer angeboten worden waren.

»Hier, du alter Angsthase!« Klara nahm eine der Augenbinden, um sie Paule umzulegen.

Schon beim ersten Versuch, das staubige Ding festzubinden, löste sich der schwarze Stoff fast vollständig auf. Die Motten hatten zweifellos ganze Arbeit geleistet.

»Kommt schon!« Albertine trat vor den nächsten Spiegel. Statt merkwürdige Verzerrungen zeigte er Albertine, Otto, Klara und Paule als mittelalterliche Prinzessinnen und Prinzen.

Die Spiegel hier standen auf Staffeleien, wie sie von Malern benutzt werden. Albertine schaute hinter einen, aber es war nichts zu entdecken. Lediglich eine Inschrift auf der hölzernen Rückseite war zu lesen. Meister Goldoni, ein römischer Spiegelmacher aus dem 19. Jahrhundert, hatte diesen Spiegel für eine Marchesa di Dusa angefertigt.

An jeder Staffelei spiegelte sich der Betrachter in einer anderen Zeit und in einer anderen Verkleidung. Otto erblickte sich als römischen Imperator. Klara sah Katharina, der russischen Zarin, zum Verwechseln ähnlich. Paule rief Albertine zu einem Spiegel, der ihn mit einem Ziegenfell um die Hüften und Teufelshörnern auf dem Kopf zeigte.

Albertine war immer tiefer in den Raum vorgedrungen. Der Spiegel, vor dem sie nun stand, bedeckte fast die ganze rückseitige Wand des Spiegellabyrinths.

»Der Theatersaal!«, flüsterte Otto.

Das Spiegelbild zeigte ohne Zweifel die Bühne im Theatersaal. Albertine sah sich, in Lizzis weißes Kleid gehüllt, neben dem großen Schrankkoffer. In der linken Hand hielt sie mit spitzen Fingern einen drachenförmigen Schlüssel mit einem grünen Stein. Er pendelte hin und her. Jedes Mal, wenn ein Lichtstrahl auf ihn fiel, blitzten grüne Funken aus dem Smaragd.

»Albertine, hör auf.« Otto bedeckte die Augen mit seinem Unterarm.

Klara und Paule wandten sich ebenfalls schnell ab.

»Was denn?« Albertine drehte sich erstaunt um.

Als Otto, Klara und Paule wieder in den Spiegel schauten, verschwamm das Bild und zeigte einen Augenblick später vier erstaunt dreinblickende Kinder – drei davon in karierten Klamotten.

Höllenhunde

Kaum war Tante Cora allein mit Herrn Winkelfux, zeigte sie sich von ihrer liebenswürdigsten Seite. Zwar war auch diese Seite nicht wirklich liebenswürdig, aber mit ein bisschen Schauspielerei und Verstellungskunst und nicht zuletzt mit dem Angebot, ihn nach Unterwünschelberg in seine Kanzlei zu fahren, konnte Cora ihn um den Finger wickeln. Winkelfux hatte meistens mit Akten, Schriftstücken, Paragrafen und Rechtsverordnungen zu tun und merkte deshalb nicht sofort, dass Coras Entgegenkommen keineswegs purer Freundlichkeit entsprang. Die gesamte Fahrt über schmeichelte sie dem Notar, den sie einen *stattlichen Mann* nannte und von dessen *überaus beeindruckender Weisheit* sie schwärmte.

Am Schreibtisch der Kanzlei kam Cora zur Sache.

Nein, wies Winkelfux sie zurück, Tante Lizzi sei schon immer sehr eigenwillig gewesen und in den letzten Wochen ihres Lebens auch sehr schwach. Aber *durchgedreht*, *verrückt* oder gar *unzurechnungsfähig*, wie Frau Rabenschlag sich ausdrücke, nein, das nun wirklich nicht. Eine Anfechtung des Testaments habe überhaupt keinen Sinn. Wenn Frau Rabenschlag der Vormund der minderjährigen Erbin sei, sehe die Sache schon wieder anders aus, aber so sei nichts zu machen.

Nach einer erneuten Ohnmacht, die aber nur gespielt

war, einem Tobsuchtsanfall und dem Zertrümmern der Tiffany-Lampe auf Winkelfux' Schreibtisch brauchte Tante Cora eine Stärkung. Sie begab sich in das Gasthaus Spitz an der Unterwünschelberger Hauptstraße, gleich neben dem Marktplatz, den ein monumentales Standbild des Bürgermeisters schmückte.

Über ihren doppelten Weinbrand hinaus fiel ihr Blick auf den Laden gleich gegenüber dem Gasthaus. *Kulikov – Kammer- & Großwildjäger* stand auf einem Reklameschild, das die gesamte Länge des Schaufensters einnahm.

»Na gut«, murmelte Cora. Eine Idee, eine sehr gemeine Idee keimte in ihr auf. »Bist du nicht willig, so brauch ich Gewalt, Albertine Schulze!« Sie stürzte ihren Weinbrand hinunter, schüttelte sich einmal und trat vor die Tür des Gasthauses. »Woll'n wir mal sehen, was dieser Herr Kulikov zu bieten hat! Rufus, komm!«

Der Laden bot alles, um Bestien vom Floh bis zum Killerwal zu jagen: Gläser und Dosen mit dem Totenkopfzeichen, lebende und tote Angelköder, Hellebarden, Schrotflinten, Macheten, Harpunen, Fallen, Netze. Wer wollte, bekam auch Tinkturen oder falsche Augen, die man zum Ausstopfen von Jagdtrophäen benötigte.

Die Hälfte des Verkaufstresens nahm ein ausgestopfter Wolf ein. Sein weit aufgerissenes Maul hatte Fangzähne so groß wie Salatgurken. Tante Cora kratzte mit dem Nagel ihres kleinen Fingers daran. Was für ein reizendes Tierchen, dachte sie.

Kulikov schob die Bestie zur Seite. »Transmasurischer Beutelwolf. Ist … äh, *war* besonders gefährlich. Hat unser werter Bürgermeister Bollenstiel erlegt.« Kulikov war sichtlich stolz auf den lebensecht ausgestopften Vorfahren von Bollenstiels nacktem Schoßhündchen. Er beugte sich vor und fletschte seine gelben Zähne. »Nicht ganz legal, versteht sich«, flüsterte er. »Er war der letzte seiner Art, Frau Rabenschlag.«

Woher kannte er ihren Namen? Tante Cora schaute ihn verwundert an, aber Kulikov klärte sie darüber auf, dass in Wünschelberg nichts lange ein Geheimnis blieb. Besonders nicht, wenn Bürgermeister Bollenstiel sein Auge auf etwas geworfen hatte.

Ein älterer Herr in hohen grünen Gummistiefeln, einem ebenso grünen Gummimantel und mit einer Anglertasche unterm Arm hatte den Laden betreten.

Ehe er den Mund aufmachen konnte, blaffte Kulikov ihn an: »Die Angelköder sind da hinten links. – Und was kann ich für die Dame tun?«, wandte er sich wieder Tante Cora zu.

»In meiner Villa gibt es Ungeziefer«, sagte Tante Cora mit dem Blick eines Unschuldslammes.

Die Miene des großen, hageren Wesens hinter dem Tresen hellte sich für einen Moment auf. Tante Coras eisige Augen sagten ihm alles. Wenn sich einer mit hinterhältigen Schlangen und gemeingefährlichen Wildkatzen auskannte, dann er. Kulikov wusste, was diese Dame brauchte.

Tante Cora nahm die Dose, die er ihr hinhielt. Ein Totenkopfzeichen mit einer Aufschrift darunter warnte: *Achtung! Von Kindern fernhalten!* Sie riss mit einem Ruck den Deckel ab. Eine mehlige Staubwolke bahnte sich den Weg nach draußen. Sofort war Rufus von Kopf bis Fuß damit eingestaubt. Er hustete und spuckte und kratzte sich überall.

Tante Cora schüttelte energisch den Kopf. »Nein, nein. Das Ungeziefer ist größer.« Sie hielt ihre flache Hand in der Höhe ihrer Brust. »So, ungefähr!«

Kulikov durchsuchte das Regal hinter dem Tresen. Die Armbrust, die er Cora überreichte, ging – kaum in Coras Händen – los und durchtrennte das Seil, an dem der vordere Teil eines mindestens zwei Meter langen Haifischs über dem Ladentisch baumelte. Onkel Rufus' Kopf verschwand bis zum Hemdkragen im gefräßigen Rachen des Raubfisches.

Tante Cora schüttelte wieder heftig den Kopf. »Haben Sie nicht etwas Gemeines, etwas wirklich Wirksames? Es muss nicht *ganz* legal sein. Etwas, vor dem auch der stärkste Mann mit den stärksten Nerven wegliefe?«

»Sind die für Regenbogenforellen geeignet?« Der Angler hielt einen kleinen Karton in den Händen, in dem sich dicke Raupen krümmten.

»Die sind für alles geeignet!« Kulikov stopfte dem Angler die gesamte Packung in die Anglertasche. »Da! Und jetzt raus!« Der Kammer- und Großwildjäger knallte die Ladentür zu und hängte das Geschlossen-Schild auf. Er witterte die Gelegenheit, endlich sein neuestes Angebot an den Mann oder die Frau zu bringen. An diese Frau. Und wenn es dabei helfen würde, unerwünschte Gäste aus der Villa zu vertreiben, auf die Bollenstiel scharf war – umso besser!

»Jetzt sind wir ganz unter uns.« Er drehte sich zu Tante Cora herum. »Folgen Sie mir in meine Abteilung für besonders schwierige Fälle.« Ein vergiftetes Lächeln des Verstehens blitzte zwischen Cora und Kulikov hin und her. Im Vorbeigehen griff er unter den Verkaufstresen und holte eine kleine Flöte hervor, kaum größer als ein Wachsmalstift. Er führte Tante Cora über den Hinterhof seines Ladens.

Das winzige Fensterchen des würfelförmigen Betonbaus am anderen Ende des Hofes war vergittert. Eine schwere Stahltür mit einem massiven Riegel verwehrte Unbefugten den Zutritt.

Kulikov schwor es hoch und heilig. Castor und Pollux seien die Lösung aller Probleme für sie. Man müsse nur mit ihnen umzugehen wissen, betonte er mehrmals und bläute Tante Cora die Codeworte ein.

»Und damit werde ich mein Ungeziefer in der Villa los? Kastropp und Plutox, puschipuschi, kommt zur Tante!« Tante Cora, der außer einer neuen Falte im Gesicht nichts Angst einjagen konnte, schubste Kulikov beiseite.

Ein wildes Knurren begrüßte sie aus dem Inneren des Betonzwingers.

»*Castor* und *Pollux*, Frau Rabenschlag! Sie sollten sich merken, was ich Ihnen sage!«, tadelte Kulikov sie.

»Rufus! Rein da!«, befahl Cora ihrem Mann, der sich wie ein Roboter ins Dunkel begab. Wenn sie diesen Ton anschlug, war es ratsam, ihre Wünsche schnell zu befolgen. »Nesinesi, penkpenk!«, rief Tante Cora.

Das Knurren verstummte, um in Sekundenschnelle in ein grausiges Jaulen überzugehen. Es war nicht zu unterscheiden, ob Rufus oder die Hunde es ausstießen.

»Sind Sie wahnsinnig?« Kulikov entriss Tante Cora die kleine Flöte und begann *Hänschen klein* darauf zu spielen.

Im Inneren von Kulikovs Hochsicherheitstrakt ging das Jaulen in gellende Schreie über. – Eindeutig Rufus' Schreie.

»*Alle meine Entchen*, Herr Kulikov«, bemerkte Tante

Cora mit hämischem Grinsen. »Sie sollten sich merken, was Sie sagen!«

Kulikov stimmte *Alle meine Entchen* an und es wurde still.

Rufus kroch aus dem Vorhof der Hölle heraus. Sein rechtes Hosenbein fehlte komplett, die Rückseite seiner erbsengrün und blau gemusterten Jacke war in Streifen zerlegt, die nur noch am Kragen an wenigen Fäden zusammenhielten.

»Spielen Sie weiter.« Kulikov reichte Cora die Flöte.

Cora Rabenschlag setzte die Flöte an den Mund und presste ein schiefes *Alle meine Entchen* aus dem kleinen Instrument. Ein winziger Pekinese tippelte durch die Tür, stellte sich auf seine Hinterbeine, machte friedlich winselnd Männchen und spuckte Rufus' linken Stiefel aus. Zwischen seinen Krallen steckten einige grüne und blaue Stofffetzen.

»Funktioniert bestens!«, freute sich Tante Cora. »Am Anfang Ne…«

»Niiicht!«, schrie Kulikov.

»Nesinesi, penkpenk«, flüsterte Cora ihm ins Ohr. »Und zum Schluss die Flöte und die dämlichen Entchen.«

»Ich übernehme keine Haftung für Schäden und …«, rief Kulikov noch.

Aber Tante Cora war mit Castor, Pollux und ihrem Mann im Schlepptau schon verschwunden. Castor und Pollux, zwei wandelnde Wischmopps in der Größe eines eingelaufenen Kinderpullovers, kläfften mit glockenklaren Stimmen fröhlich vor sich hin, als seien sie die lieblichsten Knuddeltiere der Welt.

Tante Cora hatte wenig Verständnis dafür, dass ihr Mann die gesamte Rückfahrt zur Villa Wünschelberg verkehrt herum auf dem Beifahrersitz zubrachte. Mit dem Rücken zur Windschutzscheibe ließ Rufus Rabenschlag die Pekinesen keine Sekunde aus dem Auge. Er mischte sich auch nicht ein, als Castor begann sich durch den Rücksitz und das Bodenblech zu nagen. Die durchgebissene Benzinleitung beendete die Fahrt einige hundert Meter vor der Auffahrt zur Villa Wünschelberg. Das Haus schlummerte friedlich auf dem Hügel.

Tante Cora holte die Hunde aus dem Auto. »Vergiss die Flöte nicht!«, schnauzte sie ihren Mann an.

Am Tor angelangt stemmten Castor und Pollux die krummen Vorderbeinchen in den Kies und stießen ein misstrauisches Knurren aus.

»Na, das wird ja was!« Tante Cora bezweifelte sehr, dass Kulikovs angebliche Geheimwaffe etwas ausrichten würde. Offensichtlich hatten sie schon vor zwei albernen Masken aus rostigem Metall Angst.

Rufus humpelte auf das Löwenportal der Villa zu.

»Nein«, zischte seine Frau. »Nicht da rein!« Sie deutete auf die Löwen. »Das Geschrei der Kätzchen trommelt selbst die letzte Mumie aus dem Haus. Wir gehen hinten rum.« Sie steuerte zielstrebig mit den Pekinesen an der Leine auf den Hintereingang zu.

Ein Badezimmer auf Wanderschaft

Albertine hätte zu gern das Geheimnis der Spiegel erkundet. Spiegelten sie die Wünsche des Betrachters wider, handelte es sich um einen optischen Trick oder spielte ihnen die eigene Fantasie einen Streich? Aber ihre Aufnahmeprüfung für die Karobande hatte Vorrang.

Nach drei Versuchen, vom Badezimmer aus in den Theatersaal zu gelangen, lüftete Albertine zumindest ein Geheimnis: Das Badezimmer wanderte. Sie waren jedes Mal in einem anderen Zimmer der Villa gelandet. Wenn sie den Wasserhahn zu weit drehten, schleuderte das Badezimmer wie eine Waschmaschinentrommel im Kreis herum. Bediente man dieses ungewöhnliche Steuerrad jedoch langsam Stück für Stück, wanderte man Zimmer für Zimmer durch die Villa.

Sie kamen aus dem Staunen nicht heraus.

Im nächsten Raum, dem *Paradies des Zati Songor*, bewahrte Tante Lizzi die berühmten Gemälde von Zati Songor auf. Zunächst waren die Kinder von den riesigen Gemälden fasziniert, die in leuchtenden Farben Tiere aller Kontinente abbildeten. Doch je tiefer sie in den Raum vordrangen, umso gespenstischer wurden die Bilder: Gestalten und Kreaturen aus jahrhundertealten Fabeln und Märchen waren zu sehen, Greife mit Löwenkörpern, Adlerköpfen und mächtigen Flügeln, zwei mannshohe Golems, Drachen mit langen roten Zungen und eine Meute finster dreinblickender Trolle mit verwarzten Schädeln.

Das nächste Zimmer war stockduster und entpuppte sich besonders für Paule als der Himmel auf Erden.

»Taschenlampe!«, flüsterte Paule.

»Warum flüsterst du?«, flüsterte Albertine nun selbst und gab ihm die Lampe.

»Ooch wieder wahr«, sagte Paule laut und mutig. Er kämpfte sich durch den dunklen Raum. Spinnweben verfingen sich in seinen Haaren. Von der gegenüberliegenden Wand beobachteten mindestens tausend Augen die Eindringlinge. Paule leuchtete die Wand ab, doch der Schein der Lampe war zu schwach, als dass Albertine, Klara oder Otto etwas erkennen konnten.

»Paule, bist du verrückt?« rief Albertine, aber Paule war schon zur Hälfte die Wand hochgestiegen.

Ein Knattern und Puffen ertönte, eines der Augenpaare flammte auf und bewegte sich langsam nach vorn. Die Wand bestand aus einem riesigen Regal. Aus einem Fach fuhr eine Mischung aus einem Autoskooter-Wagen und einem Karussell-Schwan. An der Kante drohte das Fahrzeug abzustürzen. Albertine schlug entsetzt die Hände vors Gesicht. Der Wagen fing sich wieder und schwebte schwankend durchs Zimmer. Fehlzündungen jagten rußige Wolken in die Luft, bis alle husteten. Der Skooter schnurrte direkt auf sie zu. Im letzten Augenblick zog Paule das Gefährt hoch und drehte über ihren Köpfen eine Runde nach der anderen. Albertine flüchtete sich in Ottos Arme.

»Immer willkommen«, frotzelte Otto.

Albertine drückte ihn schnell von sich weg. Sie tastete neben dem Türrahmen nach einem Lichtschalter, bekam eine Schnur zu fassen und zog daran. Laut sirrende Neonröhren leuchteten auf. Die Kinder hielten sich die Hände vors Gesicht. Nach einigen Sekunden, als sich ihre Augen an das gleißende Licht gewöhnt hatten, war offensichtlich, dass sie den Theatersaal wieder nicht gefunden hatten.

Stattdessen befanden sie sich in einer Art Werkstatt oder Labor. Die Regale waren über und über gefüllt mit Geräten, ausrangierten Motoren, kaputten einarmigen Banditen, Fahrrädern mit viereckigen Reifen und Stelzen mit Rädern. Eine Seeräuber-Fregatte nahm fast die Hälfte des Raums ein. In den Wanten hingen Enterhaken und ein großer Säbel steckte im Mast. Alles sah ein bisschen ramponiert aus. Paule konnte hier die nächsten hundert Jahre schrauben, sägen, tüfteln und *repararieren*, wie er es ausdrückte.

»Mensch, Tinchen, dett wird meene Bude, klaro?« Paule polterte mit seinem Skooter auf den Linoleumboden und kam in einem Haufen alter Öldosen zum Stehen.

»Sag nicht Tinchen zu mir«, entgegnete Albertine. »Außerdem müssen wir weiter. Das kann noch dauern, bis wir das blöde Theater gefunden haben.«

»Stimmt auffällig«, ertönte Klaras Stimme aus dem Hintergrund. Ihr war mittlerweile klar, dass sie es schwer haben würde, Albertine aus der Karobande fernzuhalten. Otto war eindeutig in das Mädel verliebt und Paule konnte man schon mit einer alten Fahrradwerkstatt begeistern – erst recht mit so einem irren Gerätefriedhof. Eigentlich war diese Albertine gar nicht so übel, musste Klara sich eingestehen. Wenn sie es nicht auf den Posten der Bandenführerin abgesehen hat, können wir es vielleicht mit ihr versuchen, dachte sie. »Paule, komm schon!«, rief Klara, die mit Albertine und Otto schon wieder im Badezimmer stand.

Das Buch der Träume

Monsieur Flip war sofort nach der Testamentseröffnung mit dem Buch aus Lizzis Privatbibliothek in den Theatersaal geeilt. Unter den gegebenen Umständen schien es ihm angeraten, auf Nummer sicher zu gehen. Er wollte den Koffer unter dem Bühnenboden verschwinden lassen, bevor jemand auf die Idee kam, ihn zu öffnen.

Der Theatersaal ruhte verstaubt und leer im schwachen Licht, das die geschlossenen Vorhänge durchließen. Monsieur Flip schloss die Augen. Donnernder Applaus schwoll an. Fast spürte er den Luftzug der begeistert aufeinanderschlagenden Hände. Triumphe hatten sie hier gefeiert, Lizzi und er – die größte Illusionistin ihrer Zeit und ihr Assistent Flip, Meister der tausend Kostüme, Weltmeister der Kartentricks und der Seilakrobatik. Mit einem schnellen Kopfschütteln vertrieb er die Erinnerungen.

Er stieg über eine kleine, versteckte Treppe zur Unterbühne hinab. Ewigkeiten war er nicht mehr hier gewesen. Seine Hand ertastete den Kippschalter für die Notbeleuchtung. Die wenigen nackten Glühbirnen reichten aus, um die Apparaturen, Seilzüge und Zahnräder in ein fahles Licht zu tauchen. Vorne, dort, wo oben im Saal die Bühnenrampe sein musste, erkannte er den Zugang zum Souffleurkasten, den Lizzi allerdings nie gebraucht hatte.

Ein Herz-Ass lag auf dem Boden. Monsieur Flip hatte

höchst selten eine Karte verloren, lediglich bei seinem selbst erfundenen Trick, dem Pfauenrad, gab es ab und an einen Ausreißer.

Er pustete den Staub von der Karte und steckte sie wie ein Lesezeichen in das schwere und ungewöhnlich große Buch, das er aus der Bibliothek geholt hatte. *Das Buch der Träume*, war darauf zu lesen. Der Untertitel versprach eine *ausführliche Beschreibung der Tagtraumerscheinungen, der Traumhypnose und der Traumkrankheiten*, verfasst im Jahre 1843 von einem Hofrat und Nervenarzt namens Ilja Braduvil.

Monsieur Flip klemmte das Buch unter den Arm und versuchte mit beiden Händen ein eisernes Rad an der Backsteinwand zu drehen. Früher hatte er damit ein Stück des Bühnenbodens hoch- und runterfahren lassen können. Lizzi, die vor dem Auftritt unten gewartet hatte, war mit dieser Vorrichtung wie eine Fee aus der Unterwelt auf die Bühne geschwebt. Der Butler zerrte mit aller Kraft an dem Rad, aber der Mechanismus war hoffnungslos festgerostet. Er tastete sich durch das Halbdunkel zurück auf die Bühne und setzte sich erschöpft in den Drachensessel.

Flips rechte Hand fuhr über die geschwungene Armlehne. Sein Blick fiel auf den Koffer. Der Drachenschlüssel steckte im Schloss. Hatte Lizzi es etwa doch noch einmal getan? Das war unmöglich, sie konnte ohne seine Hilfe seit Jahren nicht mehr aufstehen und erst recht nicht auf die Bühne im Theatersaal gelangen. »Ach, man wird alt, unachtsam und vergesslich«, seufzte er und zog den Schlüssel ab. Wahrscheinlich hatte er selbst ihn dort vergessen.

Das Buch lag schwer in seinen Händen. Wie lange hatte er schon darauf gewartet, in diesem alten Schinken zu schmökern: Braduvils Buch der Träume! Er blätterte gleich bis zum Kapitel *Traumhypnose – Anwendung und Gefahren.*

Nur durch gleichmäßige Bewegungen und den beruhigenden Tonfall erreichen Sie in der Traumhypnose die gewünschte Wirkung, entzifferte er im schwachen Licht der Bühnenbeleuchtung. *Ohne die innere Bereitschaft der Versuchsperson, ihre Träume preiszugeben, kann die Traumhypnose nicht gelingen.*

Sie war so oft gelungen, dachte Flip. Viel zu oft. Wenn er selbst dieses Buch vor Jahren gelesen hätte, vieles wäre vielleicht anders verlaufen. Er hätte Lizzi daran gehindert, so lange weiterzumachen, bis alle Kraft aus ihrem Geist und ihrer Seele schwand.

Der Schlüssel in seiner Hand schien zu glühen. Der Smaragd war von unschätzbarem Wert. Ähnlich lupenreine Steine gab es vielleicht drei oder vier auf der Welt. Aber keiner hatte dieses besondere Feuer, das die Edelsteinhändler zwischen Antwerpen und Kapstadt zum sofortigen Wahnsinn treiben würde. Den wahren Wert, der nicht mit Geld und Gold aufzuwiegen war, kannte niemand außer dem Meister Braduvil, der schon über hundert Jahre nicht mehr lebte, Lizzi und nun auch ihm selbst. Er steckte den Schlüssel in seine Jackentasche. Eine Schande ist es, dass ich dieses Wissen dermaleinst mit ins Grab nehmen soll, dachte Monsieur Flip.

Ein fernes Knirschen riss ihn aus seinen Gedanken.

Er erhob sich aus dem Drachensessel und legte das Buch des Meisters Braduvil hinter sich auf die rotsamtene Sitzfläche. »Hallo? Ist da jemand?«, fragte er.

Das Knirschen wurde lauter und ging in ein Quietschen und Knarren über.

»Verstehe, verstehe! Die neue Herrin auf Wünschelberg hat sich mit dem Geheimnis des Wanderbadezimmers vertraut gemacht«, murmelte er. »Diese Albertine Schulze hat das Herz auf dem rechten Fleck und ist mindestens so schlau wie ihre Großtante Lizzi!« Monsieur Flip huschte durch den Zuschauerraum und schob die Lehne eines Schwanensessels unter die Klinke der Tür, die den Zugang vom Wanderbadezimmer bildete.

Jemand rüttelte von der anderen Seite.

»Mist, abgeschlossen«, hörte Monsieur Flip Albertines Stimme hinter der Tür.

Er lächelte und trat von der Tür zum Fenster.

»Lass mir mal! Dürfte keen Problem sein«, drang nun eine Jungenstimme durch die Tür. Jemand machte sich am Schloss zu schaffen.

Monsieur Flip stutzte. Waren Gäste im Haus, ohne dass er davon wusste?

Vom Hof hörte er ein Hecheln und Tuscheln. »Hoppla!«, entfuhr es ihm, als er zum Fenster trat und auf dem hinteren Weg zum Haus zwei ihm nicht ganz unbekannte Gestalten mit zwei Pekinesen an der Leine erblickte. Flip dachte einen Moment nach, stützte den Stuhl vor der Tür zur Sicherheit mit einem zweiten ab und flitzte zum Ausgang des Theaters auf der Längsseite des Saals.

Warum schlich Tante Cora, dieser ganz und gar nicht nette Teil der Familie Schulze, auf Zehenspitzen ums Haus?

Der Kampf beginnt

Paule rüttelte im Badezimmer an der Türklinke. Sie bewegte sich keinen Millimeter. »Ick hab bisher jedett Schloss uffjekriegt.« Er war am Boden zerstört. Eine schlichte Badezimmertür und er war daran gescheitert!

»Ist halt alles ein bisschen anders in diesem Haus«, tröstete Albertine ihn. Ein bisschen *sehr* anders, dachte sie. Ein Wanderbadezimmer konnte ziemlich nervig sein und außerdem knurrte ihr Magen seit einiger Zeit laut und deutlich.

»Dett liecht nich' am Schloss. Eener hat watt unter die Klinke jeklemmt!« Paule wollte nicht aufgeben.

»Wir finden schon einen Weg in den Theatersaal. Jetzt plündern wir erst mal den Kühlschrank und dann denk ich mir was aus. Vielleicht gibt es ja einen anständigen Bauplan von der Villa in der Bibliothek!«

Schweigend trotteten die vier Kinder durch die langen Gänge des Hauses. Albertine kannte sich immer besser in ihrem neuen Zuhause aus. Wenn sie nicht alles täuschte, waren alle Flure streng rechtwinkelig angelegt und bildeten ein Netz aus Quadraten. Allerdings wusste sie noch nicht genau, wie viele es waren.

Sie erreichten mit nur einem Fehlversuch den Treppenabsatz zur Halle.

»Nehmen wir die Rutsche?« Albertines Hand lag schon

an dem hölzernen Buddha, der die Treppe in eine rasante Rutschbahn verwandelte.

Otto, der am Morgen die Landung von Albertine und Monsieur Flip im Sofa vor dem Kamin beobachtet hatte, wehrte ab. »Ich geh lieber zu Fuß.«

In der Küche erwartete Albertine gähnende Leere: in der Vorratskammer, im altertümlichen Kühlschrank, in den Schränken – überall nichts. Selbst in der Brotkiste fand sich nicht einmal ein Krümel. Ihr Magen meldete unüberhörbar an, dass er auf weitere Suchaktionen keine Lust hatte. Mit einem Ei und ein paar trockenen Prieselbroten im Bauch war ein Irrgarten wie die Villa Wünschelberg nicht zu erobern.

»Habt Ihr keinen Kohldampf?«

Otto schaute Klara an, dann Paule. Kohldampf? Keiner von ihnen konnte sich daran erinnern, wann sie das letzte Mal etwas gegessen hatten. Paule horchte, aber von Magenknurren war nichts zu hören.

»Ich jedenfalls sterbe vor Hunger!«, stöhnte Albertine.

»So schnell stirbt es sich nicht!«

Albertine zuckte zusammen. Tante Cora trat in die Küche.

»Tante Cora?!«

»Ja, dein liebes Tantchen!«

»Du willst bestimmt dein Bild holen?«

»Aber nein, in der Villa Wünschelberg soll doch alles so bleiben, wie die *liebe* Lizzi es eingerichtet hat.« Tante Cora schlenderte um den großen Küchentisch, hinter dem sich die Karobande in Sicherheit gebracht hatte. »Oh, du hast dir Freunde eingeladen. Was für ein schönes Kleidchen«, flötete sie und reichte Klara die Hand. »Und dieses Jäckchen, superb! Vielleicht ein paar Karos zu viel, aber sonst wirklich ...«

Albertine runzelte die Stirn. Dieser Tonfall hatte bisher niemals länger als eine Minute angehalten!

»Weißt du, liebes Tinchen ...« Tante Cora trat auf Albertine zu und fischte ein Blatt Papier aus ihrer Tasche.

»Die heißt nich' Tinchen!«, unterbrach Otto sie und verstellte ihr den Weg.

»Weißt du, liebe Albertine, so ein altes Haus, das ist nichts für ein kleines Mädchen, das ganz allein auf der Welt ist. Was willst du denn damit, so einsam und verlassen, mitten im Wald?«

Otto warf Albertine warnende Blicke zu. »Wenn diese Schrapnell etwas Gutes im Schilde führt, dann will ich Otto Capone heißen und fress außerdem meine Mütze!«, raunte er ihr zu.

»Schau, Albertinchen, ich kümmere mich um den alten Schrottkasten!«, fuhr Cora fort. »Du unterschreibst dieses kleine Papierchen und fährst zurück zu deiner Frau Rappelmeier ...«

»Rapp-Meyerbrink«, verbesserte Albertine. »Und sie ist nicht *meine*!«

»Zu Frau Rapp-Meyerbrink. Und ich sorge dafür, dass du ein besonders schönes Zimmer kriegst und dir auch mal ein hübsches neues Kleidchen kaufen kannst. Wer will denn in so einer scheußlichen Weste rumlaufen?«

»Ich! Und um eins klarzumachen: Ich gehe nie wieder zurück zur Rappelmeier.«

Otto und Paule bauten sich mit verschränkten Armen hinter ihr auf. Albertine kreuzte auch die Arme vor der Brust. Otto stampfte mit dem Fuß auf und starrte Klara mit weit aufgerissenen Augen an. Klara starrte fragend zurück. Nun mach schon, bedeutete Otto ihr, bitte!

Zögerlich reihte sie sich neben den beiden anderen Karos ein und stemmte die Arme in die Hüften. »Wir brauchen keine Kleidchen!«

»Aber een paar Perlmutt-Knöppe wär'n dufte!«, kicherte Paule und fing sich damit einen strafenden Blick von Klara ein. Sofort gefror seine Miene.

»Bist du dir ganz sicher?«, fragte Tante Cora mit frostiger Stimme.

Albertine nickte entschlossen.

»Nun gut, du hast es so gewollt!« Tante Cora legte jegliche Freundlichkeit ab. »Pastor! Colfux!«, schrillte ihre Stimme durch die Küche.

Die Hunde antworteten mit einem tiefen Knurren.

»Nesinesi, penkpenk!!!«

Die süßen Schoßhündchen verwandelten sich augenblicklich in zwei fürchterliche Bestien. Die Nackenhaare stellten sich senkrecht und sahen aus wie die Zacken von Drachen. Am schrecklichsten waren ihre Zähne, lange gelbe Zähne, von denen der Geifer in dicken Fäden auf den Boden tropfte. Noch nie hatte Albertine so grauenvolle Gebisse gesehen. Die Hunde knurrten so furchterregend, dass ihr fast das Blut in den Adern gefror. Nein, das waren keine Hunde, das waren Zombies wie aus einem Horrorfilm.

Castor und Pollux stürzten sich wie zwei wilde Wölfe auf Albertine und ihre Freunde. Mit Müh und Not konnten Albertine und die Karobande sich in die Bibliothek flüchten, wo es weiter über Tisch und Bänke ging. Alles, was die Pekinesen zu fassen kriegten, zerlegten sie in seine Bestandteile.

Otto kletterte als Erster an den Böden des bis zur Decke reichenden Regals hoch. »Hierher, macht schon!«

»Ick bin nich' schwindelfrei!«

Albertine zwickte Paule in den Po. Dieser, im Glauben, die Bestien hätten ihn erwischt, sprang hoch und konnte plötzlich klettern wie eine Bergziege.

Die vier klammerten sich an die oberen Regalböden – die tobenden Hunde und Cora unter sich.

Tante Cora blies kurz ein *Alle meine Entchen* auf der Flöte und Castor und Pollux wurden wieder zu reizenden kleinen Schoßhündchen.

»Du kannst es dir noch *einmal* überlegen, Albertine Schulze!«, forderte Tante Cora ihre Nichte mit giftiger Stimme auf, die Urkunde zu unterschreiben, mit der sie, Cora Rabenschlag, die neue Herrin über die Villa würde.

»Lässt du uns auf jeden Fall gehen?«, versuchte Albertine zu verhandeln.

Klara drehte sich mit einem »Spinnst du? Du unterschreibst gar nix!« um, verlor das Gleichgewicht und rutschte ab.

Albertine erwischte sie noch am Ärmel. Sie ist leicht wie eine Feder, ging es Albertine durch den Kopf, aber da glitten Klaras Arme schon aus dem Jäckchen. Schreiend stürzte sie in die Tiefe, riss Tante Lizzis Globus der Weltreisen um und lag regungslos da.

Selbst Tante Cora schlug die Hand vor den Mund.

Langsam stiegen Otto, Paule und Albertine hinunter.

»Klara!« Tränen erfüllten Albertines Augen. »Klara, wach auf! Eine Karo muss doch … wir, wir brauchen dich noch …«, mehr konnte Albertine nicht sagen, so sehr wurde sie von Schluchzern durchgeschüttelt. Auch wenn Kla-

ra bisher ein bisschen patzig zu ihr gewesen war, wollte Albertine die Anführerin der Bande eigentlich schon nicht mehr missen.

Tante Cora schlich rückwärts zur Verandatür. Mit dieser Sache wollte sie nichts zu tun haben. Ein wenig einschüchtern, mehr hatte sie doch gar nicht gewollt. Die Göre brachte es fertig, ihr noch einen Mord anzuhängen.

»Ach, Klara, bitte!!!« Albertine warf sich über den leblosen Körper des Mädchens.

»Pssst«, hörte sie unter sich.

Albertine erstarrte. Klara lebte! Fast hätte sie vor Erleichterung laut aufgeschrien.

»Keinen Mucks!«, raunte Klara ihr zu. »Auf drei läufst du zur Tür und dann die Flure hoch! – Eins, zwei …«, zählte Klara leise, schrie dann: »… dreiiiiii!«, und sprang auf.

Albertine tat, wie Klara befohlen hatte. Paule und Otto rannten geistesgegenwärtig hinter ihr und Klara her.

»Ihr Biester!«, schrie Tante Cora, aber die vier waren schon durch die Tür der Bibliothek verschwunden.

»Wenn wir erst in den Fluren sind, findet die Hexe uns nicht so schnell«, spornte Klara die anderen an.

»Du hast nicht einmal einen blauen Fleck?« Albertine konnte nicht glauben, dass Klara den Sturz heil überstanden hatte. »Ich hätte dich mit einem Finger halten können, wenn nicht das blöde Jäckchen …«

»Dett is' nüscht für Panzerknacker-Paule!« Schon die Kletterei hatte Paule fast um die letzte Puste gebracht. Die endlose Treppe gab ihm nun den Rest. Er blieb stehen.

Albertine zerrte ihn um die letzte Ecke am oberen Treppenabsatz. »Wehe, du machst schlapp!«

Ein Blick nach unten beflügelte Paule. Castor und Pollux hatten trotz ihrer Stummelbeinchen schon die Hälfte der Treppe geschafft.

Die Punktebande schlägt zurück

Monsieur Flip hastete inzwischen vom Theatersaal zum Westturm. Er war selten so oft und so wenig vornehm durch die Villa Wünschelberg gerannt wie in den vergangenen vierundzwanzig Stunden. Wenn er es sich genau überlegte, hatte es Verfolgungsjagden dieser Art zuletzt gegeben, als Cora – damals noch unverheiratet und auf den Namen Schulze hörend – versucht hatte aus der Villa eine Schönheitsfarm zu machen. Flip musste Lizzi daran hindern, Cora in die Prieselschotenmühle zu stopfen. Lizzi konnte rabiat werden, wenn es um ihr Haus der tausend Wunder ging.

Keuchend erreichte Flip den Westturm. Dort gab es eine Stange, an der die Verteidiger der Burg hinunterrutschen konnten, um bei überraschenden Angriffen schnell zur Stelle zu sein. Eine Vorrichtung, die sich in mittelalterlichen Burgen nicht durchgesetzt hatte, da die schweren Ritterrüstungen dabei allzu oft verbeult wurden. In Feuerwehrwachen hingegen gab es solche Stangen immer noch. Monsieur Flip konnte die Ritter gut verstehen und hatte sich diesem zweifelhaften Rutschvergnügen nie hingegeben. Man bekam ein rasantes Tempo und konnte nur bremsen, indem man die Füße an die Stange presste. Sein Bauch gestaltete aber gerade das als besonders schwierig.

Cora Rabenschlag sollte man nicht aus den Augen lassen, dachte Monsieur Flip, und die Stange ist der schnellste

Weg zum hinteren Teil der Villa. Er überwand seine Abneigung gegen diese Art von sportlicher Betätigung. Die Stange wackelte und knarzte unter seinem Gewicht, aber sie hielt und er kam wohlbehalten unten an.

Er zog den Riegel des kleinen Holztürchens zurück und warf einen Blick in den Garten: keine Cora Rabenschlag weit und breit. Die lauten Schreie, die er im Haus hörte, bestätigten ihm allerdings, dass man Tante Cora wirklich nicht aus den Augen lassen sollte.

Monsieur Flip rannte um das Haus herum und stieß die Verandatür zur Bibliothek auf. Ein Bild der Verwüstung bot sich ihm: Überall lagen zerfetzte Pergamentrollen und aufgerissene Buchrücken. Aus einem der schweren Ledersessel quollen die Sprungfedern und die Rosshaarfüllung. Der schöne alte Globus, auf dem Lizzi nach jeder Reise deren Verlauf eingezeichnet hatte, war zerbrochen. Wenigstens war Tusnelda Tornada, dem Taschentornado, nichts passiert. »Oh nein, meine Bibliothek«, jammerte Monsieur Flip und hob ein kariertes Jäckchen auf, dessen linker Ärmel fast ganz abgerissen war.

Er hörte Albertine, wie sie »Paule, schneller, komm schon!« rief, und rannte in die Halle. Albertine zerrte einen dicken Jungen um die Ecke in den Verkehrt-herum-Gang. Einen Absatz weiter unten flitzten zwei bestialisch jaulende Hunde, gefolgt von Cora, die Treppe hinauf.

Eigentlich sollte man sich heraushalten, wenn zwei Schulzes aufeinanderprallen, dachte der Butler, griff aber nach seiner alten Flinte und kletterte in den Fesselballon. Die Tafel *Vorsicht! Wegen technischer Störung außer Betrieb* fiel auf den Steinfußboden und zerbrach. Monsieur Flip kappte die Taue.

Paule war fast am Ende seiner Kräfte. Als Letzter erreichte er den schwarz und weiß gepunkteten Flur. Klara und Albertine streiften sich schon die gepunkteten Overalls, Handschuhe und Masken über.

»Mein Jäckchen fand ich schöner!« Klara lachte und bedankte sich bei Albertine. »War nicht deine Schuld, so 'ne Jacke ist halt keine Bergsteigerausrüstung.«

»Es gibt Schlimmeres, Klara! Wir finden in dieser riesigen Villa schon eine neue Jacke für dich.« Albertine knuffte sie freundschaftlich in die Seite.

»Hätte nicht gedacht, dass ich mir die Polente noch mal zurückwünschen würde.« Auch Otto war ziemlich aus der Puste. »Aber bei deiner Verwandtschaft geht man ja fast freiwillig hinter Gitter!«

»Konnte ich mir nicht aussuchen«, verteidigte sich Albertine.

»Still!« Klara lauschte in den Flur.

Sie drängelten sich auf dem Schrank im Punktegang. Alle vier verschwanden mit ihren Punkteklamotten im Meer der schwarzen und weißen Flecken. Das perfekte Versteck, behauptete Otto und er war schließlich der Fachmann.

»Wir haben sie abgehängt.« Otto lehnte sich zurück und schnaufte einmal tief. Er stützte sich auf die Unterarme und wollte gerade vom Schrank herunterspringen, als die kläffenden Hunde um die Ecke tippelten. Sie streckten ihre platten Schnauzen mit den Stupsnasen in die Höhe und sogen die Luft ein.

»Komm raus, Albertine Schulze! Du hast keine Chance!« Tante Cora bog ebenfalls in den Punktegang. »Punkte! Erst alles verkehrt rum, dann rostige Ritterrüstungen und jetzt diese albernen Punkte.« Sie hielt sich die Hände vor die Augen, weil sich vor lauter Punkten alles drehte.

Castor und Pollux rannten zu dem Schrank und bellten, als erwarte sie ein frisch erlegtes Karnickel darin.

Albertine hielt die Luft an. Neben ihr zitterte Klara, dass die Punkte ihres Overalls auf- und niederhüpften.

Tante Cora wankte durch den Flur.

»Ha-ha-haaaabe ich dich«, freute sich Tante Cora und riss die Schranktür auf. Sie legte die Hand an die Kleiderstange, an der die Punkte-Overalls nach Größen geordnet hingen und wischte sie mit einer schwungvollen Bewegung zur Seite. Der Schrank war leer. »Dämliche Tölen! Da ist nix drin!« Sie zerrte die Hunde weg, die immer aufgeregter am Schrank hochsprangen, und verschwand in den nächsten Flur.

Zischend entwich die Luft aus Albertines Lunge. »Puh, noch mal gut gegangen! Aber wie lange sollen wir nun hier rumsitzen?« Albertines Stimme war ganz zittrig. Sie tastete nach Klaras Hand. »Alles klar?«

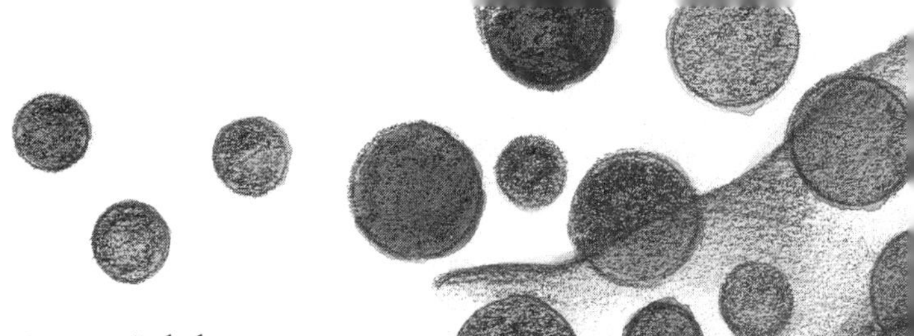

»Hey!«, sagte Otto. »Ich bin ja bei dir.«

Albertine errötete unter ihrer Maske. Sie hatte aus Versehen Ottos Hand erwischt. Die drei waren in der Punktesuppe kaum zu unterscheiden, aber sie hätte nichts dagegen gehabt, seine Hand noch länger zu halten.

»Irgendwann wird die Alte schon aufgeben«, meinte Otto.

»Da kennst du aber die Schulzes nicht!« Albertine war völlig klar, dass sie den Spieß umdrehen musste. Angriff war die beste Verteidigung. »Am besten, wir locken sie in eine Falle«, schlug sie vor.

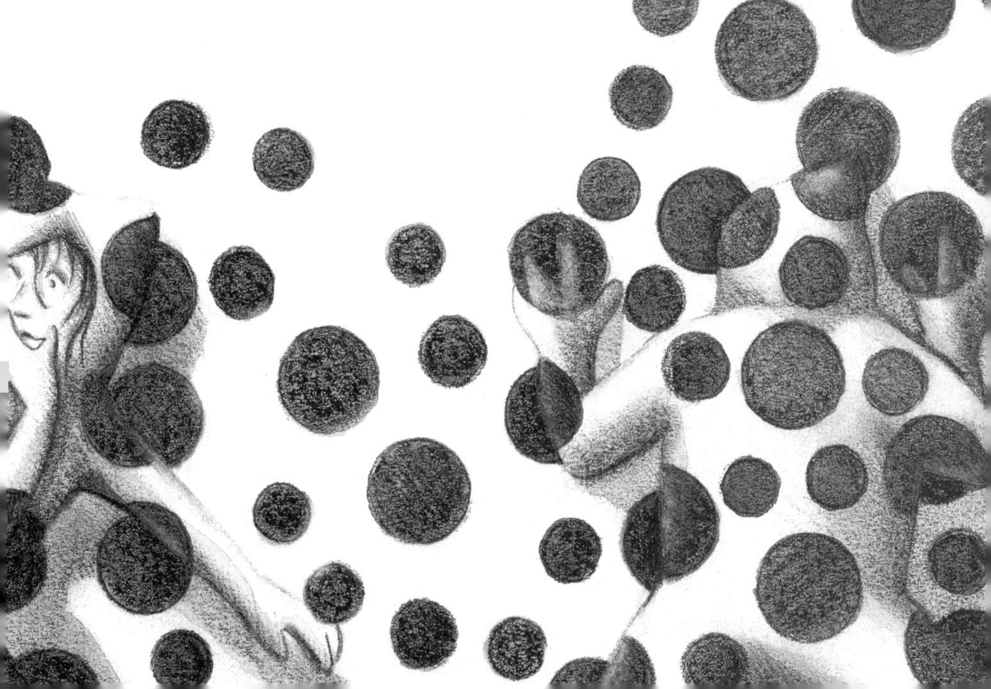

»Und vorher gehen wir schön mit den Wauwaus Gassi, was? Das klappt doch nie! Die haben uns zerfetzt, bevor wir nur pieps sagen«, zweifelte Otto an Albertines Plan.

»Klara, was meinst du? Die Jungs sind wohl zu feige!«

»So sind sie, die Männer. Große Klappe und nix dahinter.« Klara lächelte. »Aber ganz Unrecht hat Otto nicht. Was machen wir mit den Hunden?«

»Ganz einfach! Von denen halten wir uns fern und ich weiß auch schon, wie.« Albertine kletterte vom Schrank hinunter.

Sie führte die Bande auf leisen Sohlen in den Raum mit den Maschinen. Die gepunktete Kolonne kämpfte sich durch die Spinnweben bis zu dem Regal mit den Skootern.

»Na, Paule? Kriegen wir vier davon flott?«, fragte Albertine. Sie zog einen Schraubenschlüssel aus ihrer Westentasche und hielt ihn Paule hin.

Es gab nichts, was Paule nicht reparieren konnte. Reparieren konnte er noch besser als Tresore knacken. »Kannst dir uff mir verlassen!« Paule wies seine Freunde an, die Skooter aus den unteren Fächern herauszuziehen und auf die Seite zu legen. »Dacht ick mir doch! Een Propälla!«

Die Skooter verfügten an der Unterseite, wo eigentlich Räder sein müssten, über Propeller. Damit konnten sie mühelos fliegen, sofern nicht ein Propellerblatt abgebrochen oder die Antriebswelle eingerostet war oder eine Maus das Lenkseil durchgenagt hatte. Angetrieben wurden die Flieger von einem Zweitaktmotor. Während Paule und Albertine schraubten und schmierten, sammelten Klara und Otto aus den Tanks der über fünfzehn anderen Skooter die Reste des Benzins. Viel kam nicht zusammen, aber wenn der Kampf nicht allzu lange dauerte, müsste es reichen.

Nach einer knappen Stunde rief Paule fröhlich: »Startklar!«

»Du zuerst«, ließ Albertine Klara den Vortritt. »Welche von den Karren willst du?«

Klara schob die gepunktete Maske hoch, überlegte einen Moment und bestieg den Skooter, der aussah wie ein springender Leopard. »Wenn das hinhaut, sag ich nur: gute Idee! Damit pinkelt uns nicht mal eine ausgewachsene Dogge ans Bein!«

Otto suchte sich den Wagen mit der weißen Pferdeschnauze aus und Paule saß schon in seinem Schwan.

Für Albertine blieb das Schweinchen. »Ein Schweinchen namens Albertine«, murmelte sie missmutig. Der Leoparden-Skooter hätte ihr auch gut gestanden, fand Albertine, aber sie wollte sich nicht gleich wieder mit Klara anlegen. Sie zog an einem roten Knauf neben dem Lenker ihres Schweine-Skooters. Nichts tat sich.

»Dett Schalterchen links!«, rief Paule ihr zu und tuckerte schon vorbei, dicht gefolgt von Klara und Otto.

»Nicht schlecht!«, rief Klara, die schon fast die Tür erreicht hatte. »Und wie geht dein Plan weiter?«

»Hierher!« Albertines Skooter schwankte von rechts nach links, nahm dann aber Kurs auf die Fregatte. Im Vorbeisegeln griff Albertine nach einem der Enterhaken in den Wanten. Sie drehte bei und wartete, bis auch die anderen ausgerüstet waren.

Klara zog den Säbel aus dem Mast, streifte sich die gepunktete Maske wieder übers Gesicht, sodass man nur noch die Augen sehen konnte und schrie: »Attackeeee! Die Punktebande greift an! Alle mir ...«, sie hielt inne, »... alle Albertine nach!«

Tante Cora in luftigen Höhen

Tante Cora irrte schon seit einer Ewigkeit – so jedenfalls kam es ihr vor – durch die Flure der Villa. In diesem Gang war sie zum vierten Mal. »Ruhäääää!«, kreischte sie, doch Castor und Pollux kläfften weiter Lizzis Porträt am Ende des Rittergangs an. »Das ist die Falsche.« Cora nahm das Bild mit stierem und düsterem Blick ins Visier. »Deine Großnichte ist ein genauso starrsinniges und zähes Luder wie du. Aber Cora Rabenschlag ist auch eine geborene Schulze! Du wirst dich noch im Grab umdrehen, ha!« Sie zerrte die Hunde von dem Bild weg.

Sollte diese Albertine sich nur verstecken! Irgendwann musste sie auftauchen und dann würde Cora nicht mehr so zimperlich mit dem kleinen Biest umspringen. Sollte sie nur jammern, schreien und zappeln. Am Ende würde sie doch die Urkunde unterschreiben und damit ihr, Cora Rabenschlag, die Villa übereignen.

Ihr nichtsnutziger Ehemann hatte sich wohl aus dem Staub gemacht. Immer wenn man ihn brauchte, löste er sich in Luft auf.

Tante Cora erreichte den Treppenabsatz und schnauzte den Buddha an. »Grins nicht so. Du fliegst hier auch raus, wenn die Bude endlich mir gehört.«

Die Buddha-Statue grinste unbeeindruckt weiter.

Im gegenüberliegenden Flur flammten acht fliegende

Lichtkegel auf. Tante Cora drehte sich auf der obersten Treppenstufe um.

»Wünsch mir Glück, Mascha«, flüsterte Albertine und umarmte die Matroschkas fest. »Und wenn wir verlieren, sag Papa, dass seine Albertine gekämpft hat, wie es sich für eine Schulze gehört.« Sie drückte das Gaspedal ihres Skooters durch und schoss aus dem Flur.

Tante Cora traute ihren Augen nicht. Ein fliegendes Schwein raste auf sie zu. Im letzten Augenblick, kurz bevor es sie rammte, drehte das Schwein ab und umkreiste den Buddha. Eine Hand mit einem Enterhaken fuhr aus dem knatternden Gefährt, verfing sich im Arm des Buddhas und schob ihn einmal um die eigene Achse. Die Treppenstufen klappten sich unter Coras Füßen ein und sie geriet mitsamt den Hunden ins Rutschen.

Hinter Albertine schwebten die Karos heran.

»Volltreffer!«, jubelte Otto.

»Hinterher!«, schrie Klara und nahm Kurs auf die Halle.

Die Skooter kamen kaum mit, so schnell raste Cora kreischend auf die Halle zu.

»Sie bricht sich sämtliche Knochen, wenn sie unten ankommt!« In Albertine keimten Bedenken auf.

»Na und?«, fragte Klara. »Sie war nicht gerade freundlich zu uns.«

»Aber sie ist immer noch meine Tante!« Albertine drückte auf die Tube und überholte die schreiende Cora.

»Oooooh, tuuuuu äääätwaaas! Albertinääää …« Und schon war Cora um die nächste Biegung verschwunden.

Sie hatte fast das Ende der Rutschbahn erreicht, als Albertine wieder auf ihrer Höhe war. Albertine zog ihren Enterhaken hervor und angelte nach Tante Coras Kleid. Es

knackte hörbar, als der Haken sich in Coras Korsettstangen verfing. Jetzt habe ich sie aufgespießt, dachte Albertine besorgt.

Doch Tante Cora war schon wieder ganz die Alte. »Du kleines Miststück!«, schrie sie aus vollem Halse.

Der Schweine-Skooter hatte arge Schlagseite, aber er schwebte mit Tante Cora am Haken weiter. Castor und Pollux sausten geradeaus und landeten in den Kissen auf der Couch neben dem Kamin.

»Lass mich runter!«, hörte Albertine die Tante unter sich schnaufen.

»Und mich bitte auch!«, erklang es über ihr.

Sie zog ihre gepunktete Maske vom Gesicht und schaute nach oben. Unter der bunten Glaskuppel schwebte ein Fesselballon. Monsieur Flip lugte über den Rand des Korbes.

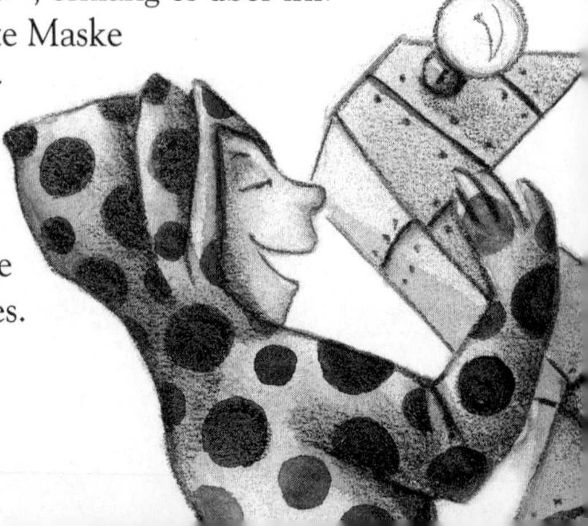

»Stolze fliegerische Leistung, Fräulein Albertine. Wäre gerne behilflich gewesen, aber leider bekam ich die Navigation dieses Dings nicht in den Griff. Ähem, Punkte stehen Ihnen übrigens nicht wirklich gut, wenn ich mir die Bemerkung erlauben darf.«

»Wir ha'm auch eijentlich Karos.« Paule steuerte seinen Skooter neben Albertines und hakte Tante Cora von der anderen Seite unter.

»Könnte wohl die Diskussion über modische Details auf der Stelle beendet werden?«, machte diese sich bemerkbar und zappelte.

Bei jeder Bewegung platzte ihr Korsett ein Stückchen weiter auf.

Beide Skooter schlingerten bedenklich in der Luft.

»Außerdem brauchen wir Karos keine Hilfe!« Otto und Klara reihten sich neben den beiden anderen Skootern auf. »Wenn hier einer Hilfe braucht, dann sind Sie das, oder?«

»Wie ich sehe, hat Fräulein Albertine tatkräftige Freunde gefunden. Wenn mich jemand dem Erdboden näher brächte, würde er mir durchaus eine Freude bereiten. Vielleicht lüpfen diese Herrschaften zunächst ihre Masken und stellen sich vor!«

»Ick versteh keen Wort, wie quasselt dett Männchen denn?«, flüsterte Paule Albertine zu.

»Ich will runter«, versuchte Tante Cora es nun im jämmerlichsten Tonfall, den sie beherrschte.

Otto flog hoch zu Flip. Die Spitze seines Enterhakens kam der Ballonseide bedrohlich näher. »Sie sind schneller unten, als Sie denken!«

»Otto!«, rief Albertine.

»War 'n Scherz.« Er fischte mit seinem Enterhaken nach dem Korb des Ballons und zog ihn zu sich heran. »Ihre Droschke steht bereit, der Herr.«

Otto steuerte den Boden der Halle an. Kaum hatte er aufgesetzt, stob in den Kissen des Sofas eine Wolke von Federn auf. Die Pekinesen, die nun eine entfernte Ähnlichkeit mit zwei gerupften Hühnern hatten, fletschten ihre Zähne und wirbelten auf Monsieur Flip und den Fesselballon zu. Mit einem Satz hopsten sie in den Korb, aus dem der Butler auf der anderen Seite gerade hinausplumpste. Der Korb wackelte und kippte zur Seite.

»Schnell!« Otto löste den Enterhaken aus dem Weidengeflecht und fasste Monsieur Flip am Kragen. Mit Schwung zog er ihn auf den zweiten Sitz des Skooters. Der Fesselballon, befreit von der Last des dickbauchigen Butlers, schwebte zügig in die Höhe.

»Das Seil neben dem Kamin!«, rief Monsieur Flip.

Klara lenkte ihren Leopard zum Kamin, neben dem zwei afrikanische Lanzen ein Kreuz bildeten. Sie nahm höchst ungern Befehle von anderen entgegen, aber in diesem Fall kam es auf schnelles Handeln an. Ein dickes Seil endete hoch über ihren Köpfen in einem Räderwerk, um das es in vielen Windungen gewickelt war. Klara zückte das Piratenschwert. »Durchschneiden?«

»Zur Not auch das«, antwortete der Butler.

Mit einem schnellen Hieb durchtrennte Klara das Seil. Das Räderwerk setzte sich ruckelnd in Bewegung. Die Glaskuppel öffnete sich quietschend Stück für Stück und gab dem Fesselballon den Weg in den Himmel frei. Einen kleinen Moment verharrten die vier Kinder mit ihren Skootern reglos und staunend in der Luft.

Schon nach wenigen Augenblicken hörte man nur noch ein leises Winseln. Castor und Pollux hatten vor nichts Angst – außer vorm Fliegen.

»Nächster Halt Alexanderplatz!«, rief Otto aus und setzte Monsieur Flip ab.

»Was machen wir mit der?« Albertine zeigte auf Tante Cora.

Klara flog eine schnelle Runde durch die Halle, warf einen Blick durch die geöffnete Kuppel und ließ sich von dort wieder hinabgleiten. »Die übernehmen wir. Paule! Otto! Mir nach! Albertine, du wartest im Blumenstübli auf uns!«

Ein verwirrender Ausflug

Die Karobande machte kurzen Prozess mit Albertines Tante. An den Enterhaken von Paule und Otto hängend schrie sie Zeter und Mordio. Doch das half ihr nichts. Wenige hundert Meter unterhalb der Zufahrt zur Villa erspähte Klara eine geeignete Abwurfstelle für die lästige Fracht. Cora Rabenschlag landete zwar sanft, aber gar nicht damenhaft in einem Heuhaufen des Wildgeheges von Bürgermeister Bollenstiel. Kein Haar wurde ihr gekrümmt – wenn man davon absah, dass das Korsett endgültig den Geist aufgab und sich Tante Coras Leibesfülle in das knapp bemessene Kleid ergoss. Wie eine aufgeplatzte grüngelbe Wurst mit einer Blüte oben dran kroch Tante Cora aus dem Haufen. Sie ballte die Faust zum Himmel. Das gepunktete Geschwader lachte in den Skootern hoch über ihr nur und nahm Kurs auf die Villa.

Tante Cora krabbelte eine Böschung hoch. Die Straße, auf die sie blickte, führte direkt nach Unterwünschelberg. Von der Villa aus stolperte ihr Rufus entgegen. »Wo warst du!«, rief sie.

Rufus verschwieg lieber, dass er sich gleich zu Beginn des Pekinesen-Angriffs in der Halle unter dem Fell des sibirischen Säbelzahntigers versteckt hatte. Wortlos streckte er seiner Frau den Pumps hin, den der Säbelzahntiger ihr am Abend zuvor entrissen hatte.

»Der passt nicht zu meinem Kleid, du Trottel.« Sie schaute an sich hinab und stöhnte auf. Überall steckten Heubüschel in den aufgeplatzten Nähten ihres Kleides, die Schuhe hatte sie beim Flug über den Vorgarten der Villa verloren. »Was soll ich mit *einem* Schuh, hä? Und dann noch einem roten? Herrje, wenn mich jemand so sieht!«

Wütend pfefferte sie den Schuh über die Schulter. Mit einem *Plöpp* landete das hochhackige Geschoss auf der Kühlerhaube einer protzigen silbergrauen Limousine, die sich fast lautlos genähert hatte. Der Wagen schlingerte quer über die Straße und kam nach fünfzig Metern zum Stehen. Surrend fuhr die dunkel getönte hintere Scheibe hinunter. Eine gestreifte Zuckerstange von der Länge eines Stockschirms schob sich aus dem Fenster und endete in den wulstigen Lippen von Friedensreich Bollenstiel.

»Gnädigste?!«, schmatzte der Bürgermeister.

Daisy – auf einem Samtkissen neben ihn gebettet – schickte ein mürrisches Knurren hinterher und kratzte sich am Hals. Das blaue Wollpullöverchen juckte.

Bollenstiel war bester Laune.

»Bringen Sie mich nach ...« Tante Cora legte die Hand an den Türgriff.

Bollenstiel drückte jedoch schnell das Knöpfchen herunter. Er dachte nicht daran, diesen aufgeplatzten Heuballen auf zwei Beinen in sein schickes Auto zu lassen. »Gnädigste, Ihr holder Anblick löst die größte Entzückung in Friedensreich Bollenstiel aus«, schwiemelte er los, um schnell, wie es so seine Art war, aufs eigentliche Thema zu kommen. »Kann ich davon ausgehen, dass Sie mir gerade die Villa übereignen wollen?«

»Äh, ja ...«

»Wunderbar!« Bollenstiel nahm ein Glas aus der kleinen Bar zwischen den Lehnen der Vordersitze und goss Champagner hinein. »Lassen Sie uns anstoßen!«

»Nun, das ist so, Herr Bollenstiel«, druckste Tante Cora herum. »Sag doch auch mal was, Rufus!«

Bollenstiel zog das Glas zurück.

»Könnten Sie vielleicht noch zwei Tage …«

»Was, zwei Tage?«

»Eigentlich gehört das Häuschen …«

»Krieg ich die Bruchbude oder nicht?« Bollenstiels Liebenswürdigkeit verflog.

»… meiner kleinen Nichte Albertine …«

»Wollen Sie Friedensreich Bollenstiel zum Narren halten? Die Villa gehört gar nicht *Ihnen*, sondern dieser kleinen Göre, Sie blöde Sumpfkuh?«

»Ich muss doch sehr bitten …«

»Und ich muss doch sehr die Sache selbst in die Hand nehmen.« Bollenstiel schüttete den Champagner vor ihren Füßen aus und klackerte mit der Zuckerstange an die Glasscheibe, die ihn von seinem Chauffeur trennte. »Los, Gomezinger, fahren Sie, und zwar schnell!«

Der Champagner perlte um Tante Coras großen Zeh und zog langsam in ihre Strümpfe. »Auch du wirst noch lernen, einer Cora Rabenschlag den nötigen Respekt zu zeigen!«, presste sie durch ihre falschen Zähne.

Bollenstiel schrie durch die Scheibe. »Wofür, Gomezinger, bezahle ich Sie und diesen dusseligen Kulikov eigentlich?« Wenn ihm klar gewesen wäre, dass ein kleines, hilfloses Mädchen die Villa Wünschelberg geerbt hatte, stünde in dem Kasten doch schon längst kein Stein mehr auf dem anderen!

Die Karobande sah aus luftiger Höhe, dass eines von diesen seltsam windschnittigen Automobilen bei Tante Cora angehalten hatte. Nun fuhr unter ihnen Bollenstiels große Limousine weiter nach Unterwünschelberg.

»Das Ding sieht aus wie 'ne silberne Flunder auf Rädern. Und wenn das hier der Grunewald ist ... « Weiter kam Otto nicht, denn Klara zog die Spitze des Leoparden-Skooters nach oben.

»Da hinten ist ein Ort!«

»Aber Albertine wartet ... «, hob Otto an.

»Mensch, du kommst noch schnell genug zu deiner Albertine! Wir werfen nur mal schnell einen Blick drauf!« Klara nahm Kurs auf Unterwünschelberg.

Typisch Klara, dachte Otto. Nicht lange fackeln, sondern ran an die Buletten, das war ihre Art.

Die Autos, Straßen, Häuser und Geschäfte, die Menschen – alles sah anders aus, als sie es kannten. Sie versteckten die Skooter hinter einer alten Fabrikhalle zwischen zwei schrottreifen Lastwagen.

»Nix Berlin. Unterwünschelberg steht auf dem Schild. Siehste!«

»Still!«, unterbrach Klara Otto. »Hör mal.«

Auf der Straße führten die Leute Selbstgespräche. Erst auf den zweiten Blick entdeckte Klara, dass sie in kleine Geräte sprachen.

»Hey, Nina, wo bist du grade?«, fragte ein junger Typ sein Gerät. Er war kaum zwei Jahre älter als Klara. Seine Haare standen in der Mitte steif in die Höhe und in der Augenbraue trug er einen Ring. Das Muster seiner Hose glich einem Wolkenmeer am blauen Himmel. »Nein, keine Zeit, hab doch den Job in der Bücherei!«

»Er spricht mit jemandem«, flüsterte Otto ihr zu.

Der Junge steckte das Ding in seine ausgebeulte Hosentasche.

»Das hol ich mir!«

»Nein, Klara!« Aber Otto konnte sie nicht mehr zurückhalten.

Zielstrebig ging sie auf den Jungen zu und rempelte ihn kurz an.

Der Junge wollte gerade losschimpfen, als ihm Klaras Punkte-Overall auffiel. »Ey, cooles Outfit!«, brachte er hervor.

Klara war jedoch ohne ein Wort schon wieder verschwunden. Sie war die berüchtigtste Taschendiebin im ganzen Wedding, wenn nicht von ganz Berlin. Das Gerät zu klauen war ein Kinderspiel für sie.

»Was hat er gemeint?«, wollte Otto wissen.

»Keine Ahnung, war ausländisch. Paule, was sagst du?«

Paule drehte und schüttelte das Gerät. »Weeß ick nich', keene Ahnung!« Er konnte sich keinen Reim auf dieses Ding machen.

»Ich glaube, Albertine muss uns mal ein paar Antworten auf ein paar ziemlich dringende Fragen geben«, sagte Otto.

Plötzlich stieß Klara ihre beiden Freunde zurück. Sie landeten unsanft in einem kleinen Seitensträßchen, gleich neben einem Gemüseladen. Ein Haufen leerer Obstkisten polterte auf den Gehweg.

An Ottos Knickerbocker-Hose klebte eine angeschimmelte Apfelsine. »Pfui Teufel, was soll das!«, rief Otto.

Klara legte den Finger auf ihren Mund. »Ssst, muss ja nicht die ganze Stadt wissen, dass die Karobande hier ist.«

Ein dicker Mann mit einem nackten Hündchen im blauen Pullover betrat den Gemüseladen. Der Zutritt für Hunde war in diesem Laden zwar verboten, aber den Mann schien das nicht zu interessieren. Er stopfte sich zwei fette Weingummistücke in den Mund.

Hinter der Verkaufstheke, die Berge von Rotkohl, Kartoffeln und schon etwas schrumpeligen Äpfeln darbot, zählte die Ladenbesitzerin fröhlich einen kleinen Stapel Geldscheine. Sie knallte einen Stempel auf einen Quittungsschein. Bollenstiel schnappte sich den Schein und drückte einen dicken Schmatzer darauf, so, als habe er einen Liebesbrief von seiner Angebeteten erhalten. Nur war dieser Schein ihm lieber als jeder Liebesbrief der Welt und außerdem gab es keine Angebetete für Bollenstiel – es sei denn, ihr Name wäre Miss Moneypenny.

»Sie werden dieser Kugel auf zwei Beinen keinen einzigen Cent Kredit mehr geben. Es wird nichts, hören Sie, *nichts* angeschrieben. Auch wenn dieser Monsieur Flip jammert oder die kleine Göre vorschickt! Kein Kredit. Nur Bares ist Wahres, das sagen Sie ihm.«

»Jawohl, Herr Bollenstiel, selbstverständlich, Herr Bollenstiel!«, rief ihm die Ladenbesitzerin nach. Ein Glöckchen ertönte, als sie die Ladentür hinter Bollenstiel zuschob.

»Das wollen wir doch sehen, Daisy-Schatzi! Und wenn ich sie aushungern muss! Diese Albertine Schulze bleibt keine drei Tage in ihrer Villa. Ach, was sag ich! In *meiner* Villa!« Bollenstiel hopste mit einem vergnügten Jauchzer auf den Gehweg und schlenderte zu seinem Auto, das den Verkehr auf der Hauptstraße blockierte. »Hopp, hopp, Gomezinger, wir werden in unserem Städtchen noch viele, viele kleine Schuldscheinchen auftreiben, die die ehrenwerte Tante Lizzi angehäuft hat.«

»Wohin darf ich Sie bringen?«, fragte der Chauffeur.

Bollenstiel überlegte einen Augenblick. »Hmm, zum Fleischer und dann ins Elektrizitätswerk. Oder zuerst ins Wasserwerk? Ach, fahren Sie schon los.«

Paule schob als Erster die Nase aus ihrem Versteck. Ein matschiges Salatblatt steckte hinter seinem Ohr. »Kiek dir die Karre an, Wahnsinn, watt?«

»Paule! Hier ist hinten und vorne nichts in Ordnung und du interessierst dich für Autos.« Otto machte sich Sorgen um Albertine. Wenn er es richtig verstanden hatte, gab es keinen Mangel an miesen Gestalten, die Albertine ans Leder wollten. Oder zumindest scharf auf ihre Villa waren.

Die Karobande rannte zu ihren Skootern. Otto und Klara schwebten schon wieder in der Luft, als Paule immer noch an dem kleinen Schalter zerrte.

»Keen Sprit mehr drinne, schätz ick ma'!«, rief er.

Otto lenkte seinen Schimmel zwischen die alten Lastwagen. »Spring auf!«

Auf dem Rückweg zur Villa gab das gestohlene Gerät plötzlich eine Melodie von sich. Auf einer leuchtenden Scheibe stand: *Nina ruft an.*

Klara starrte das Ding an und wich im letzten Augenblick einem Strommasten aus. »Da ruft jemand an!«, schrie sie zu Paule hinüber, der gerade versuchte, Otto das Lenkrad streitig zu machen.

»Willste mir veräppeln? Dett is' doch keen Telefon!«

»Mich, Paule, *mich*!«

»Dir?«

»Ach, vergiss es.« Klara drückte aufs Gaspedal.

»Nu mach schon, Otto, oda willste *dich* von een Mädel abhäng'n lassen?«, spornte Paule Otto an.

Otto, der Millionenerbe?

Albertine lag erschöpft auf dem Seerosenbett. Draußen dämmerte es bereits. Sie war wohl eingenickt. Wie lange hatte sie geschlafen? Wo blieben nur die Karos? Waren sie mit den Skootern einfach abgehauen?

Es klopfte leise an die Tür. Monsieur Flip steckte den Kopf ins Zimmer. »Darf ich eintreten? Wo sind Ihre Freunde?«

Albertine winkte ihn herein und zuckte mit den Schultern.

»Es liegt natürlich völlig in Ihrem Ermessen, aber ich würde mich sehr freuen, wenn Sie mich zukünftig über Gäste im Haus informierten.«

»Es sind nicht so richtig meine Freunde.«

»Ach!? Nicht so richtig?«

Albertine zögerte einen Augenblick. Sie hatte versprochen, niemandem etwas über die Karos zu erzählen.

»Freunde sind Freunde oder eben nicht. Was sind denn Nicht-so-richtig-Freunde?«

»Ich muss noch eine Aufgabe erfüllen, vorher gehöre ich nicht zu der Bande.«

»Bande?«

»Die Karobande.«

»Karobande? Aber die waren doch ganz gepunktet!«, lachte Monsieur Flip. »Na, so schnell verschwindet hier keiner. Die kommen schon wieder. Und wenn nicht, dann holen wir sie, schließlich wollen wir unsere Skooter zurück.«

Albertine stimmte in sein glucksendes Lachen ein. Sie war froh, endlich in Ruhe mit Tante Lizzis Diener sprechen zu können. Ihr lagen mindestens tausend Fragen auf der Seele.

Flip fragte jedoch zuerst. »Welche Aufgabe?«

»Also, wie soll ich es sagen?«, druckste Albertine herum. »Wir haben noch andere Gäste im Haus!«

Monsieur Flip setzte sich zu ihr auf den Rand des Seerosenbettes. »Andere Gäste?«

»Polizei!«

»Polizei?«

Albertine nickte stumm. Jetzt würde er ihr den Kopf abreißen und gleich die Rappelmeier anrufen.

»Haben Sie etwas ausgefressen? Ist die Polizei hinter *Ihnen* her? Sind Sie ... weggelaufen?«

»Das auch«, antwortete Albertine, »aber das hat nichts mit der Polizei zu tun. Die ist hinter der Karobande her und ich habe sie eingesperrt.«

»Die Karobande?«

»Nein, die Polizei!«

»Ich verstehe gar nix mehr.« Flip erhob sich. »Jetzt mal eins nach dem anderen.« Er pflückte eine vertrocknete Blüte von einem Hibiskus ab, drehte sich um und stand mit Knickerbockern, Hut und Pfeife wie Sherlock Holmes vor Albertine. »Sie sind aus dem Kinderheim abgehauen ...«

»Die Rappelmeier hätte mir nie erlaubt hierherzukommen!«

»... und in diesem Haus sind Polizisten eingesperrt und

Ihre Freunde – ich kombiniere – sind Verbrecher auf der Flucht.«

»Nix da Verbrecher!« Klara stand im Türrahmen.

»Wir klau'n nur, watt wa dringend brauchen.« Paule zwängte sich an ihr vorbei.

»Wir sind ehrliche Diebe.« Otto zog die gepunktete Maske vom Gesicht und setzte seine karierte Mütze auf.

»Baron von Prockauer!« Monsieur Flips Augen weiteten sich auf die Größe einer mittleren Honigmelone.

»Baron von was? Das ist Otto. Otto von der Karobande.« Albertine starrte Monsieur Flip an.

»Otto Karwuttke, um's genau zu sagen«, meinte Otto und lüpfte seine Schiebermütze.

»Ja, ich weiß«, erwiderte Monsieur Flip. »Otto Karwuttke, der Meisterdieb. Aber auch Laszlo, der Sohn des Barons von Prockauer und Erbe eines Millionenvermögens. Ich glaube, es gibt nun einigen Erklärungsbedarf.« Monsieur Flip ließ seine Fingergelenke knacken, drehte sich um die eigene Achse und stand in seiner Dienerlivree vor den Kindern.

»Kiek dir dett an!«, staunte Paule. »Wie macht er dett denn?«

»Das wüsste ich auch gerne«, antwortete Albertine.

»Wenn die Herrschaften Ihre Punkte-Anzüge ablegen und mir in den Theatersaal folgen wollen!«

In Sekundenschnelle wurstelten sich alle aus den Overalls.

Monsieur Flip führte Albertine, die sich den Weg genau merkte, und die Karobande auf direktem Weg in den Theatersaal. Wenn man sich auskennt, ist die Villa fast ein Haus wie jedes andere, dachte Albertine.

»Jetzt wimmelt es hier von Erben, was?«, flüsterte Otto ihr zu. »Ich – ein Millionenerbe, schön wär's! Der hat einen Knall, dein Butler!«

»Schscht!«, ermahnte Albertine ihn. Sie brannte darauf, Monsieur Flip mit ihren Fragen zu löchern. Eines war sicher, der Butler schwieg sich über einige Geheimnisse der Villa geflissentlich aus. Warum mussten sie ihm nun in den Theatersaal folgen?

Monsieur Flip bog nach links in einen Flur. An den Wänden wechselten sich siebenarmige Kandelaber, die dringend einer Politur bedurften, mit goldgerahmten Varieté-Plakaten aus aller Welt ab: Moskau, London, Kapstadt, Sydney, New York, Bangkok – die Reihe nahm kein Ende. Auf allen lachte Tante Lizzi. *Weltsensation*, *Neue Show*, *Einmaliges Gastspiel* schrien die Plakate ihnen in großen Lettern entgegen. Kein Zweifel, sie näherten sich dem Theatersaal.

Hoffentlich gilt die Karoprüfung als bestanden, auch wenn ich den Saal nicht ganz ohne Hilfe gefunden habe, dachte Albertine. Sie platzte jetzt fast vor Neugier und Spannung.

»Bitte einzutreten und Platz zu nehmen!« Monsieur Flip öffnete die Flügeltür in der Mitte des Gangs.

Klara, Paule und Otto verharrten einen Moment. Konnten sie diesem Flip trauen? Hatte er sich vielleicht mit den Polizisten zusammengetan? »Wir sollten schnellstens 'ne Mücke machen«, flüsterte Klara.

»Abwarten«, antwortete Otto. »Hier stimmt was nicht, das ist klar. Aber was? Ich will das wissen!« Er schob Klara in den Theatersaal.

»Die besten Plätze sind für die Herrschaften reserviert!«

Monsieur Flip wies auf die erste Reihe der Schwanensessel. Er verbeugte sich tief und als er sich aufrichtete, glitzerte ein paillettenbesetzter Frack an ihm.

Albertine prüfte die Sitzfläche vorsichtig mit der Hand. Die Sprungfedern der Polsterung quietschten, sprangen ihr diesmal jedoch nicht entgegen.

»Der Koffer!« Klara zeigte auf die Bühne.

»Und wenn der doch mit die Polente unter eener Decke steckt?«, meldete Paule sich zu Wort.

»Das tut er ganz bestimmt nicht, Paule«, sagte Albertine. »Das sind Freunde von mir«, wandte sie sich Monsieur Flip zu. »Sie sind zufällig in die Villa gekommen und wollten sicher nicht einbrechen oder so ...« Wenn der Butler wirklich mit der Polizei unter einer Decke steckte, hätte Albertine sich ganz schön in ihm getäuscht.

»*Zufällig* ist das falsche Wort, Fräulein Albertine. Haben Sie diesen Koffer geöffnet?«

Albertine nickte.

»Sie haben Lizzis Schrankkoffer geöffnet! In dieser Villa war Ihnen alles erlaubt, außer vielleicht den Taschentornado in geschlossenen Räumen freizulassen. Aber ausgerechnet der Koffer!« Monsieur Flip seufzte tief. »Der Koffer hat schon Ihrer werten Großtante Lizzi kein Glück gebracht. Sie konnten das natürlich nicht wissen.«

»Wir mussten doch die Polizisten in den Koffer sperren«, sagte Albertine zerknirscht.

»Wir haben nix geklau..., nix kaputt gemacht oder so«, fügte Otto hinzu.

»Und wir sind genauso schnell wieder weg, wie wir gekommen sind!« Klaras Miene verdüsterte sich. »Hab doch gleich gesagt, das ist hier nix für uns.«

Monsieur Flip sah die Kinder mit einem Kopfschütteln an. »Sie ahnen gar nicht, was Sie angestellt haben, Fräulein Albertine. Wissen Sie, wer dieser junge Mann«, er zeigte auf Otto, der sich das *junge Mann* gern gefallen ließ, »und die anderen beiden sind?«

»Wir sind die berüchtigte Karobande und Sie sollten jetzt mal damit rausrücken, was hier los ist! Sonst ergeht es Ihnen wie Tante Cora und ihrem Trottel von Ehemann.« Klara ballte die Fäuste.

Monsieur Flip schien das nicht sehr zu beeindrucken. »Klara, wie man sie kennt«, sagte er lächelnd und ging zu einem Schaltpult an der Seite der Bühne.

»Woher wissen Sie meinen Namen? Und woher wollen Sie wissen, wie man mich kennt?«

»Ich weiß, es gibt eine Menge Fragen zu klären ...«

»Genau!«, unterbrach Otto ihn. Er fand, dass die Zeit für einen Gegenangriff gekommen war. »Zum Beispiel, warum einer Schuldscheine sammelt und ob der am Ende mit einem gewissen Monsieur Flip unter einer Decke steckt?«

Albertine runzelte die Stirn. Was war denn in Otto gefahren?

»Und watt dett fürn kleenet Piepsjerät is'?« Paule stupste Klara an, die das geklaute Handy vorzeigte.

»Und warum hier nix so aussieht, wie wir es aus Berlin kennen?«, fügte Klara hinzu.

»Das ist sehr einfach und doch sehr kompliziert«, antwortete Monsieur Flip und ließ auf der Bühne eine große Leinwand herabfahren. »Die jungen Herrschaften befinden sich nicht in Berlin, sondern in Unterwünschelberg. Und wir schreiben das Jahr 2004.«

Otto, Klara und Paule verstummten für einen Moment,

steckten dann die Köpfe zusammen und tuschelten aufgeregt miteinander. »2004?« hörte Albertine und »Ick gloob, ick träume!«

»Ja, lieber Paule, da haben Sie recht. Es ist alles ein Traum.«

Die Karobande verstummte. Albertine verstand nur noch Bahnhof.

Klara ergriff als Erste das Wort. »Albertine!« Sie zog Albertine an ihrer Allzweckweste zu sich und den anderen. »Also«, flüsterte Klara, »der dicke Zwerg ist verrückt geworden und es gibt da noch ein paar Dinge, die du wissen solltest. Wir hauen jetzt ab und du kannst mitgehen. Koffer hin, Polente her.«

»Nein, Albertine, weder Sie noch ihre Freunde können hier weg!« Monsieur Flip drückte sie mit Nachdruck, aber freundlich lächelnd in den Schwanensessel. Nehmen Sie bitte Platz. In nur wenigen Minuten wird Ihnen einiges klarer. Fräulein Albertine, wenn Sie so freundlich sein könnten den Raum zu verdunkeln?«

Albertine zog die schweren Vorhänge zu. Ihre Hände zitterten vor Aufregung. Dann setzte sie sich wieder neben Otto.

Klara beugte sich herüber. »Was soll das? Warum nennt er dich Baron Soundso?«

»Weiß ich doch nicht. Ich bin Otto Karwuttke und das werde ich auch bis an mein Lebensende bleiben«, antwortete Otto.

Monsieur Flip ging rasch zwischen den Zuschauersesseln entlang nach hinten und verschwand durch ein kleines Türchen. Oberhalb des Türchens öffnete sich eine Klappe und die Linse eines Projektors kam zum Vorschein. Mit einem Rattern setzte sich das alte Gerät in Gang. Ein Lichtstrahl bahnte sich seinen Weg durch die staubige Luft des Theatersaals und traf auf die Leinwand, die fast die ganze Bühne bedeckte.

»Film ab!«, drang Monsieur Flips Stimme dumpf aus dem Kämmerchen des Filmvorführers.

Auf der Leinwand flimmerten Flecken und Schlieren, Zahlen erschienen in einem in der Mitte durchkreuzten Kreis. Fünf, vier, drei, zwei, eins …

Lizzis große Show

»Hier ist die Foxtönende Wochenschau mit einer Sondermeldung«, schnarrte eine näselnde Männerstimme los. Die Wochenschau lief in den Kinos, als es noch kein Fernsehen für alle gab, und zeigte Nachrichten aus aller Welt.

Mit großem Schwung und überschäumender Begeisterung kündigte der Sprecher eine neue Sensation im Winterpalast, dem größten Varieté im Berlin des letzten Jahrhunderts, an: ein Gastspiel von Lizzi Schulze.

Menschen in eleganten Kleidern und Anzügen, umringt von Reportern mit altertümlichen Fotoapparaten, stiegen die kleine Treppe zum Eingang des Varietés hinauf.

»Die große Illusionistin Lizzi Schulze, die Herrin unserer Träume, die Königin des Varietés, führt im Winterpalast ihren weltberühmten Hypnosetrick vor. Und alle sind sie gekommen, um dieses achte Weltwunder zu bestaunen: Filmstars, Industriebarone, Politiker von Rang und Namen.«

Der Film zeigte die Bühne des Varietés. Monsieur Flip stand darauf. Er war jünger – mit mehr Haaren und weniger Bauch –, trug einen über und über mit silbernen Pailletten besetzten Frack und einen ebensolchen Zylinder. Er schlenderte zum Bühnenrand.

»Doch zunächst lassen Sie sich verzaubern von einem Mensch gewordenen Chamäleon, von Monsieur Flip!«, sagte der Wochenschausprecher.

Monsieur Flip tänzelte über die Bühne und wechselte schneller, als man schauen konnte, die Kostüme. Tante Lizzi trat aus dem Dunkel der Bühne und warf ihm ein langes Seil zu. Monsieur Flip wirbelte einmal um die eigene Achse und stand im Kostüm eines indischen Fakirs da. Er schmiss das Seil in die Höhe. Es versteifte sich schlagartig und schwebte senkrecht über dem Boden. Monsieur Flip kletterte behände daran empor und wieder hinab.

In schneller Folge verwandelte er sich auf offener Bühne: Aus einem Seeräuber wurde ein Clown, der plötzlich als Cowboy einen schweren Colt zückte. Einen Wimpernschlag später verbeugte er sich als chinesischer Mandarin. Das Publikum im Winterpalast-Varieté tobte. Lizzi warf ihm einen Zylinder zu. In atemberaubender Geschwindigkeit zauberte er ein Kaninchen, eine brennende Fackel, einen riesigen Blumenstrauß, einen Schwarm weißer Tauben und ein Kartenspiel aus dem Hut.

Otto sprang auf. »Schluss jetzt mit den Mätzchen. Wir wollen keinen Kinderkram angucken. Wer ist Baron Prockauer?«, rief er nach hinten, wo er Monsieur Flip vermutete.

»Geduld!«, hörte Otto von der Bühne. Monsieur Flip erschien vor der Leinwand. Er trug den etwas zu engen Bühnenfrack, den die Kinder gerade noch im Film gesehen hatten. Ein paar Pailletten fehlten, die anderen blitzten und glitzerten im Schein des Filmprojektors dafür umso mehr.

»Und nun, meine Damen und Herren, kommt der absolute Höhepunkt dieses Abends. Die Traumhypnose!«, kündigte der Wochenschausprecher Lizzis Auftritt an.

Langsam schwebte Lizzi aus den Tiefen künstlicher Nebelschwaden, die den Boden der Bühne bedeckten, hinauf. Ihr weißes Kleid schien ebenfalls aus Nebel gewoben zu sein. Auf ihren Schultern schimmerte der reich verzierte Umhang, den Albertine schon auf dem Bild im Rittergang bewundert hatte. Lizzi stand nun in voller Größe zwischen dem Drachensessel und dem Schrankkoffer.

»Der Koffer!«, rief Albertine und ergriff Ottos Hand.

»Schscht«, ermahnte Otto sie, ließ ihre Hand aber nicht los. Etwas in seinem Inneren sagte ihm, dass ein großer Augenblick bevorstand.

Der junge Flip reichte Lizzi ein Samtkissen, auf dem der Drachenschlüssel lag. Lizzi ergriff das goldene Kettchen, an dem der Schlüssel hing. Im Publikum wurde es mucksmäuschenstill. Sie schritt über eine kleine Treppe vor die erste Reihe und musterte die Gesichter der gespannten Zuschauer. Ein Junge in vornehmer Kleidung erregte ihre Aufmerksamkeit. Sie forderte ihn mit einer Handbewegung auf, zu ihr zu kommen. Der Junge schaute sich verlegen um. Sein Blick fiel in die Kamera.

Albertine schrie auf. »Otto!«

Otto schluckte und drückte Albertines Hand fester.

Albertine traute ihren Augen nicht, aber der vornehme Pinkel in der Wochenschau war ohne jeden Zweifel Otto. Auf den Plätzen neben ihm saßen Klara und Paule, beide in nicht weniger schicken Klamotten.

Die drei Karos starrten mit weit aufgerissenen Augen auf die Leinwand, als sei ihnen ein Geist erschienen.

»Das seid ihr!«, rief Albertine.

»Madame Lizzi wird nun mithilfe der Hypnose diesen Jungen in einen tiefen Schlaf, in einen Zustand intensiven Träumens versetzen«, flüsterte der junge Flip in der Wochenschau verschwörerisch dem Publikum zu. »Ich bitte um absolute Ruhe.«

»Wer ist der mutige junge Mann, den wir heute auf dieser Bühne begrüßen dürfen?«, fragte Lizzi auf der Leinwand.

Alle hielten den Atem an.

Der Junge in der Wochenschau, der aussah wie Otto, warf einen unsicheren Blick ins Publikum und kratzte sich verlegen am Hinterkopf. Vor Aufregung versagte ihm die Stimme und er musste seinen Namen noch einmal mit Mut und Entschlossenheit laut und deutlich sagen. »Laszlo. Laszlo von Prockauer ist mein Name.«

Lizzi hielt dem Jungen den Drachenschlüssel wie ein Pendel genau vors Gesicht. Das Feuer des Smaragds glühte. Langsam begann der Schlüssel zu schwingen, ohne dass Lizzi die Hand rührte. Laszlos Augen wurden immer schwerer,

für einen Augenblick kämpfte er gegen die aufkommende Müdigkeit an, dann sackte er schlafend auf die Lehne des Sessels. Lizzi fuhr mit der Hand leicht über seine Stirn und er richtete sich wieder auf. Lizzi ging nun auf den Schrankkoffer zu. Der Smaragd leuchtete immer heller. Sie steckte den Schlüssel ins Schloss des Koffers, drehte ihn drei Mal um und öffnete die Tür.

Ganz langsam bildete sich in der unendlich scheinenden Schwärze des Koffers ein schimmernder Punkt, der sich langsam dem Zuschauerraum näherte.

»Sieht aus wie eine Seifenblase«, flüsterte Albertine.

Die Blase wurde größer und größer und gab ihren Inhalt zu erkennen: Häuser, der Villa Wünschelberg nicht unähn-

lich, aber weniger pompös. Der schwache Schein einer Straßenlaterne tauchte die Szenerie in ein gespenstisches Licht. Straßengeräusche – das Klingeln einer alten Straßenbahn, das röhrende Hupen von alten Automobilen – ertönten. Irgendwo in der Ferne sang eine Frau mit ungarischem Akzent: »Wiiillst du gääärne wissäään, was das Schicksal dir noch bringt …« Eine Jungenstimme schrie: »Eeeextrablatt! Karobande auf der Flucht! Eeeextrablatt!« Das Rufen wurde jäh von einer Trillerpfeife unterbrochen und im nächsten Augenblick rannten drei Gestalten vorüber. Sie trugen karierte Kleidung und schauten atemlos in die Fenster der vernebelten Häuserfront. Otto, Paule und Klara, in ihren karierten Sachen, hasteten durch das nächtliche Berlin. Otto schlug an eine Haustür und flehte um Einlass, aber niemand öffnete.

»Da sind sie! Stehen bleiben, Polizei!«, rief eine tiefe Männerstimme und zwei in uraltmodische blaue Uniformen gekleidete Polizisten mit mindestens einen Meter langen Fingern, die aussahen wie die Tentakeln eines Tintenfischs, stürzten aus dem Schrankkoffer.

Die Tentakelfinger schnellten hervor und griffen nach Otto, der vergeblich ein Fenster an einem der Häuser zu öffnen versuchte. Otto wich ihnen geschickt aus und warf sich schützend vor Paule, der gestolpert war.

»Aufhören, aufhören!«, schrie Otto im Theatersaal der Villa und schoss aus dem Sessel heraus. Flink wie ein Eichhörnchen sprang er über die Zuschauerreihen. Einige der Schwanensessel stürzten um, aber er ließ sich nicht aufhalten. Er hob einen der Sitze hoch und schleuderte ihn gegen die Klappe, hinter der der Projektor surrte. »Ich will das nicht sehen!«, rief Otto.

Der Projektor fiel mit Getöse herunter.

»Monsieur Flip, was ist das für eine Show?«, rief Albertine. Auch sie war aufgestanden und sah den Butler böse an.

»Kapierst du's nicht? Das sind wir gewesen in dem Film!« Otto war außer sich.

»Ick kapier nischt, rein jar nischt«, stotterte Paule und sah die bleiche Klara an.

Klara schnappte nach Luft wie ein Fisch auf dem Trockenen.

»Wir sind nur ein Traum! Die Erfindung von diesem Schnösel von Prockauer«, erklärte Otto den anderen.

»Hättste uns nich' mit die schnieken Klamotten träumen können?«, wollte Paule wissen. »Statt der blöden Karos?«

»Nun ja, lieber Paule, wir können uns unsere Träume eben nicht aussuchen. Vielleicht ist es sogar umgekehrt: Die Träume suchen sich uns aus«, tröstete Monsieur Flip ihn. »Und diese Karos stehen Ihnen wirklich gut. Eine Reinigung und ein paar neue Knöpfe an ihrer Weste vielleicht, doch dann wären Sie der perfekte Gentleman.«

»Aus Perlmutt?« Paules Miene hellte sich auf.

»Mensch, Paule! Das ist doch völlig egal!« Otto vergrub das Gesicht in seinen Händen. »Wir sind nicht echt, uns gibt es gar nicht!«

»Stimmt das, Monsieur Flip?«, fragte Albertine verdattert. Sie konnte nicht glauben, was sie gerade mit eigenen Augen gesehen und mit eigenen Ohren gehört hatte.

Monsieur Flip nickte mit bedauernder Miene und ließ die Leinwand wieder im Bühnenhimmel verschwinden. »Wie man es sieht. Otto hat recht und auch wieder nicht. Schließlich sind Träume ein Bestandteil unseres Lebens.

Und sogar ein wichtiger! Wer keine Träume hat, ist ein armer Tropf und kann nur untergehen. Sie drei sind die Bewohner eines Traums. Wenn Sie, Fräulein Albertine, nicht den Schrankkoffer geöffnet hätten, wären Ihre Freunde immer noch da, wo sie eigentlich hingehören: im Reich der Träume. Sie hatten allerdings noch Glück: In dem Koffer befinden sich noch andere, weitaus schrecklichere Träume, wahre Albträume von ungeheurer Schauerlichkeit. Ich erinnere mich – es muss Sommer 1974 gewesen sein – da entwich durch eine Unachtsamkeit von Lizzi der Albtraum eines französischen Heiratsschwindlers und sorgte in Unterwünschelberg für allerlei Unruhe. Denn plötzlich irrte ein grünbraunes Monster von Schwiegermutter mit gewaltigen Hörnern, auf die selbst der Teufel neidisch gewesen wäre, durch die Gegend. Sie sah aus, als sei sie geradewegs aus dem Erdboden gewachsen, um allen Heiratsschwindlern den Garaus zu machen. Seitdem hieß es, dass es in unserer Villa spuken würde.«

»Und wo ist das Schwiegermuttermonster jetzt?«, fragte Albertine.

»Keiner weiß es. Es war plötzlich verschwunden und tauchte nie wieder auf.«

»Aber wenn Otto ein …«, Albertine suchte in ihrem wirren Kopf die richtige Bezeichnung, »… ein Traumwesen ist, wieso saßen dann Paule und Klara neben diesem Prockauer?«

Monsieur Flip setzte sich in einen der Sessel. »Laszlo von Prockauer war der Sohn eines reichen Berliner Industriellen. Ein sehr einsames Kind, das wie in einem goldenen Käfig lebte. Privatlehrer kamen ins Haus, um ihn zu unterrichten. Freunde zu finden war unmöglich für ihn. Seine

Einsamkeit vertrieb Laszlo durch die Flucht in die Welt der Kriminalromane, die ihm der Sohn des Chauffeurs heimlich besorgte. Diese Geschichten halfen Laszlo sich das zu erträumen, was ihm im richtigen Leben verwehrt blieb: Mitglied einer Bande zu sein und die besten Freunde der Welt zu haben.«

Albertine seufzte leise. Das konnte sie nur zu gut verstehen!

Monsieur Flip lächelte sie an und fuhr fort. »Deswegen ist es nur zu verständlich, dass er sich in dem Traum, den wir eben sahen, nach dem Meisterdieb aus seinem Lieblingsroman benannte: Karwuttke, Otto Karwuttke.«

»Und was ist mit Paule? Und mir?«, fragte Klara.

»Sie waren Laszlos Cousine, seine einzige echte Freundin, die er aber nur in den Sommerferien sehen konnte.«

»Und icke?«, fragte Paule.

»Der Sohn des Chauffeurs!«

»Is' ja irre, Chauffeurssohn!«

Otto sprang auf, durchquerte den Saal bis zur Tür, die in das Wanderbadezimmer führte, hielt jedoch plötzlich inne. »Wisst ihr eigentlich, was das bedeutet? Wir sind nichts! Ob Chauffeurssohn oder reicher Pinkel – nichts. Zirkusflitter! Theaterdonner! Alles falsch und mit doppeltem Boden. Wir sind bloß eine blöde Varieté-Nummer.« Er sank in einen Schwanensessel und weinte.

»Mensch, Otto, komm schon, nicht weinen!« Klara hockte sich vor ihm auf den Boden.

»Wer nix is', kann ja noch watt werd'n, Otto! Kann *allet* werden!« Paule vergrub die Hände in den Taschen und schaute fragend in die Runde. So ganz traute er seinen eigenen Worten nicht.

Albertine stand auf. Sie gab sich größte Mühe, sich ihre Verwirrung nicht anmerken zu lassen. Sie wollte nun stark sein und Otto trösten.

Monsieur Flip hielt sie fest. »Lassen Sie ihnen etwas Zeit, Fräulein Albertine. Es ist eine höchst ungewöhnliche und vielleicht auch sehr beängstigende Erkenntnis, ein Traum zu sein.« Behutsam zog er sie zur Tür. »Wir verabschieden uns jetzt alle ins Reich der Träume und gönnen uns eine Prise Schlaf.«

Viermal Karo, uns schlägt niemand!

Die Nacht hatte ein pechschwarzes Laken aus Nebel und Wolken über die Villa geworfen. Wer nicht von der Ewigkeit des Himmels und des Alls so überzeugt war wie Albertine und ihr Papa, der hätte glauben können, dass die Sterne am Himmel sich urplötzlich davongemacht hätten. Albertine suchte eine Viertelstunde nach Luminos, aber selbst einem Hochleistungsgerät wie dem Spector 2004 mit seinen hochauflösenden Lichtfiltern waren in dieser Nacht Grenzen gesetzt. Auch bei Sternentelefonaten war die Verbindung manchmal schlecht.

Papa hätte sie sicher für verrückt erklärt, wenn sie ihm erzählt hätte, dass sie nun mit drei Traummenschen und einem Butler in Lizzis Villa wohnte und die Villa auch noch ihr gehörte. Solche Geschichten waren schon eher etwas für Till und Knobel. Albertine hatte sich oft abends in ihr Zimmer geschlichen. Immer wenn das Thema Eltern die Jungs traurig und verzagt gemacht hatte, hatte Albertine eine fantastische Einschlafgeschichte für die Zwillinge erfunden.

Ich hätte sie längst anrufen müssen, dachte Albertine und steckte die Matroschka-Püppchen ineinander. »Und ihr kommt auch viel zu kurz«, murmelte sie dabei. Die kleinen Körper der Puppen glänzten vom Raureif, in den die kalte Nacht sie eingehüllt hatte. Albertine fröstelte und schloss das Fenster. Wie sollte sie bloß einschlafen? Selbst der betäubende Duft der Seerosen half ihr nicht ins Reich der Träume zu wandern.

Das Reich der Träume! Wie oft hatte sie schon Geschichten gelesen, in denen sich Menschen in einer anderen Welt, in der Zukunft, der Vergangenheit oder sonst wo verlaufen hatten. Nun hatte sie Besuch aus dem Traumland. Ob es wohl irgendwo eine Welt der Träume gab, in der alle Träume auf ihre Träumer warteten? Vielleicht konnte sie durch den Koffer in diese Welt eindringen? Lieber nicht, dachte sie, schon ihre eigenen Albträume, die sie ab und zu hatte, waren schlimm genug. Bei Tante Cora wollte sie noch nicht einmal die schönen Träume sehen, so schrecklich waren die bestimmt für alle anderen!

Albertine wusste nicht, was sie von der ganzen Sache halten sollte. Ihre Großtante Lizzi war eine besondere Frau gewesen, daran bestand kein Zweifel.

Der Mond schien Albertine durch eine Wolkenlücke ins Gesicht. Sofort sprang sie auf und richtete das Fernrohr auf den Himmel. »Mascha, Olga … Menschenskinder, Mädels, hopp!« Vielleicht bekam sie doch eine Verbindung zu Papa. Aufgeregt und durcheinander sprudelte es aus ihr heraus. »In der Villa – also, die gehört jetzt mir –, da laufen Träume drin herum, sichtbar und lebendig, und sie haben Tante Cora rausgeschmissen. Träume aus Fleisch und Blut!«

»Nicht aus Fleisch und Blut, eben nicht, meine Liebe«, verbesserte Flip sie und trat ins Blumenstübli. »Sie haben mein Klopfen nicht gehört«, entschuldigte er sich. Er balancierte auf der linken Hand hoch über dem Kopf ein Tablett. Über seinem Arm hing ein prachtvoller, über und über mit glitzernden Steinen bestickter Umhang.

»Aus was sind sie denn dann?«

»Eine Crème Cöhlé, auch Kohlsuppe genannt, Baguette de la Priesääl und ein Mousse aus Stachelbeeren, natürlich frisch geerntet!« Monsieur Flip servierte auf einem zum Tisch umfunktionierten Baumstumpf das Abendessen.

»Gibt's noch mehr Träume? Kann jeder die Träume sichtbar machen?«, sprudelten die Fragen weiter aus Albertine heraus.

Monsieur Flip schüttelte bedauernd den Kopf. »Lizzi hat es strengstens verboten. Nie wieder wird jemand den Trick auf der Bühne zeigen können.«

»Aber warum? Ich bin doch Lizzis Erbin. Universalerbin! Also darf ich auch wissen, wie der Trick geht!«

»Ich bitte das gnädige Fräulein zu speisen. Kohlsuppe schmeckt im warmen Zustand besser.«

Albertine begann die Suppe auszulöffeln. Die grünbraune Mixtur roch eklig, schmeckte allerdings, zusammen mit den nussigen Prieselbroten, besser als erwartet.

»Sie sind vor allem ein sehr neugieriges und unerschrockenes Wesen, liebe Albertine! Und damit sind Sie nicht nur äußerlich das Abbild ihrer Großtante Lizzi. Aber die Traumhypnose, die bei den Forschern eine höchst umstrittene und seit Jahrzehnten nicht mehr weiterverfolgte Methode ist, hat Lizzi nicht gutgetan. Sie hat mir den Trick nie verraten und das Geheimnis mit ins Grab genommen.«

»Und die Träume sind alle in dem Koffer drin? Kann ich noch einmal reinschauen?« Sie schob den Teller weg.

Monsieur Flip reichte ihr den Stachelbeer-Nachtisch. »Finger weg von dem Koffer, das müssen Sie mir hoch und heilig versprechen! Ihre Großtante war besessen von der Traumhypnose und ich will nicht, dass Sie dieses Schicksal ebenso ereilt. Als Lizzi vor vielen Jahren Braduvils Buch über die Traumhypnose in die Hände fiel, ahnten weder sie noch ich, dass das ihr Todesurteil sein würde. Sie erlernte die Hypnose schnell, sehr schnell sogar. Ihr Entdeckergeist, ihre unmäßige Neugier nach fremden Welten wurden so sehr angefacht, dass sie sich irgendwann nicht einmal mehr dafür interessierte, Taschentornados zu jagen oder nach weiteren Spiegeln für ihr Kabinett zu fahnden. Mit der Traumhypnose hatte sie eine Möglichkeit gefunden, in Welten vorzustoßen, die bisher der Schlaf vor den neugierigen Augen anderer behütete.«

»Wieso? Das ist doch das Tollste von der ganzen Welt!« Albertine verstand nicht, warum Flip so schrecklich traurig von Lizzi und dem Koffer erzählte.

»Ja, bis Lizzi eines Tages begann, sich für ihre eigenen Träume zu interessieren. Bald war sie in der Lage sich selbst in eine Traumhypnose zu versetzen. Sie wusste, dass das laut Braduvil äußerst gefährlich war, aber das kümmerte sie nicht. Jede Nacht zerrte sie ihre Träume auf die Bühne und sah sie sich am nächsten Morgen allein im Theatersaal an. Es war wie eine Droge und die ständige Überbeanspruchung ihrer Seele und ihres Körpers zerfraß sie mehr und mehr. Ich habe alles versucht sie davon abzuhalten, es war jedoch zwecklos. Die letzten Jahre dämmerte sie nur noch vor sich hin. Ihr Geist war klar wie immer, aber die Traumhypnose hatte ihre Seele verdunkelt.«

»Seitdem steht der Koffer nur so herum?«, fragte Albertine. Ihre Neugier wuchs.

»Ja. Und das wird auch so bleiben! Weder Braduvil noch Lizzi haben herausgefunden, ob dieser Koffer der Zugang zum Reich der Träume, also nur ein Tor, ist oder ob er eine

Art – wie soll ich es erklären –, eine Art Projektor ist, der die Träume der Hypnotisierten abspielt.«

»Und die Polizisten, sind die im Koffer? Oder in der Traumwelt?«

»Sie sind sicher darin verwahrt und sie werden wahrscheinlich auch nicht mehr herauskommen. Ihnen kann nichts passieren. Und verhungern können sie auch nicht. Träume haben keinen Hunger, kennen keine Zeit, haben kein Gewicht und können sich nicht verletzen. Sie sind nicht aus Fleisch und Blut. Nicht umsonst sagt man, Träume sind Schäume.«

Deshalb war Klara nach dem Absturz in der Bibliothek putzmunter, dachte Albertine. »Warum sind Otto und die anderen hierhergekommen?«

»Reiner Zufall. Es hätten auch die Träume des norwegischen Kronprinzen sein können. Wir gaben dort eine unserer vielen Privatvorstellungen, als Lizzi sich vorgenommen hatte in Norwegen einen Troll zu finden und zu fangen.«

»Dürfen Otto und Klara und Paule hierbleiben?«

»Na, sie werden uns ja kaum die Haare vom Kopf fressen«, lachte Flip. »Es steht Ihnen frei, jeden einzuladen, der Ihnen gefällt. Sie sind die neue Herrin im Haus.«

Albertine strahlte. »Wirklich jeden?«

»Oh, mit einer Ausnahme. Alle, nur nicht die, die Rabenschlag heißen und fürchterlich geschmacklose Kleider tragen.«

Albertine schlang die Arme um den Hals von Monsieur Flip und drückte ihn fest an sich. »Ich geh nie, nie wieder hier weg, das steht fest! Tante Lizzi soll stolz auf ihre Nachfolgerin sein. Erzählen Sie mir alles, alles, alles über Lizzi, über die Villa. Wie haben Sie Lizzi kennengelernt?«

Monsieur Flip kam Albertines Aufforderung gern nach. Er geriet ins Schwelgen.

Lizzi und er waren sich vor vielen Jahren zum ersten Mal begegnet, als er noch in Madame Fou-Fous Laden gearbeitet hatte. Wer etwas für den großen Bühnenauftritt brauchte, fand es bei Madame und ihrem fingerfertigen Flip: ob Schminke oder falsche Wimpern, Zauberei-Bedarf, Kostüme von der Stange oder nach Maßanfertigung, Jonglierkeulen oder Madame Fou-Fous geheime Kräutertropfen gegen Lampenfieber. Was Madame nicht dahatte, besorgte sie.

Artisten und Bühnenstars waren von weit her gekommen, um sich ihre Kleider, Anzüge und Bühnenroben von Flip anfertigen zu lassen. Lizzi hatte später behauptet, dass Flip ein magisches Händchen dafür hatte, seine Kunden und besonders die Kundinnen in die perfekte Schale zu werfen. Flips Kostüme passten nicht nur, sie waren wie eine zweite Haut, sie brachten den Glanz der Seele nach außen. Deshalb hatte Flip auch nicht für jeden gearbeitet.

Manch ein Star, der mit großem Gefolge in meterlangen Limousinen vorgefahren war, hatte entrüstet und unverrichteter Dinge Madame Fou-Fous Geschäft verlassen. Madame forderte ihn immer wieder auf, die eine oder andere Ausnahme zu machen – er schädige sonst das Geschäft. Aber Flip war hart geblieben. Er hatte nur Kostüme für die wirklichen Stars schneidern können.

»Ein Star muss etwas Besonderes sein«, erklärte Flip. »Star, das kommt aus dem Englischen und dort bedeutet es *Stern*. Niemand funkelte so wie Lizzi, als sie den Laden betrat. Sie war ein echter Stern. Noch am selben Tag habe ich gekündigt und bin mit deiner Großtante von da an um die Welt gereist. – Das hier ist die erste Bühnenrobe, die ich für sie geschaffen habe.« Flip entfaltete den tiefschwarzen Umhang, der die ganze Zeit auf seinem Schoß gelegen hatte. Hunderte von glitzernden Steinen bildeten einen bunten Strahlenkranz, der in vielen Schlangenlinien vom Kragen bis zu den äußersten Spitzen führte. Wenn Lizzi auf der Bühne die Arme ausgebreitet hatte, entfaltete sich im Scheinwerferlicht ein leuchtendes Firmament. Empfindliche Zuschauer hatten sich die Hand vor die Augen halten müssen, eine solche Strahlkraft hatte Lizzi in ihrer Robe gehabt.

Lizzis Tourneen hatten das ungleiche Gespann – die große, schlanke Lizzi und den kleinen, runden Flip – über alle Kontinente geführt. Manches Mal hatte Flip Albertines Großtante damit aufgezogen, dass sie schlimmer als eine ägyptische Fürstin sei, die mit ihrem ganzen Hofstaat und einer Reise-Pyramide im Handgepäck durch die Welt ziehe. Prompt hatte sich Lizzi erkundigt, wo man wohl Reise-Pyramiden auftreiben könne. Lizzi konnte ihre Sammelleidenschaft nicht im Zaum halten. Wann immer ihr etwas Geheimnisvolles oder Lustiges in die Hände gefallen war, hatte sie nicht geruht, bis sie es ihr Eigen nannte.

»Zum Schluss folgte uns ein Güterzug mit vier Waggons, randvoll mit Lizzis Erwerbungen«, beendete Flip seine Erzählung. »Ich darf voller Stolz darauf hinweisen, dass es meine Idee war, diese Villa hier zu erwerben und all die Wunderlichkeiten, die im Dunkel der Eisenbahnwaggons schlummerten, ans Licht der Welt zu bringen. Das Haus der tausend Wunder – ein kompletter Vergnügungspark in einem Haus! Es war ein bombastischer Erfolg, über viele Jahre!«

»Darf ich die mal anziehen?« Albertine zupfte an dem schimmernden Stoff in Flips Arm.

Monsieur Flip zog einen der Baumstumpf-Stühle heran und forderte Albertine auf, sich daraufzustellen. Er legte ihr den Umhang über die Schultern. Mit einem leisen, klickernden Geräusch der aneinanderstoßenden Steine flutete der samtige Stoff an Albertine hinab bis zum Boden.

Albertine streckte die Arme, die für den Umhang noch ein wenig zu kurz geraten waren, aus und hob sie langsam an. »Und? Funkelt es wie bei Lizzi?«

»Nun ja«, lächelte Flip, »eine Supernova ist es noch nicht, aber ich glaube, daraus könnte noch was werden.«

»Ganz schön schickes Ding.« Otto stand in der Tür. »Ich störe wohl?«

»Otto! Quatsch nicht, komm rein!«, sagte Albertine. »Du störst nie!«

»Ich muss mich sowieso zurückziehen.« Flip streifte ihr den Umhang von den Schultern und verschwand durch die Tür.

»Wirste jetzt auch so 'ne verrückte, ähm, ich meine, so 'ne Illusionen-Dingsbums wie deine Tante Lizzi und holst Träume aus armen reichen Jungs raus?« Otto versuchte zu lächeln, aber es gelang ihm nicht.

»Quatsch!«, wehrte Albertine ab. »Den Koffer hat Lizzi Monsieur Flip vererbt und keiner weiß, wie der Trick funktioniert.«

Albertine spürte, dass Otto etwas auf der Seele lastete. Bei Jungs musste man immer aufpassen, sonst erfuhr man vielleicht nie, um was es ihnen wirklich ging. Über das, was in ihnen vorging, zu quatschen, war nicht unbedingt ihre Stärke.

Otto rückte trotzdem damit heraus. »Hoffe, du magst mich auch als schnieken Schnösel mit Adelstitel noch.«

»Natürlich mag ich dich! Mit und ohne Adelstitel. Du bist Otto Karwuttke.«

Ottos Augen schimmerten traurig. Er ging zum Fenster und suchte mit dem Fernrohr den Himmel ab. Albertine sollte nicht sehen, dass ihm Tränen über die Wangen kullerten. Mit einer Hand schwenkte er das Spector 2004 hin und her, mit der anderen zupfte er sein kariertes Taschentuch aus der Hose und wischte sich schnell übers Gesicht. »Du hast deinen Papa. Auch wenn er gerade in Sibirien ist. Und Luminos. Und die Matroschkas. Und Flip und zur allergrößten Not auch noch diese Rappelmeier. Was hab ich?« Er konnte das Schluchzen nicht mehr verbergen. »Otto Karwuttke!«, stieß er hervor. »Der Junge aus dem Koffer, ein Nichts!«

»Und wer steht hier vor mir? Dich gibt's, so wie es mich gibt!«

»Du bist eben eine Träumerin.« Otto wendete sich ab. »Du glaubst sogar an Sternentelefonate und sprichst mit Puppen.«

»Blödmann, verstehst du denn nicht?«, sagte Albertine. »Laszlo hat dich erträumt, weil er so sein wollte wie du. Es gibt dich, weil jemand ganz doll an dich geglaubt hat. Er wollte genauso lustig und mutig und frei sein wie du. Du bist sein großes Vorbild. In der Wirklichkeit war er allein, aber im Traum, da wart ihr wie Brüder.«

»So habe ich das noch nicht gesehen«, gab Otto zu.

»Außerdem hast du Klara! Und Paule! Die beste Bande der Welt *und* der Traumwelt!«, rief Albertine begeistert aus. »Und mich«, fügte sie noch leise und verschämt hinzu.

Otto hatte es trotzdem gehört.

Die Wangen der beiden starteten auf der Stelle einen Wettkampf im Rotwerden. Für eine kleine Ewigkeit durchbrach nur das Wispern der Pflanzen die peinliche Stille.

In den Fotoromanen, die Jazzy abends heimlich unter der Bettdecke las, verliefen solche Gespräche irgendwie anders, dachte Albertine. Nun sag etwas, Otto Karwuttke!

Aber Otto knüllte weiter sein Taschentuch auf die Größe einer Streichholzschachtel zusammen.

»Setz dich«, forderte Albertine Otto mit etwas zu lauter Stimme auf.

Otto setzte sich auf den Baumstamm-Stuhl.

Albertine band ein Stück Kordel aus einer Tasche ihrer Allzweckweste um die Matroschkas, legte sich ihren Schlafanzug wie einen Umhang um die Schultern und trat dann vor Otto. »Meine hochverehrten Herrschaften, Madame Lizzi …«

»*Madame Albertine*, wenn schon, denn schon«, unterbrach Otto sie.

»Madame Albertine wird nun den großen Bruder des kleinen Laszlo ins Reich der Träume schicken!« Sie ließ die Matroschkas vor Ottos Augen pendeln. »Eins, zwei, drei, ganz viele Schäfchen – du machst jetzt ein tiefes, tiefes Schläfchen.«

Otto verdrehte übertrieben die Augen und sackte zusammen. Er schnarchte laut und zuckte wild mit dem Körper.

»Rück raus damit! Was träumst du?«, sagte Albertine.

»Ich träume, dass Laszlo, Paule, Klara, ich, dein Papa und du, dass wir auf eurem Stern Luminos herumwandern, Monsieur Flip einen riesigen Korb mit Fressalien schleppt und … und wir uns den Arsch abfrieren.«

Albertine lachte. »Drückt sich so etwa ein schnöseliger Baron aus?«

»Möchte Prinzessin von Wünschelberg bitte so nett sein, sich mit ihrem abscheulichen Lästermaul in ihren hochwohllöblichen Hintern zu beißen«, sagte Otto und fuchtelte herrschaftlich mit der linken Hand herum.

Albertine machte einen Hofknicks und grinste ihn an. »Würde der Baron die Freundlichkeit besitzen, mich mal herzlich gern zu haben. Ansonsten könnte meine sehr geehrte Hand ihm mal sein schönes Gebiss lockern.« Sie holte lachend mit der Faust aus.

Da Otto reflexartig ihren Arm packte, verlor sie das Gleichgewicht und sie kippten beide mit dem Stuhl um. Ein Stück der hölzernen Armlehne brach ab. Albertine fiel auf ihren Hosenboden und rappelte sich gleich wieder auf, während Otto unter dem Stuhl lag und stöhnte.

»Mit mir geht's zu Ende, leb wohl, Prinzessin. Argh!«, schrie Otto theatralisch.

»Mit dir geht nix zu Ende. Träume tun sich nicht weh und leben deshalb ewig und drei Tage!« Albertine sprang ins Seerosenbett. »Kommst hier einfach in das Haus der tausend Wunder und hast von nichts 'ne Ahnung.« Sie warf ihm eine der Liliendecken zu und deutete auf den breiten Palmwedel.

Jemand klopfte an die Tür.

»Herein, wenn's keine böse Tante ist!«, rief Albertine vergnügt.

»Seh ick aus wie 'ne Tante?« Paule steckte den Kopf ins Zimmer.

»Ist das hier eine Privatveranstaltung oder habt ihr noch ein Plätzchen frei?«, fragte Klara. »Es gibt da noch etwas, das die Karobande«, Klara zog das Wort mit unheilvoller Betonung in die Länge, »zu besprechen hat«.

Die Karoprüfung!, schoss es Albertine durch den Kopf.

Klara zog Paule und Otto zu sich. Sie legten die Arme über die Schultern und steckten die Köpfe zusammen. Ein Getuschel setzte ein, das Klara schnell abbrach. »Das Abstimmungsergebnis fällt also drei zu null aus?«

Paule nickte.

»Wir sind alle einer Meinung?«

Otto nickte.

Albertine wurde kreideweiß. Nicht einmal Otto hatte für sie gestimmt.

»Albertine Schulze, da du weder den Koffer gefunden noch die Polizisten beseitigt hast«, sagte Klara mit trauriger Stimme, »gilt die Karoprüfung als *nicht bestanden*.«

Sie kannte sich zwar mit Banden nicht aus, aber Regel war Regel, das war Albertine klar. »Verstehe«, brachte sie gerade noch hervor. Jedes weitere Wort wäre in Tränen untergegangen und auch noch als Heulsuse zu gelten wollte Albertine sich ersparen.

Otto legte den Arm um sie. »Angesichts deiner besonderen Verdienste um die Karobande und der Tatsache, dass wir ohne dich weiter in einem muffigen Koffer stecken würden, kommt Sonderparagraf sieben der Karoregeln zur Anwendung.«

Klara und Paule stimmten mit Otto in einen Jubelchor ein: »Wir verleihen dir die Karo-Ehrenmitgliedschaft.«

Albertine drückte Mascha in ihrer Westentasche fest an sich und wischte sich mit der anderen Hand eine Träne von der Wange.

Otto flüsterte Klara etwas ins Ohr.

»Und was?«, fragte sie zurück.

Otto wühlte in seinen Taschen herum. Das Stück Holz von der Armlehne steckte er schnell wieder weg und hielt Klara stattdessen sein zerknittertes kariertes Taschentuch hin.

Klara runzelte die Stirn, aber in Ermangelung eines besseren Karo-Ordens musste die Rotzfahne herhalten. »Trage dieses Abzeichen, das dich immer daran erinnern soll, dass du eine Karo bist.«

»Hab auch noch nicht reingerotzt!«, versicherte Otto und zog die Nase geräuschvoll hoch.

Nachdem Klara ihr das Tuch sorgfältig ans Handgelenk geknotet hatte, hielt sie Albertine die geschlossene Faust hin. Zaghaft legte Albertine die ihrige auf Klaras Faust. Die Karo-Anführerin nickte ihr aufmunternd zu.

»Dreimal …«, sagte Albertine leise.

Klara schüttelte den Kopf.

»*Vier*mal Karo, uns schlägt niemand«, begann Albertine nochmals – jetzt laut und freudig.

»Unsere Bande ist die beste
und im ganzen Land bekannt.«

Die Jungs stapelten ihre Fäuste auf Klaras und Albertines. Gemeinsam vollendeten sie den Wahlspruch der Karobande:

»Karos, die sind nie allein,
und so soll es immer sein!«

Albertine brauchte einige Minuten, bis sie wieder klar denken konnte. Ihr Herz schlug ihr immer noch bis zum Hals. »Jetzt mal raus mit der Sprache! Langfinger-Schulze will jetzt alles wissen. Wie war das mit der Karobande?« Albertine klopfte mit der Hand auf den Platz neben sich und Klara kuschelte sich an sie.

Otto und seine Bande hatten immer wieder dieselbe Geschichte erlebt: Paule lenkte die Opfer ab, sodass Klara ungestört die Jacken- und Handtaschen ausräumen konnte. Der Schnellste und Geschickteste von ihnen, Otto, musste die Beute in Sicherheit bringen. Zu dritt war die Karobande unschlagbar.

»Otto Karwuttke war deshalb so berühmt, weil er nur die Reichen beklaut hat und das meiste vom Diebesgut an die Straßenkinder verteilte.« Darauf legte Otto Wert. »Wir haben nur behalten, was wir dringend zum Leben brauchten.«

»Wohl ein neuer Robin Hood?«, meinte Albertine.

»Kenn ick nich'!« Paule stemmte die Hände in die Hüften und versuchte so gemeingefährlich auszusehen, wie es ging, wenn man einen zu knappen Anzug mit Ölflecken und Holzstäbchenknöpfen trug. »Panzerknacker-Paule will jetz' allet wissen üba … na, ebend üba allet!«

Die Karwuttke-Krimis, die Laszlo von Prockauer so gerne gelesen hatte, spielten in den zwanziger Jahren. Für die Karos musste die echte Welt mindestens so unübersichtlich und verwirrend sein wie für Albertine die Sache mit den Träumen. Handys und Inlineskates, Supermärkte mit Computerkassen, Gameboys und Seifenopern, Jumbojets, Mikrowellenherde und Raumflüge: Die Karobande hatte von nichts auch nur einen blassen Schimmer. Für Otto war es kaum zu glauben, dass ein Düsenjäger in nur wenigen Stunden nach Amerika sauste, der Inhalt von einem ganzen Bücherregal auf eine kleine silbrige Scheibe passte oder man die schmutzige Wäsche in eine Maschine stecken konnte und sie kam sauber wieder raus. »Es sind sogar schon Menschen zum Mond geflogen und darauf rumgelaufen!«, beendete Albertine ihren Bericht. Sie gähnte. Die Müdigkeit kroch in ihr hoch. Albertine zog sich die Liliendecke bis zur Nasenspitze.

In der Hängematte über ihr herrschte bereits Ruhe. Klara und Paule waren irgendwann einfach die Augen zugefallen.

Nur Otto schien noch immer hellwach zu sein. Er schaute zum Fenster hinaus. »Pst, Albertine?«

»Ja.«

»Schläfst du schon?«

»Ja.«

»Im anderen Turm ist noch Licht!«

»Das ist Monsieur Flips Zimmer. Der schmökert bestimmt noch in den Büchern, die er geerbt hat. Schlaf jetzt, Otto.«

»Sag mal, würdest du nicht auch gern mal in den Koffer schauen?«

»Ich habe Monsieur Flip mein Schulze-Ehrenwort geben müssen, dass ich die Finger davon lasse. Außerdem hat er den Schlüssel.«

»Der Schlüssel dürfte nicht das Problem sein …«

»Otto! Wir klauen nur für unseren Lebensunterhalt, hast du selbst gesagt!«

»War ja nur so 'ne Idee.« Otto machte es sich auf dem Palmwedel bequem.

»Dann vergiss die Idee ganz fix. Und träum was Schönes!« Während sie selbst einschlief, schwirrten die Gedanken weiter durch ihren Kopf. Schlafen können Träume wohl bestens, überlegte sie, und zum Träumen muss man schlafen – ohne Schlaf keine Träume. Aber was war, wenn Träume schliefen und dabei träumten …

Abwarten und Tee trinken

»Reich, reicher, noch reicher!«, schrie Tante Cora zur gleichen Zeit so laut, dass halb Unterwünschelberg, zumindest aber das gesamte Gasthaus Spitz, in dem Tante Cora ihre Kommandozentrale für den weiteren Kampf eingerichtet hatte, es hören musste.

Rufus rüttelte an seiner Frau. Sie war jedoch ihrem lautstarken Traum nicht zu entreißen.

»Aus dem Weg!« Cora warf sich zur Seite, krallte im Schlaf ihre Hände um den Hals ihres Mannes und drückte, was das Zeug hielt. »Platz da, hier kommt die Fürstin der Finsternis und fordert ihren Tribut!«

Die Augen ihres Mannes quollen schon beängstigend hervor und nur ein beherzter Tritt vor Tante Coras Knie rettete ihn vor dem Erstickungstod.

»Was fällt dir ein, du rohes Monster, du!«, schnauzte Cora ihn mit weit aufgerissenen Augen an. »Ich war endlich eingeschlafen und du reißt mich aus meinen süßen Träumen.« Sie stieß Rufus und ihre Decke mit einem Tritt zur Seite und sprang aus dem Bett. Eine Königssuite hatte das Gasthaus Spitz ihr nicht bieten können, sondern nur eine Kammer unterm Dach. Genau genommen war es der Verschlag, in dem früher das Hausmädchen schlafen musste. Auch auf ihre Schönheitsmaske und auf ihr original französisches Nachthemd musste Cora Rabenschlag verzichten. Das lag nämlich alles in einer Villa, deren Namen sie nicht mehr aussprechen würde, bis der Schuppen ihr ganz allein gehörte. Sie gedachte keineswegs das Feld zu räumen. Albertine und ihre sonderbaren Freunde hatten vielleicht eine Schlacht gewonnen, aber der Kampf sollte erst beginnen. Abwarten und Tee trinken, lautete die Devise. Einer Cora Rabenschlag war bisher noch immer etwas eingefallen!

Sie öffnete das Dachfensterchen. Gegenüber bei Kulikov, diesem Versager mit seinen Kratzfuß- und Perlweiß-Hündchen, brannte noch Licht.

»Kammer- und Großwildjäger! Pah! Ein Schürzenjäger, wenn überhaupt«, zischelte Cora in die Nacht hinaus.

Kulikov erschien an der gläsernen Ladentür, verbeugte sich und zog die Tür eilfertig auf. Bollenstiel trat heraus, ein großes, unförmiges Paket unter dem Arm. Kaum hatte er den Bürgersteig betreten, stürzte aus dem Fenster des silbernen Autos am Straßenrand ein blaues Etwas. Kläffend zerfetzte es das braune Packpapier, das den ausgestopften transmasurischen Wolf aus Kulikovs Laden notdürftig verdeckt hatte.

»Daisy, böses Mädchen!«, schrie Bollenstiel, aber es war zu spät.

Daisy nutzte die Gelegenheit, um ihrem entfernten Verwandten, der ungefähr zwanzigmal so groß wie sie selbst war, zu zeigen, wer im Hause Bollenstiel das Sagen hatte.

Cora verzog am Fenster ihres Dachkämmerchens das Gesicht zu einem hämischen Grinsen. So ist es recht, du süßes Hundi, dachte sie. Immer feste drauf und vielleicht auch mal die Beißerchen in Bollenstiels dicken Hintern, wie wär's?

Daisy begnügte sich damit, den wehrlosen Wolf zu zerfetzen, und brachte sich dann schleunigst wieder in der Limousine in Sicherheit.

Bollenstiel drückte Kulikov den Wolf in die Arme. »Unsaubere Arbeit. Da müssen Sie wohl noch mal ran, Stümper!«

Gomezinger lachte sich hinter dem Steuer des Autos ins Fäustchen. Das geschah Kulikov recht.

»Und wenn Sie, Gomezinger, noch einmal das Daisili unbeaufsichtigt auf die Straße hüpfen lassen, sind Sie Ihren Job, Ihr Haus und alles los!« Bollenstiel knallte die Autotür hinter sich zu. »Nach Hause, hopp, hopp! Ich bin müde und habe morgen einen großen Auftritt in *meiner* Villa.«

Unerwünschter Besuch

»Albertine!«, rief Klara laut. »Aufwachen!«

Albertine schreckte auf. Sie rieb sich die Augen und atmete erleichtert auf: Die Bande war noch da. Man musste in dieser Villa, wo Traum und Wirklichkeit durcheinanderkamen, auf alles gefasst sein.

»Wenn du immer so laut träumst, brauch ich eine eigene Bude«, sagte Klara.

»In der Villa ist genug Platz«, lachte Albertine und räkelte sich nochmals im Seerosenbett. »Jetzt frühstücken wir erst einmal, also *ich* frühstücke.« Sie hatte sich noch nicht so ganz daran gewöhnt, dass Traummenschen nichts aßen, sofern es sich in dem Traum, aus dem sie kamen, nicht ums Essen gedreht hatte.

In der Halle erwartete Monsieur Flip sie bereits. Kaum erblickte er Albertine und ihre Freunde auf der Treppe, stieß er das Zirkusorchester auf dem Nashorn an. Quietschend und knarrend marschierte das graubraune Tier los. Die hölzernen Musiker gaben ihr Bestes und ein schiefer Tusch folgte dem anderen.

»Darf ich die neue Herrin auf Wünschelberg zu ihrem Zeremonienmeister, Monsieur Flip, bitten!«, rief der Butler.

Ein letzter Tusch verklang und Flip wirbelte wie ein Derwisch dreimal um die eigene Achse. Bei der dritten Umdrehung entfaltete sich ein glitzernder schwarzer Stoff. Flip warf ihn hoch in die Luft und wie ein Sternenregen strömte Lizzis ehemalige Bühnenrobe dann auf Albertine nieder. Passgenau schmiegte sich der schwarze Umhang um ihre Schultern.

Monsieur Flip hatte die halbe Nacht geschnitten und geheftet, genäht und gesteppt. Erst kurz vor dem Morgengrauen war die Robe so weit gewesen, dass sie Albertine passen musste.

»Wollen Sie, Albertine Schulze, das Erbe Ihrer seligen Großtante antreten und die Wunder dieses Hauses ehren und pflegen?«

Albertine hob die Arme. Ein leises »Ja!« kroch aus ihrer Kehle.

Der Sternenkranz auf dem Umhang funkelte, wie Flip es schon seit vielen Jahren nicht mehr gesehen hatte. Ja, dachte er, so ein Feuer versprühte auch Lizzi damals. Er schlug die Hände ineinander. Sein Applaus hatte die Kraft eines Taschentornados.

Die Karos stimmten in den Jubel ein.

Plötzlich dröhnte ein Löwengebrüll durch die Halle.

»Wer kann das sein?«, fragte Albertine verwundert.

»Im besseren Fall eine verirrte Sendung Lebensmittel«, sagte Monsieur Flip.

Otto lugte durch ein kleines Sichtfensterchen hinaus. »Der große Dicke mit dem nackten Hund«, raunte er den anderen zu.

Klara schob Otto beiseite. »Das ist der Kerl, der gestern allen verboten hat, Sie weiter anschreiben zu lassen, Missjö Flip. Wir haben es genau gehört.«

Kein Wunder, dass ich in keinem Laden mehr etwas bekommen habe, dachte der Butler, drehte sich einmal um die eigene Achse und stand in der Uniform eines napoleonischen Gardesoldaten da. »Das muss Friedensreich Bollenstiel sein. Im Großen und Ganzen wie auch im Kleinen und Feinen kann das nur Ärger bedeuten.« Er atmete dreimal tief ein und aus, drückte die Arme durch und spreizte die Finger, bis einer nach dem anderen geräuschvoll knackte.

Paule schubste Klara neugierig von dem Sichtfernster weg. »Er hat een Koffa bei.«

»Er versucht seit Monaten sich die Villa unter den Nagel zu reißen. Eine Autobahn und eine Tankstelle sollen hierhin. *Seine* Tankstelle natürlich!« Flip räusperte sich und brachte sein vornehmstes »Wer da, bitte?« hervor.

»Friedensreich Bollenstiel, Sie Komiker. Machen Sie die Tür auf.«

Monsieur Flip sah Albertine an. Sie nickte und er öffnete die Tür. Bollenstiel rauschte in die Vorhalle, ohne Monsieur Flip eines Blickes zu würdigen, und hielt seinen Koffer in die Höhe. »Weißt du, was hier drin ist?«, bellte Herr Bollenstiel und sah Albertine finster an.

Albertine verschränkte die Arme vor ihrer Brust und schaute ebenso finster. »Vielleicht ’ne Million?«, sagte sie herausfordernd.

»Oder Albertines Frühstück?« Otto, Klara und Paule stellten sich hinter Albertine und verschränkten ebenfalls die Arme. Sie würden dem dicken Kerl schon zeigen, was es bedeutete, sich mit der Karobande anzulegen!

»Wenn euch Schuldscheine und unbezahlte Rechnungen schmecken, dann könnt ihr die von mir aus auch frühstücken«, lachte Herr Bollenstiel hämisch und klappte den Koffer auf. Ein Berg von Zetteln und Papieren quoll hervor. »Ich werde dich jetzt mal mit ein paar Tatsachen bekannt machen. Erstens: Du bist bankrott. Zweitens: Ich habe Wasser, Strom und überhaupt alles sperren lassen. Drittens: Du bekommst nirgends mehr Kredit. Viertens: Ich habe sämtliche Schulden übernommen, die deine saubere Tante Lizzi und dieses Männlein gemacht haben. Fünftens: Das hat mich ein kleines Vermögen gekostet. Sechstens: Verschwinde – das ist meine letzte Aufforderung. Siebtens: Du hast achtundvierzig Stunden Zeit, dann bezahlst du die Schulden oder die Villa gehört mir. Und achtens: Auf Nimmerwiedersehen.«

Keiner wagte ein Wort zu sagen.

Albertine ging zu dem Koffer und holte einen Schuldschein hervor. »Kann ich den mal probieren?«, fragte sie Bollenstiel mit unschuldiger Miene, steckte das Papier in den Mund und kaute genüsslich darauf herum. »Hmmm, so ein köstliches Croissant de la Papüür habe ich schon lange nicht mehr zu mir genommen!«

Die anderen prusteten vor Lachen.

Herr Bollenstiel klappte schnaubend den Koffer wieder

zu und marschierte zur Tür. »Achtundvierzig Stunden!«, schrie er und knallte die Haustür hinter sich zu.

»Beehren Sie uns bald wieder im Haus der tausend Wunder«, krächzte ein kleines Holzäffchen in roter Pagenuniform, das über dem Rahmen der Haustür in einem Käfig saß. Immer und immer wiederholte es sein Sprüchlein.

»Lieber nicht, beehren Sie uns lieber nie wieder!«, rief Otto dem Bürgermeister hinterher.

»Parzival, still!« Monsieur Flip klatschte in die Hände und das Äffchen verstummte. »Nun ja, ein Gutes hat es: Er hat Parzival wieder zum Leben erweckt. Der funktionierte schon seit mindestens acht Jahren nicht mehr.«

Betretenes Schweigen breitete sich aus, nur durchbrochen von einem lauten Knurren in Albertines Bauch.

Ach je, es ist alles viel schlimmer als befürchtet, dachte Monsieur Flip. Er knackte mit den Fingern und stand in einer Kochmütze und einem weißen Anzug da. »Vielleicht darf ich zu einem kleinen Imbiss im Speisesaal einladen?«

Albertine folgte Monsieur Flip mit einem mulmigen Gefühl. Croissant de la Papüür! Das war eine wirklich coole Antwort. Aber wenn sie es richtig verstanden hatte, brauchte sie keine coole Antwort, sondern ziemlich viel Geld, um die Schulden zu bezahlen. Vielleicht hätte sie diesen Bollenstiel nicht ganz so verärgern sollen.

Der Speisesaal lag direkt neben der Freitreppe. Man betrat ihn durch das weit geöffnete Maul des Walfisches.

»Dieser Walfisch ist, wie Sie bei sehr genauer Betrachtung feststellen werden, eine täuschend echte Nachbildung. Lizzi und ich gerieten vor vielen Jahren in stürmische See. Ich glaube, es war vor Haiti. Die Wellenberge zerfetzten unser Schiff in tausend Teile. Wir wären mit tödlicher

Sicherheit ertrunken, wenn uns nicht in letzter Minute ein weißer Wal zum Frühstück verschluckt hätte. Fünf Tage wohnten wir als Untermieter in seinem riesigen Bauch und ernährten uns von den Fischen, die der Wal verschlang. Am sechsten Tag erlegten haitianische Walfänger unseren Vermieter und retteten uns. Aus Dankbarkeit für die Gastfreundschaft des Wals richtete Lizzi diesen Saal ein. Meine Dankbarkeit – muss ich allerdings gestehen – hält sich sehr in Grenzen, denn ich leide seit unserem Wal-Aufenthalt unter einer üblen Fischallergie.«

Die vier Karos lachten. Jeder Einzelne von ihnen war sich sicher, dass in diesem Fall Monsieur Flips Fantasie mit ihm durchgegangen war.

Sie erreichten das Innere des Walfischbauchs, der von den Rippenknochen in seiner rundlichen Form gehalten wurde. Dahinter schimmerte blassrosa der Walfischspeck. In der Mitte befand sich eine gewaltige Festtafel, an der keine Stühle, sondern halb aufgeschnittene Ausgucke, wie man sie von alten Segelschiffen kennt, standen.

Monsieur Flip klatschte zweimal in die Hände, aber nichts tat sich. »Huch, Verzeihung, das Personal hat heute Urlaub«, lachte er etwas gequält. Er drehte zweimal an einem alten Steuerrad, das am oberen Ende der Tafel befestigt war. Die leere Tischplatte drehte sich und präsentierte an der Unterseite eine festlich geschmückte und mit Leckereien überladene Tafel. Ein ganzer Truthahn thronte in der Mitte, umgeben von gebratenen Wachtelbrüstchen und Weintrauben, Klößen und Kroketten sowie einem Stapel Reibekuchen – hoch aufgetürmt und schief wie der Turm von Pisa. Zu beiden Seiten glänzten gläserne Schüsseln mit grüner und roter Götterspeise.

»Das könnten wir zu Geld machen.« Otto nahm sich eines der kleineren Silbermesserchen vom Tisch.

»Otto! Wirst du das wohl liegen lassen!« Klara warf ihm einen vorwurfsvollen Blick zu.

»Ich klau schon nichts.« Das abgebrochene Holzstück von der Lehne des Baumstumpf-Stuhls lag in seiner Hand. Otto setzte das Messer an und schnitzte daran herum.

»Watt wird dett denn?«, fragte Paule.

»Weiß noch nicht«, wimmelte Otto ihn ab.

Auf einer silbernen Platte thronte, groß wie ein Puppenhaus, die Villa Wünschelberg aus reiner dunkelbrauner und weißer Schokolade, verziert mit kandierten Früchten wie Kirschen, Brombeeren, Blaubeeren und Weintrauben.

Albertine traute ihren Augen nicht. »Na, wenn das pleite ist, dann können wir gerne pleite bleiben!«

»Ähem«, räusperte sich Flip. »Das ist die Dekoration. Das Frühstück befindet sich hier.« Er zeigte auf ein kleines Tablett.

»Prieselbrote?« Albertine zog die Augenbrauen hoch, bis ihre Stirn nur noch aus Dackelfalten bestand.

»Prieselbrote«, bestätigte Monsieur Flip. »Mit Stachelbeerkompott! Absolut zuckerfrei und aus …«

»… eigener Ernte. Ich weiß!«, vollendete Albertine den Satz.

»Ich glaube, wir müssen uns damit abfinden, dass die Villa Wünschelberg unter den gegebenen Umständen nicht mehr zu halten ist.« Monsieur Flip stülpte das Innere seiner leeren Hosentaschen nach außen.

Albertines Hand tastete in ihrer Allzweckweste nach Mascha. »Tja, Mädels, da haben wir uns wohl zu früh gefreut.« Eine dicke Träne platschte auf die rote Schürze des

Matroschka-Püppchens. Es war doch alles nur ein Traum. Ein Albtraum. Vielleicht konnte sie die Rappelmeier besänftigen. Vielleicht würde die Strafe nicht allzu hart ausfallen. Aber was wurde aus der Karobande? Die Rappelmeier würde sie niemals aufnehmen. Ohne Moos nix los, sagte sie immer. Das können wir uns abschminken, dachte Albertine. Wortlos ging sie aus dem Zimmer.

Das Köfferchen mit den Katzenbildchen war schnell gepackt. Albertine verstaute ihren Schlafanzug, legte das Fernrohr darauf und deckte es mit Lizzis Robe zu.

Die Karobande schlüpfte, ohne anzuklopfen, ins Blumenstübli.

»Was wird denn das, wenn's fertig ist?«, fragte Klara.

»Wenn ich Glück habe, krieg ich den Bus noch«, schniefte Albertine. »Papa hat das Haus Kinderglück für ein Jahr im Voraus bezahlt. Die blöde Rappelmeier *muss* mich zurücknehmen.«

»Albertine Schulze! Du hast wohl einen totalen Vollknall mit schwerwiegendem Sockenschuss und Matsch in der Birne«, protestierte Otto. »Du willst den armen Monsieur Flip alleine lassen?«

»Den dicken Bollenstiel die Villa schenken?« Paule guckte so vorwurfsvoll, wie er konnte.

»*Dem* Bollenstiel«, schluchzte Albertine.

»Du willst uns hier sitzen lassen? Drei Traumfuzzis, die überhaupt nicht wissen, wo oben und unten ist in dieser Welt?« Otto drückte Albertine an sich. »Wir kriegen diesen Bollenstiel schon klein!«

Albertines Gesicht verschwand in dem weichen Wollstoff seines Hemds. Es roch ein wenig muffig, wahrscheinlich, weil Otto so lange in einem alten Koffer gesteckt hatte. Aber das machte ihr gar nichts. Ottos Kraft zu spüren entfachte wieder dieses warme Blubbern in ihrem Bauch.

»Schließlich sind wir die Karobande!« Klara stapfte wütend auf. »Ich berufe den großen Karorat ein! Gegenstimmen?«

Albertine musste sich noch daran gewöhnen, dass in einer Bande alles gemeinsam entschieden wurde und erst wenn im großen Karorat jeder seine Meinung gesagt hatte ein Beschluss gefasst wurde.

»In der Karobande ist das so«, erklärte Klara dem neuen Bandenmitglied. »Du kannst also nicht einfach ohne Bandenbeschluss aufgeben. Du würdest die Abstimmung drei zu eins verlieren. Stimmt's, Jungs?«

Paule und Otto nickten.

»Wir klauen Bollenstiel den Koffer mit den Schuldscheinen. Da kann keiner was dagegen haben, schließlich brauchen wir die Villa. Das ist wie, wie Lebensunterhalt«, schlug Otto vor.

Eine etwas wackelige Begründung, meinte nicht nur Albertine. Außerdem wären sie dann zwar die Schulden los, aber immer noch pleite. Ein Banküberfall oder die Entführung von Daisy, Bollenstiels Liebling, fanden auch keine Mehrheit.

Nach einigem Hin und Her entschied die Bande sich für die *ganz legale Tour*, wie Otto es nannte.

»Okay, wir verkaufen alles, was wir zu Geld machen können! Gegenstimmen?«, beendete Klara den Karorat.

Racheträume

Tante Cora hatte die ganze Nacht mit wilden Racheträumen zugebracht. Gegen Bürgermeister, Butler, fliegende Pferde und freche Nichten war sie mit Feuer und Schwert, Bomben und Raketen angerannt. Doch nichts hatte zu dem Ziel geführt, die Villa endlich in ihren Besitz zu bringen. Zum Schluss zerrte sie am Betttuch, weil sie in ihrem Traum einen vor Freude kichernden Fuchs mit eisernen Paragrafenzeichen an einen Säbelzahntiger kettete. »Mein Name ist Finkelwux und ich weiß von nix«, schrie der Fuchs und trieb den Tiger durch Unterwünschelberg. Er riss sich eine Lesebrille – groß wie das Bullauge einer Waschmaschine – von der Nase und fing den Strahl der Sonne. Mit hundert Meter weiten Sätzen galoppierte der Tiger in den Himmel hinauf – Tante Cora im Schlepptau. »Hihi, hahooo, so oder so, die Villa kriegst du nicht«, schrie der Fuchs. »Verrückt und zugenäht, Rabenschwarz, Warzenschlag! Die minderjährige Nichte wird ihr Vormund und schickt sie zum …« Der Rest ging in einem Gekreische unter, das aus Coras eigenem Munde drang.

Der morsche Lattenrost ihres Betts im Gasthaus Spitz war durchgebrochen und Cora hing zerzaust und schnaufend mit dem Hintern auf dem Boden.

Zur großen Überraschung ihres Gatten Rufus, der die Nacht sicherheitshalber auf dem alten Flokati vor dem Bett verbracht hatte, erfreute sich Tante Cora hervorragender Laune. Sie rappelte sich auf und ballte die Faust zum Himmel. Der Finkelwuxwinkelfuxparagrafenreiter hatte sie auf eine Idee gebracht.

Im Dachkämmerchen des Zimmermädchens aufzuwachen war ein Zustand, an den sich Tante Cora ganz und gar nicht gewöhnen wollte. Statt Champagner und Kaviar servierte die Wirtin des Gasthauses Spitz am Morgen Brötchen, von denen man eine Staublunge bekam. An den vertrockneten Rändern der kläglichen Wurstscheibe konnte man wie an den Ringen eines Baumstamms ablesen, wann die Wurst vielleicht einmal frisch gewesen war.

Das alles sollte kein Dauerzustand werden, schwor Cora sich und zwängte sich in ihr Korsett, das sie notdürftig mit den Schnürsenkeln ihres Mannes repariert hatte.

Schon drei Minuten später stand sie vor einem protzigen, auf antik getrimmten Gebäude. »*Friedensreich-Bollenstiel-Bibliothek*«, las Tante Cora zähneknirschend am Fuße der kleinen, von billigen Säulenimitaten gesäumten Treppe. Dieser Kerl begegnet einem auf Schritt und Tritt in Unterwünschelberg, dachte sie. Sie kniff die Augen zu und schlich sich schnell unter der Tafel mit den lobhudelnden Danksagungen an den Wohltäter der Stadt durch.

Hinter dem Tresen der Bücherei stand ein junger Mann in einer ausgebleichten Jeans und telefonierte. Er drehte sein Augenbrauen-Piercing hin und her. »Nein, Nina, echt, du kannst mir glauben, ich hätt' angerufen und dir gesagt, wo die Party ist. Mein Handy ist weg.«

»Das Telefonbuch!«, schnarrte Cora den jungen Mann an.

»Nina, ich muss arbeiten, wir telefonieren später wieder!« Er kratzte sich verlegen in seinem blonden Irokesenschnitt. »Bin noch neu hier, welches woll'n Sie denn?«

»Möglichst keines, auf dem der Name *Friedensreich Bollenstiel* oder *Albertine Schulze* steht.« Tante Coras Fingernägel trommelten auf dem Tresen.

Rufus zog den Kopf ein. Ab einer gewissen Geschwindigkeit mündeten diese Trommelwirbel meistens übergangslos in einem Tobsuchtsanfall.

»Bist du hier der Bücherwurm oder ich?«, schrie sie den Aushilfsbibliothekar an. »Telefonbücher, Adressverzeichnisse, gelbe, blaue, rosa Seiten! Alles, was es gibt. Und zwar schnellstens!«

So eine Zimtzicke, dachte der junge Mann und stapelte alles, was er finden konnte, vor Cora auf. »Mehr haben wir nicht.«

»Was heißt hier, mehr haben wir nicht?« Cora hüpfte hinter dem Berg Bücher, der den jungen Mann verdeckte, auf und nieder. Da er aber keineswegs bereit war, mehr als diese Pflicht zu erfüllen, musste Cora wohl oder übel selbst an die Arbeit gehen. »Rufus! Du trägst den ganzen Kram ins Gasthaus und dann wird gesucht. Rapp-Irgendwas, Haus Kinderglück! Hopp, hopp!«

Telefonitis im Haus Kinderglück

Zwei Tage und zwei Nächte war dieses kleine Schulze-Biest nun schon weg. Der Heimleiterin drehte es ungefähr alle fünf Minuten den Magen um. Nur große Mengen Kamillentee verhinderten das Schlimmste. Alles hätte Frau Rapp-Meyerbrink sich träumen lassen, nur das nicht. Da hatte es dieses kleine Biest von Albertine doch tatsächlich geschafft, ihr, der weithin gefürchtetsten Heimleiterin, zu entkommen. Und sie hatte auch noch alle Spuren und Hinweise verwischt. Die Akte *Albertine Schulze* war im ganzen Haus nicht aufzutreiben. Kein Auge mache ich zu, bis dieses undankbare, kleine Monster nicht wieder im Haus Kinderglück ist, dachte die Rappelmeier. Sie war sich ganz sicher, dass Albertine irgendwo eine Tante hatte. Aber es gab im ganzen Land wahrscheinlich Millionen Schulzes und an den neuen Namen der Tante, den sie seit ihrer Hochzeit trug, konnte sie sich einfach nicht erinnern: Grabentag, Farbenzart, Rabenhart, Tatenschlag?

Till und Knobel steckten mit dem kleinen Biest unter einer Decke, auch das war ihr klar. Dummerweise hatten die Zwillinge schon oft bewiesen, dass sie selbst mit den härtesten Strafen nicht kleinzukriegen waren. Krusten kratzen, Grashalme für den Elterntag färben oder zuhören, wenn die Heimleiterin Konzerte auf der Oboe gab – keine Drohung hatte ihre Wirkung gezeigt.

Kein noch so geheimer Geheimdienst dieser Welt würde von nun an auch nur ein Mauseloch so gut überwachen wie die Rappelmeier ihr Reich.

Im Haus Kinderglück schrillte die Alarmglocke am Haupteingang. Eleonore Rapp-Meyerbrinks Kopf tauchte hinter einem Stapel von Telefonbüchern auf. Ein zufriedenes Lächeln glitt über ihr Gesicht. Die neue Alarmanlage tat einen hervorragenden Dienst. Die Genugtuung trieb eine warme Röte in die grauen Wangen der Heimleiterin. Eine Röte, die sonst nur die Erfindung einer neuen Strafarbeit für ihre Schäfchen erzeugte. Dank des neuen Sicherheitssystems würde aus diesem Hause niemand mehr unbemerkt entrinnen. Die Scheiben ihres Arbeitszimmers klirrten, von der Alarmglocke in Wallungen gebracht. Die Rappelmeier genoss diesen neuen Laut in ihrem Reich. Alle anderen waren, sofern sie sich die Ohren nicht mit Klopapier oder Brotkrumen verstopft hatten, fast dem Wahnsinn nahe: Jede tieffliegende Schwalbe, sogar jede dickere Hummel, die der Tür zu nahe kam, löste den Alarm aus.

Die Rappelmeier riss das Fenster auf. »Da hinten links, zwei braune Grashalme! Nicht so schludrig!«, schrie sie Till und Knobel an, die auf dem Rasen knieten und mit kleinen Pinseln jedes einzelne leblose Grashälmchen mit grüner Farbe anmalten.

Bald war wieder *Kinderversteigerung*, wie die Insassen des Heims zu sagen pflegten. Reiche und kinderlose Paare kamen ins Heim und suchten sich einen Adoptivsohn oder eine Adoptivtochter aus. Da auf dem Grundstück schon seit Jahren nichts mehr blühen wollte, musste man etwas nachhelfen. Es sollte alles sehr hübsch und sehr glücklich im Haus Kinderglück aussehen.

Für Albertine Schulze würde nichts sehr hübsch und sehr glücklich aussehen – auf sie wartete ein neuer Hochsicherheitstrakt. Auf Anweisung der Heimleiterin war Jazzy zu einem der anderen Mädchen gezogen. Albertine sollte in Zukunft alleine hinter einer dreifach verriegelten Tür wohnen. Weil sie gerade so in Fahrt war, hatte Frau Rappelmeier den Herrn von der Firma Adlerauge, Wach- und Sicherheitsdienste aller Art, gleich noch ein hübsch-hässliches Gitter vor das kleine Fensterchen im dritten Stock einbauen lassen.

Frau Rapp-Meyerbrink setzte sich wieder hinter ihren Schreibtisch, auf dem eine große Telefonanlage auf sie wartete. Das Gerät sah aus, als könnte die Heimleiterin damit eine Marssonde lenken. Die ungezählten Schalter, Lämpchen und Anzeigen dienten aber in erster Linie dazu, alle Telefone im Haus Kinderglück abzuhören.

Hausmeister Schlupf schob mit seinem dicken Gesäß die Tür auf. In seinen Armen wackelte ein neuer Stapel Telefonbücher, den er mit Müh und Not vor dem Umfallen rettete. »Wohin?«, schnaufte er.

»Welche Buchstaben?«

»Von T wie Tapsenhausen bis U wie Unterwassermühlen.«

»Da links neben dem Schaukelstuhl«, wies die Heimleiterin ihn an. »Und Tobias soll kommen und die Seiten mit den Schulzes herausreißen!« Ich kriege dich und wenn ich alle Schulzes von hier bis zum Mond anrufen muss!, dachte Eleonore Rapp-Meyerbrink und hob zum zweihundertdreiundsiebzigsten Mal an diesem Morgen den Hörer ab. Dieses Mal wählte sie die Nummer einer Elvira Schulze in Krakelburg.

Parzival weiß Rat

Monsieur Flip hatte sich nach dem unschönen Auftritt Bollenstiels in sein Zimmer im Westturm zurückgezogen. Sein Versuch, für gute Stimmung zu sorgen, um Albertine dann auf die schlechten Nachrichten vorzubereiten, war ein voller Misserfolg gewesen. Aber konnte er ahnen, dass dieser Bollenstiel ihm mit seinen Schuldscheinen in die Quere käme? Natürlich hätte ich es ahnen können, gestand Flip sich ein.

Im Haus erklangen die johlenden Schreie von Albertine und ihren Freunden.

Kinder, dachte Monsieur Flip, eben noch zu Tode betrübt und jetzt schon wieder himmelhoch jauchzend, so sind sie. Er schlug das Traumbuch des Ilja Braduvil zu, in dem er in der Nacht weitergelesen hatte, nachdem die Robe fertig gewesen war. Der Drachenschlüssel mit dem funkelnden Smaragd lag in seiner Hand.

»Somnium disparatum«, murmelte er.

Jetzt war auch zu erklären, warum der grässliche Schwiegermuttermonstertraum damals plötzlich verschwunden war. Monsieur Flip legte das alte Buch auf den Kartentisch, der an einer Seite statt von einem Bein von einem Bücherstapel gehalten wurde, und verstaute den Drachenschlüssel in der Tasche seiner Butlerlivree. Die sieben goldenen Knöpfe schimmerten in der morgendlichen Sonne, die durch das Fenster zum hinteren Garten schien.

Sein Blick fiel auf den Jugendstil-Hühnerstall. Bei der Erinnerung an Tante Coras Blick, als Winkelfux ihr mitteilte, dass dies ihr Erbteil sei, flimmerte ein Lächeln über sein Gesicht. Dabei war der Hühnerstall recht geräumig und eigentlich nie ein Hühnerstall gewesen. Lizzi hatte ihn als Garage für ihren 1929er Bugatti genutzt. *Sie sind ein grauseliger Fahrer, aber wer anderes als Sie alter Snob, lieber Flip, sollte dieses Gefährt bekommen?*, hatte Lizzi in ihren letzten Zeilen an Flip geschrieben.

Monsieur Flip rieb sich die Augen. Mit einem lauten Quietschen öffnete sich die Tür des Hühnerstalls. Der Bugatti T41 Royale rollte wie von Geisterhand bewegt heraus – zuerst die hohen Reifen, die Spitzen der geschwungenen Kotflügel und die mächtigen Scheinwerfer, dann die nicht enden wollende Kühlerhaube mit den aufgereihten Kühlschlitzen an den Seiten.

»Mein Bugatt…«, stammelte Flip voller Entsetzen und fand sich kurz darauf an der früher peinlich gemiedenen Rutschstange wieder, die ihn auf schnellstem Weg vom Turmzimmer zum Hühnerstall brachte.

»Schiiiieben«, hörte Monsieur Flip, als er sich dem Hühnerstall näherte, Paules Stimme. Paule konnte kaum mit der Nasenspitze über das Lenkrad schauen, manövrierte den etwas angestaubten Oldtimer aber ohne Schrammen aus dem Hühnerstall.

Der Rest der Karobande drückte, was das Zeug hielt, von hinten. Milly, Molly und Miranda gackerten um die Wette und würden nach dieser Aufregung sicher drei Tage kein einziges Ei legen.

»Ich muss doch sehr bitten, meine Herrschaften. Dieses wertvolle Stück wurde genau sechs Mal gebaut und gehörte dem Großfürsten …«

»… von und zu Pleitegeiowski!«, unterbrachen die vier Karos Monsieur Flip lachend.

Albertine sprang auf das Trittbrett. »Paule! Du bist dran!«

»Zwölftausend Kubik, dreihundert PS bei achtzehnhundert Umdrehungen, oben liegende Nockenwellen, Reihenmotor mit acht Zylinder und die muss ick ma watt putzen, dann fährt die Kiste wieda!«

»Ich bin Mitglied der Karobande und wir retten die Villa! Unser Zuhause kann uns keiner nehmen!« Albertine zeigte ihm stolz ihr Karotuch.

»Aber wie, Fräulein Albertine, wollen Sie das machen?«

»Paule wollte eine Bank ausrauben oder Bollenstiel die Schuldscheine mopsen, aber nun haben wir uns geeinigt, dass wir's auf die legale Tour machen«, antwortete Albertine.

»Und welche Tour wäre das genau?«, wollte Monsieur Flip wissen. Ein Blick auf den Rücksitz des alten Luxusautos gab ihm eigentlich schon die Antwort.

Otto klärte Monsieur Flip darüber auf, was die legale Tour bedeutete. »Wir verkaufen ein bisschen von dem Plunder hier und, schwups!, sind wir wieder flüssig.«

Monsieur Flip presste die alte Reisetasche mit dem rechten Arm an sich. Mit der anderen Hand versuchte er den ausgestopften Wildschweinkopf vom Rücksitz des Bugatti zu zerren. »Doch nicht Tusnelda Tornada! Es ist das letzte Exemplar eines Taschentornados. Wenn Sie die Tasche öffnen, ist sie, schwups!, vom Winde verweht und verwüstet, schwups!, noch schnell ein Einkaufscenter und wir haben, schwups!, noch mehr Schulden.«

»Dann bleibt sie halt zu!«, erwiderte Albertine und zog an der Tasche.

»In diesem Fall ist sie eine nach Mottenpulver stinkende alte Tasche und niemand zahlt auch nur einen Cent dafür.«

Albertine musste dem Butler Recht geben.

»Lizzi dreht sich im Grab um, wenn ihre Erbin das Tafelsilber verscherbelt. Jedes einzelne Teil – und sei es noch so verstaubt und abgestoßen – war wie ein Baby für sie.«

»Missjö Flip«, schaltete Klara sich ein, »die alte Großtante kriegt einen Drehwurm vor lauter Drehen, wenn der dicke Bollenstiel das ganze Haus plattmacht und 'ne Tankstelle darauf baut.«

Flip wünschte sich nichts mehr, als die Villa vor Bollenstiel zu retten. Aber er konnte sich beim besten Willen nicht vorstellen, wie der Plan der Kinder aufgehen sollte. Der Wert dieses Hauses, erklärte er der Karobande, liege nicht im Geld, das man vielleicht für die Sachen bekomme. Außerdem, wer wolle schon ein Wanderbadezimmer oder einen Walfischspeisesaal kaufen? Nur Verrückte wie Lizzi und er und vielleicht noch Albertine und ihre Freunde. Und die müsse man erst einmal finden!

»Erst wenn man in die Welt der Villa eintaucht, entfaltet sich die wirkliche Magie der Dinge. Im Haus der tausend Wunder haben die Menschen gestaunt, geträumt, sich den Illusionen hingegeben, den Alltag vergessen. Das Wertvollste in diesem Haus sind die Knöpfe meiner Jacke, das Silbergeschirr und der …« Er spürte den Drachenschlüssel in seiner Tasche. »Na ja, es reicht auf jeden Fall längst nicht, um unsere Schulden zu bezahlen.« Monsieur Flip wusste, dass dies eine Lüge war. Der Smaragd des Drachenschlüssels war von solcher Reinheit, dass man alleine mit dem Verkauf dieses kleinen Teils alle Geldsorgen los wäre.

Albertine hockte sich mit einem Seufzer auf das Trittbrett des Bugatti. Gar nicht so einfach, Villenbesitzerin zu sein, dachte sie.

»Jetzt hilft wohl nur noch ein Wunder?«, meinte Klara.

»Oder tausend Wunder?« Albertine sprang auf. »Das ist es!«

Monsieur Flip und die Karos starrten sie an. »Was ist *es?*«, fragten sie wie aus einem Munde.

Albertine drehte sich um und rannte zur Haustür. Sie machte sie auf und warf sie sofort wieder zu. Nichts tat sich.

»Ich bin mir nicht sicher, ob Türenschlagen uns in dieser Situation weiterhilft«, sagte Monsieur Flip.

Albertine hangelte sich zu Parzival, dem Äffchen, hoch, rüttelte an ihm und ließ Otto noch einmal die Tür zuschlagen.

»Beehren Sie uns bald wieder im Haus der tausend Wunder«, krächzte Parzival.

»Aber der Affe hilft uns weiter«, sagte Albertine grinsend.

»Ick vasteh keen Wort«, maulte Paule.

»Ich schon. Genau, Albertine, das ist eine verdammt

gute Idee!«, rief Otto und lief zur Tür. Er klopfte ihr anerkennend auf die Schulter.

Dann öffneten sie beide gemeinsam die Tür und warfen sie, so fest sie konnten, wieder zu.

»Beehren Sie uns bald wieder im Haus der tausend Wunder.« Parzival sprang in seinem Käfig umher.

Albertine zeigte triumphierend auf das Äffchen. »Wir eröffnen das Haus der tausend Wunder wieder. Die Villa Wünschelberg. Mit den Eintrittsgeldern können wir unsere Schulden bezahlen!«

»Und die Villa gehört für immer uns.« Otto knuffte Albertine in die Seite.

»Nette Idee, wir haben allerdings gerade mal zwei Tage Zeit«, wandte Klara ein.

»Ich fürchte, Klara hat nicht ganz Unrecht, Fräulein Albertine. Die Villa ist in einem erbärmlichen Zustand.«

»Was ist denn los mit euch? Wollt ihr wieder zurück auf die Straße? Die Villa ist unser Hauptquartier. Wenn das feiste Schweinsgesicht glaubt, wir lassen uns einfach so verjagen, dann kann ich nur sagen: Er weiß nicht, mit wem er es zu tun hat, nämlich mit der unschlagbaren Karobande!« Otto sprang auf den Rumpf des Nashorns und reckte die Arme in die Luft. »Auf in den Kampf, Leute, ich erkläre die Schlacht um die Villa Wünschelberg für eröffnet!«

»Hipp, hipp, hurra!«, schrie Paule und klopfte mit seinem Schraubenschlüssel auf der Trommel des hölzernen Orchesters herum.

Klara legte Albertine die Hand auf die Schulter und grinste ihr ins Gesicht. »Du bist wirklich hartnäckig. Was stehen wir noch blöd rum!«

»Wenn ich was bei der Rappelmeier gelernt habe, dann

ist das Putzen!«, rief Albertine. »Wo finden wir den ganzen Putzkram, Monsieur Flip?«

»In der Küche, neben dem Regal mit den Schrumpfkopftöpfen.«

Die Bande rannte mit Indianergeheul los. Albertine blieb an der Tür zur Küche stehen und drehte sich nach Monsieur Flip um. So hatte sie den guten Geist des Hauses noch nicht erlebt: Er stand mit herunterhängenden Schultern und tieftraurigen Augen inmitten der Halle und rührte sich nicht.

»Was ist denn los, Monsieur Flip? Wir haben nicht mehr viel Zeit und es gibt noch so viel zu tun.«

»Ich weiß nicht, Fräulein Albertine, ob das alles einen Sinn macht. Ich bin schon sehr alt und Sie sind noch sehr jung – zu jung, um das Haus der tausend Wunder ganz alleine zu führen.«

»Und was ist mit Otto? Und Klara? Und Paule? Ich weiß ganz genau, dass wir das schaffen!«, antwortete Albertine. »*Sie* waren es doch, dem ich schwören musste, dass ich für Lizzis Villa sorge. *Sie* haben doch gesagt, dass ich verantwortlich bin für all die Wunderdinge, die es hier gibt. Stellen Sie sich doch nur vor, wie das sein wird, wenn hier wieder jeden Tag Gäste sind und Sie Ihre Zaubertricks auf der Bühne zeigen können und Ihre tollen Verwandlungen. Wir werden einen Haufen Geld haben. Vielleicht reisen wir alle zusammen um die Welt und sammeln Wunder, so wie Sie früher mit Lizzi. Die Karobande und Monsieur Flip auf Weltreise! Lizzi wäre so stolz auf uns!« Albertines Wangen glühten vor Erregung und sie zitterte vor Begeisterung am ganzen Körper.

Monsieur Flip stieß einen tiefen Seufzer aus. »Ich bete,

dass das Schicksal es gut mit uns meint und Ihre Träume sich nicht in Luft auflösen«, sagte er matt.

»Warum sollten sie? Träume sind mächtig, haben Sie selbst gesagt!«, rief Albertine.

»Ja, mächtig, aber auch flüchtig. Irgendwann verblasst jeder Traum. Ach was«, verscheuchte er die düsteren Gedanken. »Vielleicht gibt es ein Wunder und wo könnte sich besser eines ereignen als im Haus der tausend Wunder!«

Wunder brauchen etwas länger

Ein gezähmter Taschentornado hätte nicht schneller durch die Villa Wünschelberg wirbeln können als Albertine und ihre karierten Heinzelmännchen.

Paule montierte an den Schweine-Skooter Monsieur Flips gesamten Vorrat an Staubwedeln, Wischmopps und Feudeln. Mit an den Motor gekoppelten Drähten brachte er sie zum Rotieren. Der Putzbomber flog durchs ganze Haus, ohne auch nur ein Staubkörnchen entwischen zu lassen. Klara wienerte das Spiegelkabinett, dass den Spiegelbildern Hören und Sehen verging, während Otto in der Halle die Spuren der Verwüstung beseitigte. Albertine räumte die Bibliothek auf und reparierte das alte Kassenhäuschen am Eingang. Vorsichtig pinselte sie an die verblichene 3 auf der Tafel mit den Eintrittspreisen einen Bogen links oben und links unten und schon stand eine 8 da.

»Nicht gerade wenig, der Eintritt«, gab Monsieur Flip zu bedenken.

»Nicht gerade wenig, die Schulden«, erwiderte Albertine.

»Auch wieder wahr«, stimmte er ihr zu und trommelte die ganze Truppe zum wichtigsten Teil der Aufräumaktion zusammen. »Also, meine Herrschaften! Jetzt geht's an die Wunder und die brauchen bekanntlich immer etwas länger. Ich bitte darum, ausnahmsweise von allen Eigenmächtig-

keiten und Selbstversuchen abzusehen. – Paule!«

Aber Paule hatte die pneumatischen Schuhe schon verschnürt. »Watt soll'n schon passier'n?« Er hatte den Satz noch nicht ausgesprochen, da wanderten die Schuhe bereits mit ihm die Wand neben dem Kamin hoch.

»Die Zehen!«, rief Monsieur Flip. »Mit den Zehen lenken. Zusammenkneifen, dann stoppen die Schuhe.« Nachdem er Paule wieder heil auf den Boden der Halle gelotst hatte, waren alle überzeugt, dass sie vorerst auf Flip hören sollten.

Nach den Anweisungen des Butlers befreiten sie ein Wunder nach dem anderen aus seinem langen Dornröschenschlaf. Sie hauchten dem kettenlosen Kettenkarussell neues Leben ein, befestigten einen intakten Bremsschirm am Freitreppen-Bob,

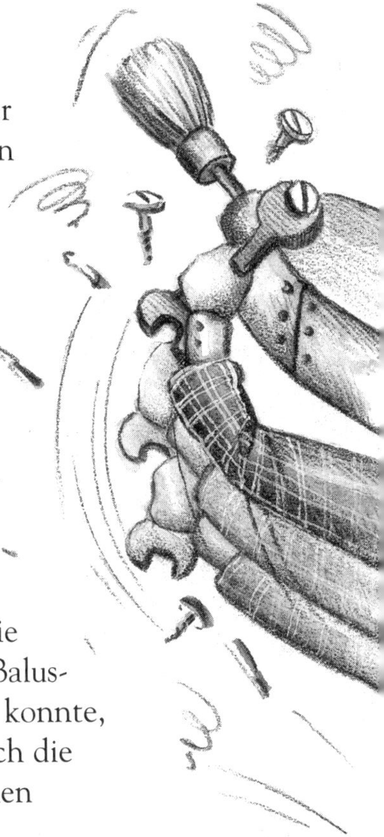

verpassten dem hölzernen Zirkusorchester eine ordentliche Schmieröl-Kur, brachten den einarmigen Banditen im Kasino-Zimmer wieder das Fluchen bei und setzten Kassandra, die blecherne Lügenprinzessin, instand, die Besucher für eine besonders überzeugende Lüge mit einer Freikarte belohnte. Albertine fand das gar nicht lustig, schließlich brauchten sie jeden Cent!

Die Wunder wollten kein Ende nehmen: Taschenlampen, die Dunkelheit erzeugten, Regenschirme, groß wie Beduinenzelte, mit denen man von der Balustrade im ersten Stock in die Halle segeln konnte, kleine Spielzeugfeuerwehrautos, die durch die Gegend flitzten und aus ihren Schläuchen Limonade verspritzten.

Als sich das erschöpfte Putzkommando eine kleine Pause in der Halle gönnte, hatte die Villa schon fast ihre alte Pracht zurückgewonnen. Nun zeigte Monsieur Flip, was es mit den übereinandergestapelten, rot-weiß gestreiften Kisten auf sich hatte, die neben dem Walfischmaultor standen. Er nahm eine der Kisten, stellte sie in die Mitte der blitzsauberen Halle und drückte auf einen verborgenen Knopf. In Sekundenschnelle klappte eine Schießbude auf. Die nächste entfaltete sich und eine Losbude kam zum Vorschein, dann ein Kuriositätenkabinett und zwei Süßigkeitenstände. Die fünfte Kiste rührte sich überhaupt nicht, als Flip den Knopf drückte. Er drückte ein zweites Mal. Die Kiste stand unverändert da.

»Die braucht vielleicht einen kleinen Stupser«, murmelte Monsieur Flip und schlug einmal mit der Hand auf den Holzdeckel.

Die Kiste wackelte ein wenig, bröckelte vom Deckel her ab und löste sich in weißen und roten Staub auf. Die Geisterbahn darin war ein Opfer der Holzwürmer geworden. Nur ein Knochengerippe faltete sich klappernd auf. Es hatte den kleinen Nagern wohl nicht geschmeckt.

»Xestobium Rufovillosum oder auch die Totenuhr genannt. Das passende Holzwürmchen für eine Geisterbahn«, erklärte Flip den Kindern. »Die Käfer erzeugen zur Paarungszeit mit dem Kopfschild klopfende Geräusche. Im Aberglauben dachte man, dies sei die tickende Uhr, die den Tod ankündigt. Ein wirklich hungriges Völkchen!« Monsieur Flip wischte sich ein paar Staubflusen vom Frack und nestelte seinen dicken Schlüsselbund hervor. »Nun, wenn wir uns in Zukunft nicht auch durch alte Holzkisten nagen wollen, sollten wir dafür sorgen, dass es zahlungskräftige Besucher im Haus der tausend Wunder gibt. Und um die anzulocken, werde ich Sie jetzt alle mit der hauseigenen Druckerwerkstatt im Keller vertraut machen. Wir werden ganz Unterwünschelberg mit unseren Plakaten tapezieren. Niemand soll behaupten, von *dem* Ereignis des Jahrhunderts nichts gewusst zu haben.«

Er verteilte an Albertine und die anderen Karos dunkelblaue Arbeitshosen, die groß genug waren, dass jeder sie über die Klamotten streifen konnte. Seine eigene hatte Flip vorne, am Bauch, ein bisschen erweitert und ein flammend rotes Stück eingenäht. Albertine sah zum ersten Mal, dass Flip nicht wie von Geisterhand seine Kleider wechselte, sondern behutsam seine Jacke mit den goldenen Knöpfen ablegte und sich in die Hose zwängte. Als er die Jacke schwungvoll auf den Kleiderhaken neben der Tür warf, fiel der Drachenschlüssel mit einem leisen Klirren zu Boden. Einen Augenblick drehte er sich grün schimmernd im Kreis.

Albertine streckte die Hand danach aus, aber Otto kam ihr zuvor. Blicke flogen zwischen den beiden hin und her. Unausgesprochene Fragen schwebten für die Dauer eines Herzschlags im Raum. Ein Sonnenstrahl traf den grünen Stein und das Feuer des Smaragds schoss Otto in die Augen. Mit einem Schmerzensschrei spreizte Otto die Finger. Der Schlüssel schwebte langsam mit einer drillernden Bewegung wie ein Ahornsamen zu Boden.

Monsieur Flip schnappte sich den Schlüssel und steckte ihn in die Brusttasche seiner Arbeitshose. Bevor jemand ein Wort verlieren konnte, scheuchte der Butler die Karobande in den Keller.

Die Herstellung von Handzetteln und Werbeplakaten

für die Neueröffnung des Hauses der tausend Wunder entpuppte sich als langwierige und anstrengende Sache. Die uralte Druckmaschine wurde von Hand bedient, was bedeutete, dass für jedes Plakat ein eiserner Hebel heruntergepresst werden musste.

Über der Glaskuppel der Halle kletterte langsam der Mond am dunklen Himmel hinauf.

Im Keller der Villa Wünschelberg hockte Paule sich auf eine alte Holztonne. »Ick bin fix und alle!«, schnaufte er und überließ Otto und Albertine die Druckerpresse.

Die beiden druckten schweigend Plakat um Plakat. Seit Otto den Schlüssel in der Hand gehalten hatte, war eine Veränderung mit ihm vorgegangen. Albertine spürte es deutlich, sie traute sich jedoch nicht etwas zu sagen. Der Schlüssel hatte Otto ohne jeden Zweifel Schmerzen zugefügt.

Albertine hüpfte hoch und stützte sich mit aller Kraft auf den eisernen Arm der Druckmaschine. Mit Schwung sauste die Druckplatte herab und traf Ottos Hand, mit der er gerade das weiße Blatt Papier für das nächste Plakat einlegen wollte. Jeder normale Mensch wäre ein Fall fürs Krankenhaus gewesen, nicht aber Otto, der Traumjunge. Er zuckte zusammen, riss die Hand zurück, doch nichts war passiert.

»Spinnst du! Was soll das?«, schrie er Albertine an und schubste sie gegen die Tonne, auf der Paule eingedöst war.

Die nackte Glühbirne mit dem kleinen Emailleschirm darüber knisterte und erlosch. Ein flackernder Lichtschein schaukelte auf der steilen Treppe zur Halle. Monsieur Flip balancierte ein Tablett mit einem siebenarmigen Kerzenleuchter und einem gläsernen Weinkelch hinab. »Wir haben leider keinen Strom mehr. Bollenstiel meint es ernst.

Aber dieser Holunderbeersaft aus eigener Produktion ist zumindest eine kleine Stärkung, die ...« Monsieur Flip schaute in die Runde.

Niemand beachtete ihn.

»Ich wollte ...«, stotterte Albertine los, besann sich dann eines Besseren. Sie konnte unmöglich zugeben, dass sie ausprobieren wollte, ob Otto Schmerzen empfand oder nicht. »Ich hab nicht aufgepasst.«

Ottos Blick bohrte sich in Albertines Augen. Er sah die Lüge darin. »Das ist kein Spaß! Wir sind keine Attraktion in deinem Haus der tausend Wunder, merk dir das. Willst uns wohl auf der Bühne ausstellen? Wie das Kalb mit zwei Köpfen oder die Dame ohne Unterleib, was?«

»Otto, sie hat das nicht mit Absicht getan«, nahm Klara das neue Bandenmitglied in Schutz.

»Natürlich hat sie das, hab's doch gesehen. Ihr Mädchen haltet natürlich zusammen«, regte Otto sich noch mehr auf.

So hatte Otto noch nie mit ihr geredet. Seine Heftigkeit versetzte Albertine einen tiefen Stich. Am Ende konnte er sie nun nicht mehr leiden!

Monsieur Flip räusperte sich. »Wir hatten alle einen sehr anstrengenden Tag. Vielleicht sollten wir uns nun zur wohlverdienten Nachtruhe begeben?«

Traum entkommen!

Albertine zog die Tür des Blumenstüblis hinter sich zu. Sie hatte sich schon immer ein Zimmer für sich gewünscht, ohne die blöde Jazzy oder eine der anderen Hippen im Haus Kinderglück. Nur sie, die Matroschkas und das Spector 2004, so wollte sie es haben. Nun hatte sie das Blumenstübli ganz für sich und es war ihr auch nicht recht. Nur zwei Tage waren vergangen und sie konnte sich schon nicht mehr vorstellen, ohne die Karobande, ohne *ihre* Bande zu sein.

Albertine stellte das Spector 2004 am Fenster auf. Monsieur Flip befand sich in seinem Turmzimmer – jedenfalls flackerte dort noch ein Kerzenleuchter.

Klara hatte zaghaft gefragt, ob sie die Königssuite haben dürfe, und Paule werkelte noch im Maschinenraum herum. Wahrscheinlich würde er irgendwann zwischen zwei Skootern oder auf dem Achterdeck der Fregatte einpennen. Otto hatte mit motziger Miene die Tür des Wanderbadezimmers hinter sich zugeworfen. Von Zeit zu Zeit drang noch ein Rattern an Albertines Ohr. Er befand sich wohl auf Erkundungstour durch das Haus.

Der grüne Strahl des Drachenschlüssels hatte Otto Schmerzen bereitet. Monsieur Flip wusste wohl doch nicht alles über Traumwesen – oder er verschwieg Albertine etwas.

Albertine nahm den schwarzen Schutzdeckel von der

Linse des Fernrohrs und suchte den Himmel ab. Luminos überstrahlte an diesem Abend selbst den hellen Mondschein. Das war eine perfekte Voraussetzung für ein langes Sternentelefonat mit Papa. Albertine berichtete ihm ausführlich über die Ereignisse der vergangenen drei Tage. Sie hatte immer noch Angst, dass Papa sie für verrückt hielt, und wünschte sich umso mehr, dass er in der Villa Wünschelberg sein könnte, um all das selbst zu erleben. Sie plauderte und plauderte, erzählte, dass sie vielleicht doch lieber Traumforscherin als Astronomin werden wollte oder vielleicht in die Fußstapfen von Tante Lizzi treten würde. Sie legte sich die Bühnenrobe ihrer Großtante über die Schultern und trat wieder zum Spector 2004. »Ob er sehen kann, wie sie glitzert?«, fragte Albertine Mascha, die größte der Matroschkas.

Im Westturm erlosch das schwache Licht. Monsieur Flip war wohl auch ins Bett gegangen.

»Es ist gar nicht so einfach, wenn man Mitglied in einer Bande ist«, setzte Albertine das Sternentelefonat mit Papa fort. »Schon gar nicht, wenn die Bande ein Traum ist. Ich weiß, Papa, das kannst du nicht so gut verstehen. Sie sehen auch fast ganz normal aus, außer dass sie aus einer anderen Zeit stammen und nur karierte Klamotten tragen. Aber in Träumen sehen Leute ja oft sonderbar aus.« Albertine schaute sich im Zimmer um und flüsterte: »Einer von den Jungs ist ziemlich nett, obwohl er mich angeschrien hat. Ich war allerdings auch gemein zu ihm.« Plötzlich fühlten sich Albertines Wangen ganz heiß an und sie war froh, dass niemand sonst im Zimmer war. »Kichert ihr nur wie blöde Gänse«, pflaumte Albertine die Matroschkas an. »Ich bin gar nicht gar kein bisschen verliebt, ich find Otto nur nett.«

Wen man nett findet, sollte man allerdings nicht in einer Druckerpresse einquetschen, dachte Albertine und wandte sich wieder dem Fernrohr zu. Ihre Augen hatten sich schon an das dämmrige Mondlicht gewöhnt. Der Lichtverstärker tauchte alles in einen grünlichen Schleier. Bei schlechten Sichtverhältnissen half er den Sternenhimmel besser zu erkennen.

Albertine drückte ihr rechtes Auge fester an das Fernrohr: Klar und deutlich erkannte sie Otto am Fensterchen des gegenüberliegenden Turmzimmers im Westflügel. Monsieur Flips Zimmer. Als Otto das Fernrohr, das sich ein wenig bewegte, im Fenster des Blumenstüblis sah, trat er schnell zur Seite. Albertine war klar, was Otto dort wollte. Sie warf Lizzis glitzernde Bühnenrobe auf das Seerosenbett, schlüpfte in ihre Allzweckweste und rannte auf schnellstem Weg in den Theatersaal.

»Das ist aber nicht die legale Tour!«, empfing Albertine Otto, der sich gerade in den Theatersaal schlich.

Otto erstarrte. Seine rechte Hand verschwand hinter seinem Rücken.

Albertine hatte den Drachenschlüssel jedoch schon gesehen. »Ganz schön mutig«, sagte sie und zog die Augenbrauen hoch. »Wo er dir doch …«, sie machte eine Pause und atmete tief ein, »… *wehtut*!«

»Keine Ahnung, was du meinst!«

»Dann dreh dich mal um!« Albertine zückte ihre Taschenlampe.

»Seit wann gibst du hier die Befehle?«

»Mach schon.«

»Nimm zuerst die Lampe weg.«

»Seit wann gibst *du* hier die Befehle?«

»Du hast ja nicht mal den Koffer gefunden und die Polizisten verjagt!«

»Ich hab nicht drum gebettelt, aufgenommen zu werden.«

»'tschuldigung, war nicht so gemeint.«

»Du vertraust mir wohl nicht?«

Otto tat so, als verstände er nicht ganz, was Albertine meinte.

»Du willst den Koffer öffnen!«

»Quatsch, will ich gar nicht!«

»Dann brauchst du auch den Schlüssel nicht.«

Otto schluckte.

Albertine sprang auf die Balustrade des Orchestergrabens, spreizte die Arme und setzte einen Fuß vor den anderen. »Geht doch«, flüsterte sie Mascha zu, der sie eigentlich versprochen hatte keine Hochseilakte mehr zu vollführen.

Otto hechtete ebenfalls auf die hölzerne Leiste, trippelte aber mit schnellen Schritten über die andere Seite des Halbrunds. Er sprang vor Albertine auf die Bühne und streckte ihr die Hand entgegen.

»Danke, nicht nötig«, sagte Albertine. Im selben Moment verlor sie das Gleichgewicht. In Sekundenschnelle musste sie entscheiden, ob sie Bekanntschaft mit den spitzen Notenständern im Orchestergraben machen oder Ottos Hilfe annehmen wollte. Nur Mascha und ihren Schwestern zuliebe ergriff Albertine seine Hand und rettete sich auf die Bühne.

Otto zog sie ein bisschen näher an sich heran. »Vorsicht. Ist ganz schön tief.«

»Loslassen«, erwiderte Albertine.

Der Schlüssel polterte auf die Bretter der Bühne.

»Die Hand!«

»Ach so.«

Albertine blickte zum Schlüssel. »Wenn Monsieur Flip das erfährt, gibt's einen Riesenärger. Da kannst du Gift drauf nehmen.«

»Ich wollte ihn nicht klauen, nur ausleihen. Würdest du nicht wissen wollen, woher du kommst? Und um's dir gleich zu sagen: Ich wäre schon gestern Abend hierhergegangen, aber dein Missjö hat die ganze Nacht an deiner Robe genäht und dann in einem alten Schinken geschmökert. Da war nix mit Schlüsselmopsen.«

»Du bist mir ein Freund! Schleichst dich nachts durchs Haus!« Albertine ärgerte am meisten, dass er die ganze Nummer *ohne sie* durchgezogen hatte. »Gib den Schlüssel her und wir schauen nach.« Die Katze war aus dem Sack. Sie hatte es Flip zwar hoch und heilig versprochen, den Koffer nicht mehr anzurühren, aber sie würde sich nicht noch einmal vorwerfen lassen, dass sie nur eine Karo zweiter Klasse sei. Denn das hatte Otto gemeint mit dem *Du-hast-ja-nicht-mal-den-Koffer-gefunden-und-die-Polizisten-verjagt.*

»Warum haben wir den Theatersaal nicht auf Vordermann gebracht?«, lenkte Otto vom Thema ab.

»Weil es keine Vorführungen gibt. Erst mal. Schon gar nicht mit dem Koffer. Zu gefährlich, sagt Monsieur Flip.«

»Du willst Mitglied in einer echten Bande sein? Glaubst du alles, was ein Erwachsener dir erzählt?«

»Monsieur Flip ist nicht einfach nur ein Erwachsener. Er ist der Beschützer von Tante Lizzi gewesen. Und jetzt meiner. Und mein Freund.«

»Du bist bloß feige!« Otto verschwand im Dunkel der Bühne.

Albertine ließ die Taschenlampe aufflammen.

»Hier hat Laszlo gesessen und mich geträumt!« Otto fläzte sich im Drachensessel.

»Ich mach ihn auf!« Der Schlüssel pendelte an seinem Kettchen in Albertines Hand.

Otto sprang auf. Irgendetwas hatte ihn zu diesem Schlüssel und in den Theatersaal getrieben, aber nun verließ ihn der Mut. »Meinste?«

»Aha, der tollkühne Otto von der Karobande. Selber feige. Angst vor den Polizisten?« Es gefiel Albertine, Oberwasser zu gewinnen, und sie schickte eine herausforderndes »Hä?« hinterher.

»Quatsch. Gar nicht!«

»Dann nimm!« Sie hielt Otto den Schlüssel hin.

Otto steckte ihn vorsichtig ins Schloss des Schrankkoffers und drehte ihn langsam herum. »Jetzt du!«, stupste er Albertine an.

Sie zögerte, schaute Otto an. Er nickte.

Albertine legte die Taschenlampe auf den Koffer. Langsam zog sie die Tür auf. Tiefe Schwärze starrte sie an. Im Herumdrehen kicherte sie Otto an. »Ein Satz mit x, das war wohl nix!«

Otto japste nach Luft. Seine Augen weiteten sich.

Albertine wandte sich langsam wieder um, aber es war bereits zu spät. Wie eine riesige Seifenblase umschmeichelte sie eine durchsichtige, in allen Regenbogenfarben schimmernde Haut. Albertine stand ihr im Weg. Die wabernde Blase quoll rechts und links an ihr vorbei, schob sich unter den Armen und zwischen den Beinen durch.

»Vorsicht«, flüsterte Otto, »oder sie platzt.«

In der Traumblase schwebte ein Mädchen mit blonden Zöpfen. Sie bewegte die Arme wie die Flügel eines Vogels und schrie: »Ich kann's, ich fliege, ich fliege!« Sie überquerte den Garten eines kleinen Reihenhauses, in dem Wäsche an langen Leinen flatterte. Sah man genauer hin, erkannte man, dass es gar keine Wäschestücke waren, sondern über und über mit roten Strichen bemalte Schulhefte. Überall lösten sich Fünfen und Sechsen aus den Heften, wuchsen zu grässlichen Notenmonstern an. »Selma! Selma! Wir kriegen dich!«, krächzten die Noten hinter dem Mädchen her. Selma gewann wieder an Höhe und verwandelte sich in eine weiße Taube. Die grausigen Noten fielen zu Boden und wurden zu Klatschmohn.

Hinten im Koffer – noch weit entfernt in der unendlichen Tiefe – tauchten neue Blasen auf. Sie sprudelten in Zeitlupe hervor wie die Bläschen einer Brausetablette.

Albertine sah einen alten Mann, der an einem Küchentisch saß. Plötzlich, mitten beim Essen seiner Suppe, brach der Boden durch, der Mann fiel in ein Meer von

Buchstabensuppe und sank hilflos strampelnd bis zum Meeresgrund.

In einer anderen Blase kletterte ein Junge hastig im Schlafanzug durch die Häuserschluchten einer kaum einen Meter hohen Stadt. Dicht hinter ihm folgten ein Mann und eine Frau in schwarzen Mänteln. Sie warfen mit Feuerbällen nach dem Jungen und gaben ohrenbetäubende kreischende Laute von sich.

Dann entdeckte Albertine eine Blase, in der ein lachender Mann auf Stelzen über die Erdkugel schritt und die Wolken am Himmel einsammelte. Er schnürte sie an lange Bänder und zog sie wie ein Luftballonverkäufer hinter sich her.

»Schnell, Albertine«, hörte sie wie aus weiter Ferne Ottos Stimme. »Mach ihn zu, bevor sie alle rauskommen!« Er versuchte die Blase mit der Taube vorsichtig in den Koffer zu schieben, aber die zarte Haut des Traums platzte wie eine Seifenblase.

Die Taube gurrte laut auf, drehte eine Runde durch den Theatersaal und verschwand im Dunkel der Hinterbühne.

So musste auch Otto in die wirkliche Welt gekommen sein.

Otto stand wenige Zentimeter vor dem Koffer. Seine Augen verdrehten sich. Die sprudelnde Schwärze des Koffers zog ihn an. Die ganze Bühne leuchtete gespenstisch grün. In alle Richtungen schickte der Drachenschlüssel sein Smaragdfeuer. Willenlos wie ein Schlafwandler ging Otto auf den Koffer zu. Eine zunächst leer wirkende Traumblase bewegte sich auf ihn zu und schlang sich um seinen rechten Fuß.

»Otto!«, schrie Albertine. »Der Koffer holt dich zurück!« Sie wollte mit beiden Händen die Traumblase von Otto streifen, aber es gelang ihr nicht. Kaum hatte sie Ottos rechten Fuß aus der schimmernden Masse befreit, umschlang die Blase den linken.

Otto wankte und stolperte einen Schritt zurück. Das Lächeln in seinem Gesicht wirkte, als sei er schon in eine weite Ferne entrückt. Er öffnete den Mund, ohne jedoch einen Laut hervorzubringen.

Albertine stieß ihn mit aller Kraft beiseite, schlug die Tür des Koffers zu, drehte den Schlüssel herum und steckte ihn in eine ihrer unzähligen Westentaschen. Sie reichte Otto, der am Boden lag und benommen den Kopf schüttelte, die Hand. Er stand noch nicht ganz auf den Beinen, als Albertine ihre Arme um ihn schlang und ihn fest an sich drückte. »Das war das allerletzte Mal, dass du auch nur in die Nähe dieses Dings gegangen bist!«, schluchzte sie.

»Da hast du recht, denn du erstickst mich gleich«, antwortete Otto. Albertines Arme glitten an seinen Seiten hinunter, bis ihre Hände in seine rutschten. »Hier kriegt mich keiner mehr hin, versprochen!«, flüsterte er. »Und jetzt nix wie weg!«

Auf der Bühne gurrte leise die Taube, die einmal das Mädchen Selma gewesen war, und machte es sich in dem paillettenbesetzten Zylinder bequem, der auf dem Tischchen auf der Hinterbühne vor sich hin staubte.

Eine neue Familie

Otto und Albertine rannten den gesamten Weg bis ins Blumenstübli so schnell sie konnten.

Er schlug die Tür hinter Albertine und sich zu und warf sich auf den Palmwedel, den er als seinen Stammplatz im Blumenstübli betrachtete. »Mann, da hast du aber Glück gehabt!«, lachte er.

»*Ich?*«, fragte Albertine. Ihr war gar nicht zum Lachen zumute. Der Schrecken steckte ihr noch in den Knochen. »*Du* bist doch fast in diesem dämlichen Koffer verschwunden. Ich bin beinah vor Angst gestorben.«

»Klar, du hast Glück gehabt, dass du die Karobande befreit hast. Stell dir vor, die Feuerwerfer liefen hier rum! Peng, piu, platsch!« Er ahmte den Mann und die Frau in den schwarzen Mänteln nach. »Deine schöne alte Villa läge längst in Schutt und Asche und dieser Bollenstiel würde sich freuen.«

Albertine stand am Fenster. Die Träume suchen sich vielleicht uns aus, dachte Albertine. Das hatte Monsieur Flip zu Paule gesagt. »Konntest du eigentlich die anderen Träume sehen, als ihr noch in eurer Traumblase wart?«

»Ne, so 'n Quatsch. Dann hätte ich dir doch erzählt, was sich da drinnen abspielt, und den Schlüssel im letzten Eck der Villa versteckt.«

Am Ende, dachte Albertine, sind in diesem Koffer alle

Träume der Welt, von allen Menschen aus allen Zeiten. Lizzis Träume, Flips, die von Papa und natürlich auch ihre eigenen. Sie träumte fast jede Nacht davon, dass Papa wieder vor der Tür stand. Sie hatte aber auch Träume, die ihr Angst machten. »Vielleicht ist es wirklich besser, wenn wir den Koffer nie mehr öffnen, Otto!«, sagte Albertine. »Einmal träumte ich von zwei Tataren. Sie kreisten auf einem fliegenden Schlitten, den dreizehn schneeweiße Wölfe zogen, um das Haus Kinderglück und riefen: ›Albertine Schulze? Wohnt hier eine Albertine Schulze? Eilpaket für Albertine Schulze!‹ Von der Ladefläche des Schlittens platschten Wassertropfen so groß wie Fußbälle. Die Rappelmeier rannte aus dem Haus und zog die Felldecke weg. Darunter war ein mannshoher Eisblock verborgen. ›Bestes sibirisches Eis‹, schnaufte der eine Tatar durch seinen dicken Seelöwenbart. Die Wolken am Himmel teilten sich und ich konnte die kalte Fracht erst jetzt erkennen: Papa, eingefroren im sibirischen Eis! Die Rappelmeier lachte und es hörte sich an, als schlügen Hagelkörner auf ein Blechdach. Davon bin ich aufgewacht. Es war so schrecklich.«

»Du weißt doch, dass das alles nicht stimmt«, wollte Otto sie trösten.

»Ja, aber mein Papa ist in Sibirien verschollen«, sagte Albertine. Sie musste schlucken, doch ihr Mund war so trocken, dass sie nur ein Kratzen im Hals verspürte. »Keiner weiß, ob er zurückkommt«, fügte sie leise hinzu.

»Hey, du spinnst wohl! Wir wissen es!« Er zog die Matroschkas aus Albertines Westentasche, öffnete sie der Reihe nach und baute sie auf der Fensterbank auf. Auf den Fersen hockend legte er die überkreuzten Arme aufs Fensterbrett und sprach mit den Puppen. »Stimmt's, Mädels?

Eure Schwester Ninotschka passt prächtig auf Albertines Papa auf. Wurden wir übrigens schon vorgestellt?«

Albertine zog die Nase hoch und wischte die Tränen weg. »Mascha, die älteste, Olga, Anastasia, die denkt, sie sei etwas Besseres als die anderen, und die Zweitkleinste, Elena. Sie wartet von allen am sehnlichsten auf Ninotschka.«

»Angenehm, Otto Karwuttke!« Mit einem Satz stand Otto auf den Beinen und verbeugte sich tief.

Ein kurzes Lachen strahlte über Albertines Gesicht.

»Schon viel besser so!«, lobte Otto. »So, wo ich herkomme, wissen wir nun. Jetzt bist du dran!«

Albertine erzählte von ihrem Leben mit Papa, den vielen Reisen, immer dahin, wo man die Sterne gut sehen konnte, von Luminos, von der Rappelmeier und von Till und Knobel, die ihr trotz der aufregenden Erlebnisse in der Villa sehr fehlten.

Otto beneidete sie, immerhin hatte sie einen Papa, auch wenn er gerade verschollen war. Wer man war, wohin man gehörte, das sei von Bedeutung, meinte Otto.

Ganz Unrecht hat er damit natürlich nicht, dachte Albertine. Trotzdem versuchte sie ihm klarzumachen, dass es viele verschiedene Arten von Familien gab. Sie selbst hatte ihre Mutter nie kennengelernt, weil sie bei ihrer Geburt gestorben war. Seitdem sie von Lizzi erfahren hatte, fühlte sie sich ihr sehr nah, obwohl sie eigentlich nur eine Großtante war. Till und Knobel wünschten sich zwar Eltern, allerdings auf keinen Fall mehr ihre echten, die sie fast jeden Tag verprügelt hatten.

»In Zukunft sind *wir* eben eine große Familie«, beschloss Albertine. Otto und Klara, Paule und sie selbst und natürlich Monsieur Flip. Nur Till und Knobel fehlten noch, aber die würde sie schon auch noch in die Villa Wünschelberg lotsen.

Mit diesem Vorsatz schlief Albertine im Morgengrauen endlich ein.

In die Falle getappt!

Ein schrilles Gebimmel bohrte sich durch Albertines Ohr. Sie rieb sich die Augen. Die Sonne strahlte schon hoch am Himmel und die Pflanzen reckten ihre Hälse zum Fenster. Otto ratzte auf dem Palmwedel tief und fest vor sich hin.

Aus einer dunklen Ecke in ihrem Inneren kroch ein ungutes Gefühl. Das Klingeln erinnerte Albertine an etwas. So rappelte und klapperte etwas, mit dem Albertine nichts Gutes verband. Sie tapste auf nackten Füßen in ihrem Schlafanzug in die Halle. Auf einem pilzförmigen Hocker rasselte ein schwarzes Telefon mit einer großen Wählscheibe, wie Albertine sie nur einmal in einem Film gesehen hatte. Sie legte die Hand auf den Hörer und zögerte.

»Nun heb schon ab!«, ertönte es von der Treppe. Otto, Klara und Paule hockten, ebenfalls noch verschlafen und müde, auf den Stufen.

»Wie soll ich mich denn melden?«

»Na, wie schon!« Otto flitzte zur Tür und knallte sie ins Schloss.

»Beehren Sie uns bald wieder im Haus der tausend Wunder«, schrie Parzival, der Türaffe.

Albertine hob den Hörer ab. »Haus der tau…«, setzte sie an, aber eine klappernde und rappelnde Stimme unterbrach sie.

»Schulze? Ist da Schulze?«

Als sei der Hörer heiß wie ein geschmiedetes Hufeisen,

warf Albertine ihn von sich. Er baumelte an einer schwarzweiß gestreiften Schnur vom Tisch herab.

»Hallo«, quäkte es weiter. »Kennen Sie eine Albertine Schulze?«

Albertine hob den Hörer vorsichtig ans Ohr und antwortete mit der tiefen Stimme, die sie immer benutzte, wenn sie den Zwillingen gruselige Gutenachtgeschichten erzählte: »Nöin, Frau Schooltse öst vörstoorpen!« Sie schlug mit der Hand auf die Gabel, zog mit einem Ruck an der Schnur und riss die Telefonbuchse aus der Wand.

»Was war denn das?«, fragte Klara. Sie nahm den Hörer in die Hand. »Wofür möbeln wir den Kasten auf, wenn du ihn wieder auseinandernimmst?«

»Dett krieg ick wieda hin.« Paule kroch unter den Tisch und untersuchte das Loch in der Wand, in dem einmal die Anschlussdose gesteckt hatte.

»Bloß nicht!« Albertine zerrte an seiner ölbeschmierten Anzugjacke. »Das war die Rappelmeier. Sie hat mich gefunden!«

»Die Rappelmeier?«

Albertine erklärte den Karos, wer die Rappelmeier war.

»Wenn sie schon die Telefonnummer hat, ist sie bestimmt auch bald hier. Ihr kennt die Rappelmeier nicht.«

»Ruf die Zwillinge an, die können spionieren!«, schlug Otto vor.

»Wie denn?« Albertine hielt die abgerissene Telefonschnur hoch.

»Nich' vazagen, Paule fragen!«, sagte Paule und kramte in seiner Hosentasche. »Nu' kannste ma zeijen, datt dett een Telefon is'!« Er hielt das Handy in der Hand, das Klara in Unterwünschelberg gemopst hatte.

»Wusste gar nicht, dass es in den Zwanzigern schon Handys gab?«

»Das hat Klara in Wünschelberg gefunden«, flunkerte Otto.

»Na, wenn dett mal fungsionirt!«

Albertine nahm Paule das Handy aus der Hand. »Du wählst die Nummer und das Handy schickt so eine Art Wellen aus, die sind unsichtbar … Ach, das ist zu schwierig jetzt.«

»Ist das wie ein Sternentelefonat?«, flüsterte Otto ihr ins Ohr.

Albertine musste lächeln. »Ja, so ähnlich.« Sie wählte eine Nummer. »Keinen Mucks«, wies sie die anderen an.

Alle drei legten das Ohr an das schmale Handy.

Hausmeister Schlupf saß in der Pförtnerloge des Kinderheims auf dem klapprigen Drehstuhl und tat das, was er am besten konnte: schlafen. Die ganze Nacht über hatte er zusammen mit der Heimleiterin Telefonbücher wälzen und nach Schulzes im ganzen Land suchen müssen. Das Telefon holte ihn aus einem unruhigen Hausmeisteralbtraum, in dem alle Kinder des Heims aussahen wie geschrumpfte Rappelmeiers und ihn mit klappernden Rufen durch den Speisesaal jagten. »Hierher! Schlupf! Schneller! Hierher!«, fauchten die Minidrachen ihn an und er bekam schon kaum noch Luft. »Kinderheim Rappelglück, äh, Kindermeier, ach was, Schlupf am Apparat«, meldete er sich.

Paule zappelte in der Villa Wünschelberg los, fast stieß er Albertine das Handy aus der Hand. »Et spricht! Ick werd bekloppt, dett Ding is' ja Wahnsinn! Kiek ma, janz ohne Schnur, ohne allet!«

»Wer ist da?«, donnerte Hausmeister Schlupf. Am anderen Ende hörte er ein paar Kinderstimmen, die leise zischend diskutierten.

»Paule, gib mir endlich das Handy!«

»Nur noch eenmal. Watt is'n dett für'n rotet Knöpfchen?«

»Nicht da draufdrücken. Paule!«

»Was soll der Unsinn?«, brüllte Schlupf. Er konnte es überhaupt nicht leiden, wenn er zum Narren gehalten wurde.

»Hier ist Lizzi äh … Lizzi Stürzenbecher. Ich bin vom Kinderheimbefreiungskomitee und will auf der Stelle Till und Knobel sprechen«, sagte Albertine mit verstellter Stimme.

»Dafür muss ich erst bei der Direktorin eine Genehmigung einholen«, antwortete Hausmeister Schlupf irritiert.

»Sie holen mir auf der Stelle Till und Knobel ans Telefon, sonst erfährt die Rapp… äh, die Direktorin, wer sich jedes Jahr zu Weihnachten die Pakete mit den Süßigkeiten unter den Nagel reißt.«

»Einen Augenblick, bitte«, krächzte nun Hausmeister Schlupf erschrocken und legte den Hörer auf das kleine Tischchen neben dem Telefon. Er hastete in den Garten. »Ihr beide, los zum Telefon. Da will euch irgendeine Tante von so einem Kinderkommunistenverein sprechen«, raunzte Hausmeister Schlupf die Zwillinge an.

Till und Knobel sahen hinter sich, um sicherzugehen, dass Schlupf auch wirklich sie meinte, denn sie hatten noch nie in ihrem Leben einen Anruf bekommen. Nein, sie waren die Einzigen, die auf diesem endlos erscheinenden Rasen hockten und verdorrte Grashalme grün anpinselten.

Als Till den Hörer nahm, packte Hausmeister Schlupf ihn am Kragen. »Das ist ein nicht genehmigtes Geheimgespräch. Wehe, ihr verpfeift mich bei der Rapp-Meyerbrink.«

Till nickte und hielt den Hörer ans Ohr. »Guten Tag, hier ist Till.«

»Hallo, Till«, sagte die dumpfe Stimme. »Ich will ungestört mit euch reden, deswegen sagst du als Erstes dem Schlupf, er soll sich verpissen.«

»Ich soll Ihnen sagen, Sie sollen sich verpissen«, sagte Till zu Schlupf.

Der Hausmeister verzog das Gesicht zu einer empörten Grimasse, trollte sich aber zur Überraschung von Till.

»Hallo, hier ist wieder Till. Hat funktioniert, der Schlupf ist weg. Wer ist denn da?«

»Na, wer wohl!«, sagte Albertine mit ihrer normalen Stimme.

»Albertine«, rief Till freudig.

Knobel machte große Augen.

»Pssst, nenn nicht meinen Namen und hör mir gut zu. Du und Knobel, ihr setzt euch in den nächsten Bus, der nach Unterwünschelberg fährt.«

»Aber wir haben doch gar kein Geld für die Fahrkarten«, flüsterte Till.

»Das macht nichts. Der Busfahrer ist ein Freund von mir, ein verrückter alter Seebär namens Saladin Stürzenbecher. Wenn ihr sagt, dass ihr zu mir wollt, dann nimmt er euch bestimmt auch so mit. Er zeigt euch, wo ihr hinmüsst. Passt nur auf, dass die Rappelmeier euch nicht erwischt.«

»Und was passiert dann?«

»Dann werdet ihr in dem tollsten Haus der Welt wohnen. Mit mir! Ich kann's kaum erwarten, euch wiederzusehen.«

»Wir sind schon unterwegs!« Till legte den Hörer auf.

»Was hat sie gesagt?«, wollte Knobel ungeduldig wissen.

»Wir müssen unsere Sachen packen. Los, komm!«

Die Zwillinge rannten den Gang zu den Jungen-Schlafsälen hoch. Als sie in die Nähe von Frau Rappelmeiers Zimmer kamen, verlangsamten sie die Schritte und schlichen leise an der Tür vorbei. Aber das hätten sie sich sparen können. Eleonore Rapp-Meyerbrink war schon im Bilde, denn die Telefonzentrale des Hauses Kinderglück stand nicht zufällig bei ihr im Zimmer.

»Danke, danke, danke, du dumme kleine Gans«, murmelte die Heimleiterin und legte den Hörer weg, mit dem sie das Telefonat belauscht hatte.

Zwei Minuten später schmorten Till und Knobel hinter der dreifach verriegelten und verrammelten Tür von Albertines Zimmer.

»Schlüpfchen!«, zwitscherte die Heimleiterin und alle im Haus zogen die Köpfe ein. Dieser Tonfall bei der Rappelmeier war noch gefährlicher als das übliche rappelnde Gemecker. »Ich mache einen kleinen Ausflug!«

Eine schreckliche Entdeckung

Der Garten der Villa Wünschelberg hatte mehr hergegeben, als zu erwarten war. Zusammen mit den restlichen Holunderbeeren und den Brombeeren aus dem Wald ergaben die vier Eier – Miranda hatte sich zu zwei wahren Prachtexemplaren hinreißen lassen –, die Milch und das Mehl ein köstliches Omelett. Albertines Arme waren von den Brombeersträuchern arg zerkratzt. So war das wohl, wenn man für seinen Lebensunterhalt selbst aufkommen musste.

Auf die bohrenden Fragen Ottos, wo Monsieur Flip die Milch und das Mehl hervorgezaubert habe, nuschelte dieser ein Wort, das wie *Mundraub* klang. Albertine ahnte, warum der Butler auf der Straße vor der Auffahrt so lange mit dem Fahrer eines Lieferwagens geplaudert und seine schönsten Kartentricks vorgeführt hatte.

Monsieur Flip war nicht sehr begeistert davon, dass Albertine zwei weitere hungrige Mäuler in die Villa eingeladen hatte. »Vielleicht hätten Sie doch die Eröffnung abwarten sollen, Fräulein Albertine«, gab er zu bedenken.

Albertine verschwieg, dass die Zwillinge meistens hungriger als kanadische Braunbären waren.

Eine weiße Taube flatterte durch den Walfischspeisesaal und setzte sich neben Albertine auf die Lehne eines der Ausguckstühle. Sie gurrte leise vor sich hin und stupste Albertine mit dem Schnabel an.

»Was machst du denn hier?«, begrüßte Albertine die Taube.

»Das gnädige Fräulein schließt in diesem Haus offensichtlich schnell Freundschaft.« Monsieur Flip warf der Taube ein Fitzelchen von seinem Omelett zu, aber Selma interessierte sich nicht die Bohne dafür. »Glücklicherweise hat sie keinen Hunger!«, lachte Monsieur Flip und wollte den Vogel hinausscheuchen.

»Nein!«, rief Albertine. »Das ist, also, ich nenne sie Selma. Sie kann doch hierbleiben. Vielleicht können wir ihr etwas beibringen. Sie lernt bestimmt ganz schnell!« Albertine zwinkerte der Taube zu.

»In der Tat! Ich hatte auch einmal eine sehr gelehrige Taube in meinem Vorprogramm zu Lizzis Show. Sie konnte das kleine und große Einmaleins. Bis auf die Siebenerreihe, die machte ihr immer wieder Probleme. Elvira, die zählende Taube. Das waren noch Zeiten«, schwelgte Monsieur Flip in Erinnerungen, klatschte dann aber in die Hände und forderte die Karobande auf, letzte Hand an das Haus zu legen. Am nächsten Tag sollte schließlich die Neueröffnung stattfinden. Es gab noch einiges zu tun und außerdem musste die Werbung für das neue Haus der tausend Wunder gestartet werden.

Eigentlich wollte Monsieur Flip allein nach Unterwünschelberg fahren, um die Plakate aufzuhängen. Paule gab aber aus Begeisterung für den 1929er T41 Royale nicht eher Ruhe, bis er den Schlitten lenken durfte. Schließlich, so meinte Paule, sei er der Sohn eines Chauffeurs!

Der Bugatti gab mitten auf der Unterwünschelberger Hauptstraße den Geist auf. Es fehlte nicht viel und ein

Linienbus hätte Lizzis fahrende Antiquität zu einem Klumpen Altmetall zerquetscht. Nun war Monsieur Flip froh, dass er Paule mitgenommen hatte.

Paule rutschte ganz in das Innere des gewaltigen Motorblocks. »Zylindadichtung is' im Eimer, der Verjaser sacht och keenen Piep mehr, die Benzinpumpe is löchrig wie'n Schweizer Käse und für den Kühler kannste nur noch Mitleid haben. Dett is' eijentlich unmöglich zu repararieren – also watt für'n Paule. Jehen Se schon ma tapezieren, Paule kommt in fünf Minuten nach.«

Monsieur Flip nahm einen Stoß Plakate und einen Topf Leim samt Pinsel vom Rücksitz. Er visierte das protzige Denkmal Bollenstiels an, das den Marktplatz verschandelte. Bollenstiel hatte das Denkmal selbst errichten lassen und war davon überzeugt, dass es *sein Städtchen* um eine große Attraktion reicher machte.

Monsieur Flip kletterte auf den Beton-Sockel des Denkmals und kleisterte den bronzenen Bollenstiel von oben bis unten voll. Er nahm eines der Plakate und klebte es über den dicken, goldgelb glänzenden Wanst. Einige Passanten blieben neugierig stehen.

»Das Wunderhaus wird neu eröffnet?«, staunte eine ältere Dame.

»Ich dachte, die alte Schulze ist erst neulich verstorben?«, fragte ein miesepetriger Herr.

»Da haben Sie leider recht, aber das Haus der tausend Wunder steht nun unter neuer Direktion. Die großen und kleinen Wunder sind immer noch da. Wenn Sie sich verzaubern lassen wollen, dann besuchen Sie uns gleich morgen«, antwortete Monsieur Flip und überklebte Bollenstiels Schädel mit einem weiteren Plakat. »Und bringen Sie Ihre

Kinder und Kindeskinder, Nichten und Neffen, Cousinen und Schwäger und alles mit, was zwei Beine hat. Nur bei Tanten schauen wir genauer hin.«

»Das weiß doch jeder, dass es in der Bruchbude nicht mit rechten Dingen zugeht. Abreißen sollte man sie!«, rief der Mann.

Monsieur Flip wollte ihm eine angemessene Antwort verpassen, aber die ältere Dame kam ihm zuvor. »Ach, Sie einfältiger Dummkopf! Sie glauben wohl alles, was die Leute reden.«

Die Villa Wünschelberg war mit einem Mal wieder in aller Munde. Immer mehr Menschen strömten herbei, angelockt von den wild diskutierenden Parteien, die entweder die Villa als achtes Weltwunder bezeichneten oder ihr die schlimmsten Spuk- und Schauergeschichten andichteten. Wie auch die Leute zu der Villa standen, sie rissen Monsieur Flip die Plakate aus den Händen und lasen sie mit Verzückung oder Abscheu.

Plötzlich heulte ein Motor auf. Der Bugatti rollte heran.

Hinter dem Steuer strahlte Paule. »Ick bin een Teufelskerl, dett könnse ruhig ma zujeben.« Er breitete die Arme lässig über die vorderen Sitze aus.

»Paule, Sie sind ein Teufelskerl«, sagte Monsieur Flip schmunzelnd und setzte sich auf den Beifahrersitz.

»Watt is'n los da vorne? Und wollten wa nich' noch Werbung machen mit die Plakate?«

»Nicht mehr nötig. Eine bessere Werbung konnten wir uns nicht wünschen. Die Villa ist Tagesgespräch! Ich schlage vor, wir machen uns auf den Rückweg. Und nun zeigen Sie mal, was für ein grandioser Automobilist Sie sind.«

Paule startete den Wagen, aber die drei Nummern zu große Chauffeursmütze, die Flip ihm aufgesetzt hatte, rutschte ihm ins Gesicht.

»Ich bin so frei.« Monsieur Flip rückte lachend die Mütze zurecht. Doch sein Lachen verstummte auf einmal. Mit Entsetzen erblickte er an Paules Nacken eine matte, fast durchsichtige Stelle. Das Schreckliche war eingetreten! Wie konnte ich Dummkopf nur glauben, dass uns, dass Albertine diese furchtbare Erfahrung erspart bliebe!, dachte Monsieur Flip.

Er schob den maulenden Paule auf den Beifahrersitz. Zwar hatte er den Bugatti schon lange nicht mehr gefahren, aber das Risiko, Paule in diesem Zustand hinters Steuer zu lassen, war zu groß. Wenn sie Pech hatten, schafften sie es nicht einmal bis zur Villa.

Somnium disparatum konnte schnell voranschreiten.

Eine verhängnisvolle Begegnung

Die Rappelmeier interessierte es nicht die Bohne, dass es vor dem Haus Kinderglück keine Haltestelle gab. Sie baute sich mitten auf der Straße auf und fuchtelte mit der Handtasche über ihrem Kopf. Saladin Stürzenbecher stieg in die Eisen und kam gerade noch vor der hageren Heimleiterin zum Stehen.

»Unterwünschelberg, aber schnell.« Die Rappelmeier kramte in ihrer kleinen grauen Handtasche herum.

Saladin Stürzenbecher lüpfte seine Mütze und nickte freundlich mit dem Kopf. »Nicht in das würzig duftende Istanbul? Nicht in das goldglänzende Peking? Und auch nicht in das eisstarre Wladiwostok?«

»Sind Sie Wanderprediger oder Minnesänger oder Busfahrer?« Endlich fand sie ein paar Münzen und warf sie auf den Fahrertresen.

»Saladin Stürzenbecher, für Sie *Herr* Stürzenbecher!« Saladin riss eine Fahrkarte vom Block. Leider konnte er sich seine Fahrgäste nicht aussuchen. Die Rappelmeier wollte sich in die erste Reihe setzen, gleich neben den Fahrer, aber Saladin schüttelte den Kopf. »Tut mir leid, der Platz ist reserviert und ab der zweiten Reihe haben wir einen plötzlichen Befall von Süßwasserwanzen. Sie können nur in der letzten Reihe platzen. Ich meine: Platz nehmen.«

Dem Mann fehlen wohl ein paar Tassen im Schrank,

dachte die Rappelmeier. Kein Wunder, dass die Schulze sich mit so einem angefreundet hat. Sie drückte sich durch den Mittelgang, ohne einen der Sitze zu berühren. Süßwasserwanzen? Davon hatte sie noch nie gehört, aber sie ging lieber auf Nummer sicher. In der letzten Reihe setzte sie sich so weit vorne auf die Kante, wie es eben ging. Schon nach ein paar hundert Metern war ihr speiübel. Ihr wurde immer übel, wenn sie im Auto hinten sitzen musste.

Der Busfahrer schaute vergnügt in den Rückspiegel und beobachtete, wie die Heimleiterin grün und grüner wurde. Er nahm alle Kurven mit besonders viel Schwung und steuerte die tiefsten Schlaglöcher an. Es bereitete ihm einen solchen Spaß, das grüne Monster in der letzten Reihe für seine Unfreundlichkeit zu bestrafen, dass er in Unterwünschelberg fast einen alten Bugatti rammte, der mit rauchendem Motor quer auf der Hauptstraße parkte.

»Stand auf dem Schild nicht Unterwünschelberg«, wimmerte die Rappelmeier, als sie gerade eine kleine Ortschaft verließen.

»Hoppla, fast vergessen«, sagte Saladin, fuhr aber noch einen guten Kilometer weiter, bevor er seinen Fahrgast aussteigen ließ.

»Ich werde mich bei der obersten Busfahrerkontrollbehörde beschweren oder besser noch …«, rief sie Saladins Bus hinterher.

Ein fröhliches Nebelhorntuten übertönte den Rest ihres Satzes.

Wütend wankte sie zurück nach Unterwünschelberg, überquerte den Marktplatz mit dem Standbild eines ekligen, dicken Mannes, den jemand mit Plakaten zugekleistert hatte, ließ die Friedensreich-Bollenstiel-Bibliothek und einen Laden für Großwildjäger links liegen und steuerte das erstbeste Gasthaus an. Als sie das Gasthaus Spitz erreichte, schimmerte ihre Nase immer noch grün. Sie trat in den Schankraum und bestellte mit schwacher Stimme einen Kamillentee. Eleonore Rapp-Meyerbrink liebte Kamillentee. Der hielt – da war sie fest überzeugt – Leib und Seele zusammen. Zur Not half er auch gegen Blasen an den Füßen. Davon hatte sie mindestens drei, denn sie war es nicht gewöhnt, weiter als durch den Garten des Hauses Kinderglück zu gehen.

Eine Dame am Nachbartisch beugte sich über einen Stapel Telefonbücher. »Mistdreck, verdammter!«, schnaubte sie wütend. Es war niemand anderes als Tante Cora, die sehr undamenhaft fluchen konnte, wenn sich die Dinge nicht in null Komma nix so entwickelten, wie sie es wollte.

Rufus zog den Kopf ein und blätterte noch schneller in seinem Telefonbuch.

»Drei Wochen Putzdienst!« Sobald jemand fluchte, flutschte die dazugehörige Strafe aus dem Mund der Heimleiterin. Sie konnte dagegen einfach nichts machen.

»Wie bitte?«, raunzte Tante Cora sie an.

»Oh, nichts. Ich … mir fiel gerade ein, dass ich den Putzdienst für die nächsten drei Wochen …«, stotterte Frau Rapp-Meyerbrink.

»Wen interessiert hier ihr Putzdienst, wenn es um Leben und Tod und ein Vermögen geht?«, murmelte Tante Cora, schon wieder über das nächste Telefonbuch gebeugt.

»Ja, schrecklich diese Telefonbücher«, versuchte Frau Rapp-Meyerbrink mit ihr ins Gespräch zu kommen. »Ich kann ein Lied davon singen.«

»Ich will kein Lied singen, ich will meine Villa, also stören Sie mich jetzt nicht! Und nehmen Sie dieses stinkende Gebräu da weg!«

Eleonore Rapp-Meyerbrink nippte an ihrem Kamillentee, aber der grüne Schimmer um ihre Nase wollte nicht verschwinden. Saladin Stürzenbechers kurvige Fahrt hatte sich tief in ihre Magennerven eingegraben. »Fräulein?«, rief sie die Wirtin herbei. »Zahlen!«

»Erstens, ich bin kein Fräulein. Zweitens, ich habe keine Zeit. Hier wird nämlich so 'ne Vergnügungsvilla eröffnet und ich muss alle Preise erhöhen. Und drittens, der Kollege kommt gleich!«

»Eine Vergnügungsvilla?«, schaltete sich Cora Rabenschlag ein.

»Der alte Kasten auf dem Hügel vorm Ort, die Villa Wünschelberg. Haus der tausend Wunder. Ich sag's Ihnen, hier rollt wieder der Rubel im Ort, wenn das so läuft wie vor zwanzig Jahren.«

»Rufus, schneller!«, schnauzte Cora ihren Mann an und wirbelte selbst wie ein Tornado durch das Telefonbuch von Norderstedt. »Irgendwo muss doch dieses verfluchte Mistkinderheim sein!«

»Drei Wochen Pu...«, hob Frau Rapp-Meyerbrink an, verkniff sich jedoch im letzten Moment den Rest. »Kinderheim?«, fragte sie stattdessen. »Wenn Sie ein wirklich vorzügliches Haus suchen, darf ich Ihnen das meinige empfehlen. Glück und Sonnenschein sollen in unseren Herzen sein.«

»Ich pfeif auf Sonnenschein. Glückliche Kinder? Ich will keine glücklichen Kinder. Ich wäre glücklich, wenn ich eins loswerden könnte. Und zwar für immer«, schnauzte Tante Cora die Kamillentee trinkende Dame an.

»Und ich wäre glücklich, wenn ich eins wiederfände«, murmelte Eleonore Rapp-Meyerbrink. »Nun ja«, wandte sie sich der Frau mit den Telefonbüchern zu. »Ich darf Ihnen trotzdem diesen kleinen Prospekt über das Haus Kinderglück überreichen, vielleicht überlegen Sie es sich noch mal.«

»Behalten Sie Ihren Prospekt.« Tante Cora zuckte zusammen. »Haus wie?«

»Kinderglück!«

»Dann kennen Sie bestimmt auch«, Tante Cora legte den Höflichkeitsgang ein, »die überaus reizende Frau Rappelmeier?«

Die Rappelmeier verzog das Gesicht. »Ich muss schon bitten. Rapp-Meyerbrink mein Name. Direktorin des Hauses.«

»Liebste Frau Generaldirektorin«, Tante Cora schaltete nun in den Nettigkeitsturbo, »wir haben einiges zu besprechen.«

»Im Moment ist es vielleicht ein bisschen ungünstig. Ich habe hier ein liebes kleines Mädchen abzuholen, Frau …, äh, wie war der Name?«

»Rabenschlag! Cora Rabenschlag, geborene Schulze!«

Der grüne Schimmer verschwand von einer Sekunde auf die andere aus dem Gesicht der Heimleiterin. »Darf ich Sie zu einem Kamillentee einladen, *liebste* Frau Schulze?«

»Ich wäre höchst beglückt, *gnädigste* Frau Rappelbrink!«

Rappeltanten im Anmarsch

Tante Coras Laune steigerte sich ins Unermessliche. Mit dieser Rapp-Meyerbrink war sie schnell handelseinig geworden. »Natürlich erfährt niemand, dass Ihnen die kleine Albertine entwischt ist«, beteuerte Cora. »Unser kleines Geschäft bleibt ganz unter uns.« Zufrieden faltete sie das Dokument zusammen, das bezeugte, dass Cora Rabenschlag die letzte lebende Verwandte von Albertine Schulze und damit ihr rechtmäßiger Vormund war. Und dieser reizende Vormund wusste ganz genau, was das Beste für die Kleine war: ein Plätzchen im noch viel reizenderen Haus Kinderglück bei Frau Rapp-Meyerbrink hinter einer dreifach gesicherten Tür. Genau so hatte Tante Cora sich die Sache vorgestellt und genau so würde es nun kommen. Wäre doch gelacht! Wenn sich eine Schulze was in den Kopf setzt, dann kann sie höchstens ein Erdbeben oder ein Tornado und in ganz seltenen Fällen auch ein Monstereisbecher mit Schoko- *und* Erdbeersoße daran hindern, dachte sie und fragte sich, woher eigentlich dieser dämliche Spruch stammte.

Damit auch ganz und gar nichts mehr schiefgehen konnte, rüstete sie sich bei Kulikov mit zwei Armbrüsten aus – man konnte ja nie wissen! Außerdem beschlagnahmte sie dessen Auto mit der so schön vergitterten Ladefläche. Kulikov war davon wenig begeistert, aber Tante Cora konnte ihn schnell davon überzeugen, dass die Pleite mit seinen Kampf-Pekinesen dem Ruf seines Geschäfts gar nicht gut täte. Zumal der Fesselballon mit Castor und Pollux ausgerechnet in Bollenstiels Garten gelandet war. Daisy war seitdem verschollen.

»Rufus! Hopp, hopp!« Tante Cora zog die Hecktür von Kulikovs Wagen auf und ihr Mann verstaute sich und die Armbrüste auf der Ladefläche.

Eine kleine Holzleiste am Rand bot gerade so viel Platz, dass Rufus sich hinsetzen konnte. Frau Rapp-Meyerbrink war ihm zuvorgekommen und hatte es sich auf dem Beifahrersitz bequem gemacht.

»Heute ist ein großer Tag und er wird am Ende noch größer sein, wenn Cora Rabenschlag da steht, wo sie hingehört: ganz oben.« Sie nahm beherzt der schweren silbernen Limousine, die gerade auf die Hauptstraße einbiegen wollte, die Vorfahrt und drückte das Gaspedal gnadenlos bis zum Anschlag durch.

»Das war aber knapp«, stöhnte Gomezinger, der das silberfarbene Auto steuerte.

»Dieser Kulikov ist ein rücksichtsloser Idiot. Dem werde ich das nächste Mal eigenhändig die Zahnreihen richten. Und seinen Laden kann er auch schließen«, sagte Bollenstiel. An seinem Anzug zeugte eine schwarze Armbinde von seiner tiefen Trauer um Daisy, von der er nur noch die Reste ihres blauen Pullöverchens gefunden hatte.

»Ein sehr kluger Gedanke, Herr Bürgermeister.«

»Ich weiß, Gomezinger. Friedensreich Bollenstiel weiß immer, was nottut. Und nun drücken Sie auf die Tube. Die Männer sind für neun Uhr bestellt und sie müssen noch die

Bagger von der Baustelle holen. Heute wird schwer gearbeitet.«

»Aber ich dachte, Sie haben der kleinen Schulze und ihrem Butler achtundvierzig Stunden gegeben«, traute sich Gomezinger einzuwenden.

»Sie sollen nicht denken, Gomezinger! Was interessiert mich mein Geschwätz von gestern. Sie hat mit ihrem Ballon und ihren kleinen Hunderatten einen Luftangriff auf meine arme Daisy geritten. Außerdem kriegt dieser Haufen von karierten Kindern das Geld nie zusammen.«

»Da wäre ich mir nicht so sicher«, murmelte der Fahrer des Bürgermeisters und zeigte auf das zuplakatierte Bollenstiel-Denkmal.

Bollenstiel streckte den Kopf aus dem Fenster.

Sein Chauffeur wurde erstmalig Zeuge eines Zustands, der seinen Chef höchstens alle zehn Jahre ereilte: Der Bürgermeister war sprachlos. Still stopfte Friedensreich Bollenstiel den Inhalt einer ganzen Packung Lakritzkonfekt in den Mund, aber er war sich nicht sicher, ob diese Zuckerdosis ihn wirklich beruhigen würde.

Somnium disparatum

Das Haus der tausend Wunder sah aus, als seien seine Pforten nicht einen Tag geschlossen gewesen. Überall blitzte, blinkte und glänzte es. Die vielen Wunder liefen wie geschmiert und auch das Zirkusorchester hatte so lange geübt, dass man es Musik nennen konnte, was es aus seinen Instrumenten quetschte. Die Eintrittspreise hatte Albertine vorsichtshalber noch einmal erhöht. Mit der Hilfe von Otto und Klara hatte sie die Attraktionen, die sie nicht mehr flottmachen konnten, im Maschinenraum verstaut.

Albertine hüllte sich in die Bühnenrobe. »Madame Albertine ist so weit! Das Spiel kann beginnen!«, rief sie, aber Otto und Klara gähnten nur erschöpft von der Arbeit.

Albertine wunderte sich, dass Till und Knobel noch nicht da waren. Bestimmt hatten sie Saladins Morgendampfer nach Unterwünschelberg verpasst und würden wie Albertine erst am späten Abend ankommen. Vielleicht konnten sie den Zwillingen einen spukigen Streich zum Willkommen spielen, überlegte sie. Vor allen Dingen musste sie eine Gelegenheit finden, um den Drachenschlüssel wieder unauffällig in Monsieur Flips Jacke zu stecken. Sie tastete ihre Allzweckweste unter der Samtrobe ab. Der Schlüssel war noch da. Mascha passte darauf auf.

Seit einer halben Stunde lagen Albertine und Klara stumm und erschöpft auf dem Säbelzahntigerfell in der Halle und starrten auf die großen bunten Fensterscheiben in der Glaskuppel hoch über ihnen. Otto hockte auf dem Dach des Süßigkeitenstands und schnitzte an einem Holz herum.

Albertine konnte nicht erkennen, was es war, weil er ihr den Rücken zudrehte. Vermutlich war es dieses kleine Stück Holz, an dem er sich in den letzten Stunden immer wieder zu schaffen gemacht hatte.

»Was fummelst du da eigentlich rum, Otto? Man kann's auch übertreiben mit seinem Putzfimmel«, unterbrach Klara die Stille.

»Wahrscheinlich malt er den Holzwürmern in den Dachlatten noch Kleidchen«, frotzelte Albertine.

Otto antwortete nicht, sondern stieß nur verächtlich Luft durch die Nase.

Albertine sah Klara an und legte den Finger auf den Mund. Sie schlich zu der kleinen Trittleiter, die neben der Bude stand, und stieg blitzschnell an ihr hoch.

»He, was soll das?«, rief Otto erschrocken aus.

Albertine hatte den Rand des Daches erreicht und beugte sich zu ihm hinüber.

»Zeig doch mal!« Sie griff nach seiner Hand, verlor aber das Gleichgewicht und kippte nach hinten. Otto wollte sie festhalten, aber die Trittleiter schwankte zu stark. Schreiend stürzten sie zu Boden. Wäre Albertine nicht auf Otto gelandet, hätte sie sich gut und gerne das Genick brechen können.

»Du und deine Neugier!«

Albertine kullerte von Otto herunter und rieb sich stöhnend die Schulter. »Tut mir leid. Hast du dir wehgetan?«

»Wir kennen keine Schmerzen, haste schon vergessen?«, antwortete Otto. Er reichte ihr die Hand.

Albertine packte sie und wollte sich hochziehen, als ihr Blick auf einen blassen Fleck an Ottos Arm fiel. »Was ist denn das?«, fragte sie verwundert. Wenn man näher hinschaute, konnte man hindurchsehen.

»Keine Ahnung«, sagte Otto und steckte den Finger in den Fleck hinein. Er kam am anderen Ende des Arms wieder heraus.

»Otto! Nicht!« Albertine schlug die Hände vors Gesicht. Vorsichtig lugte sie zwischen den Fingern hindurch. Da war ein Loch, ein Loch in Ottos Arm, nicht nur in seiner Jacke oder im Hemd! Albertine streckte den rechten Zeigefinger aus. Ihre Hand zitterte so sehr, dass sie den Arm mit der anderen Hand führen musste. Tatsächlich, sie konnte ihren Finger durch Ottos Arm stoßen, ohne dass dieser mit der Wimper zuckte.

»Ich hab hier auch so ein Loch«, sagte Klara und zeigte auf ihren Bauch. Das Loch war bestimmt dreimal so groß wie Ottos.

»Was kann das sein?«, fragte Albertine.

»Das Schlimmste, was einem Traum passieren kann! Somnium disparatum!«, antwortete Monsieur Flip.

Er und Paule standen in der offenen Haustür. Paules gesamte linke Kopfhälfte und ein Stück des Kinns waren verschwunden. Feinster Staub tanzte auf den Sonnenstrahlen durch die Löcher in Paules Kopf.

»Somnium was?«

»Somnium disparatum. Oder auf Deutsch: Traumverblassung«, erklärte Monsieur Flip.

Albertine wurde schwindelig. Die Halle drehte sich vor

ihren Augen. Monsieur Flip sprang auf sie zu und half ihr behutsam, sich auf die unterste Stufe der Treppe zu setzen.

»Warten Sie bitte hier!«, wies er die Kinder an und verschwand ins erste Stockwerk.

Monsieur Flip kam keine fünf Minuten darauf mit dem Buch des Ilja Braduvil zurück in die Halle und setzte sich auf den Kopf des Säbelzahntigers. »*Somnium disparatum. Traumverblassung. Geraten Träume vermittels der Traumhypnose in die Wirklichkeit, so verhalten sie sich zunächst neutral. Doch nach den neuesten Erkenntnissen kann man davon ausgehen, dass sie nach und nach verblassen, so wie unsere Träume verblassen, wenn wir beim Aufwachen das Reich der Träume verlassen und uns in der Wirklichkeit zunehmend schlechter daran erinnern können*«, las Monsieur Flip mit schwerer Stimme vor.

»Ich verstehe nicht ganz …«, stotterte Otto.

»Sie werden langsam, aber sicher verschwinden, sich auflösen. Ich hatte gehofft, dass sich Meister Braduvil in diesem Punkt geirrt hat.«

»Und wie lange dauert das noch?«, stammelte Klara.

»Ein paar Stunden, vielleicht einen Tag«, sagte Monsieur Flip und klappte traurig das Buch zu. »Die Anstrengungen des Tages und die Aufregung haben den Prozess beschleunigt. Die Verblassung ist der Tod der Träume. Sie können zwar keine Schmerzen empfinden und nicht sterben wie Menschen, aber Sie können verblassen. Wie jeder Traum.«

»Gibt es denn kein Gegenmittel?« Albertine ergriff das dicke Buch und blätterte hastig darin herum. »*Traumkrankheiten, Traum*… Es muss doch auch *Traummedizin* geben!«, rief sie.

»Es gibt nur einen Weg, Fräulein Albertine.«

Albertines Miene hellte sich auf. »Dann los, bevor es zu spät ist. Sagen Sie schon, Monsieur Flip!«

Plötzlich dröhnte Löwengebrüll durch die Halle. Monsieur Flip schlurfte zur Haustür und öffnete sie. Er hob erstaunt die Arme, denn vor ihm standen Tante Cora und die Rappelmeier und hielten ihm zwei gespannte Armbrüste unter die Nase.

Albertine stand steif wie ein Stock auf der Treppe. Die Rappelmeier hatte ihr jetzt gerade noch gefehlt! Jetzt, wo all ihre Träume und Hoffnungen mit zwei schrecklichen lateinischen Wörtern zusammengebrochen waren. *Somnium disparatum*.

Der Kampf, der nun einsetzte, war kurz und unfair, aber mit Fairness hatte Tante Cora sowieso

nichts am Hut.
Der Sieg gehörte ihr und darauf kam es an. Eigentlich hatten die beiden armbrustbewaffneten Hexen schlechte Karten, denn die Bande war, was die Pfeile anging, unverwundbar und Monsieur Flip steckte nach einer seiner lichtgeschwindigkeitsschnellen Verwandlungen in einer Ritterrüstung. Doch Tante Cora hatte instinktiv den verletzlichsten Punkt unter ihren Gegnern anvisiert: Sie richtete ihre Armbrust direkt auf Albertine und drohte

abzudrücken. »Ab in die Küche«, befahl sie Monsieur Flip und den Karos.

Ihnen blieb nichts anderes übrig, als fluchend nachzugeben und die Treppe zur Küche hinunterzustolpern. Albertine hatte die ganze Zeit die Spitze des Armbrustpfeils drohend vor Augen. So musste sie mit ansehen, wie Onkel Rufus und die Rappelmeier die Karos in die Küche stießen und die Tür mit einer schweren Kommode versperrten. Das Letzte, was Albertine hörte, bevor die Rappelmeier sie in Kulikovs Lieferwagen zwang, war das Hämmern ihrer Freunde gegen die schwere Küchentür, während Otto verzweifelt nach ihr rief.

Der Wagen schleuderte über den Kiesweg. Albertine kippte von der kleinen Sitzbank und landete inmitten stinkender Felle. Eine Fußfalle, mit der Kulikov seinen illegalen Jagdvergnügungen nachging, schnappte nicht ein Haarbreit neben ihrem Fuß zu. Ihre Schreie gingen im Krach des alten Dieselmotors unter.

Die Rappelmeier ignorierte die Faustschläge, mit denen Albertine die hölzerne Trennwand zur Fahrerkabine bearbeitete.

Es war sinnlos, Albertine war nicht stark genug, um sich aus diesem fahrenden Gefängnis zu befreien, das sie geradewegs zurück ins Kinderheim bringen sollte. Die Rappelmeier schrie ihr durch das schmale Sichtfenster zwischen Führerhaus und Laderaum zu, was ihr für die nächste Zukunft blühte: ein Einzelzimmer und Tag für Tag ein Notizbuch voller Aufgaben, Pflichten und Schikanen, die sich seit ihrer schwerkriminellen Flucht angesammelt hatten.

Sie schmiegte sich in die samtige Bühnenrobe ihrer Großtante – das einzige Erinnerungsstück, das ihr von ihrer kurzen Zeit als Herrin auf Wünschelberg geblieben war. Die Rappelmeier würde ihr im Haus Kinderglück sicher auch das noch abnehmen.

In der Zwischenzeit lösten sich Albertines Freunde in Luft auf und sie konnte nichts tun, um sie zu retten. Eine winzige Hoffnung stieg in ihr auf. Flip hatte gesagt, dass es eine Rettung gäbe. Vielleicht flößte er Otto, Paule und Klara gerade eine Medizin ein oder dieser Braduvil hatte einen Zauberspruch in seinem Buch aufgeschrieben?

Monsieur Flip greift ein

Der Rahmen des kleinen Küchenfensters gab – morsch wie so vieles in der Villa – schnell nach. Das Loch zum Hindurchklettern war für einen Mann mit der stattlichen Leibesfülle eines Monsieur Flip aber noch viel zu eng. Otto und Paule schlugen mit zwei großen Messingkochlöffeln das brüchige Gemäuer um das Loch ab, während Klara mit einem Suppentopf und einem Deckel sowie lautem Schreien den Baulärm vor Tante Cora zu verbergen versuchte.

Somnium disparatum, die Traumverblassung, hatte schon ganze Arbeit bei Otto, Klara und Paule geleistet. Ihre Gesichter waren aschfahl und die Karos auf ihrer Kleidung kaum noch zu erkennen. Ihr Atem ratterte und rasselte wie eine altersschwache Nähmaschine. Die durchsichtigen Stellen waren teilweise schon so groß wie Tennisbälle und erstreckten sich über den ganzen Körper.

»Achtuuuuung!«, schrie Monsieur Flip. Er hielt den schweren Holzklotz, auf dem früher das Fleisch geklopft wurde, vor der Brust und rannte los. Die Wucht des Aufpralls schleuderte den Holzklotz und einen Teil der Küchenwand in den Garten.

Die Küche versank im Staubnebel. Drinnen husteten die Karos. Selbst ein Hustenanfall war allerdings schon zu anstrengend für die Kinder.

»Verhalten Sie sich ganz ruhig«, wies Flip die drei an.

»Ich schleiche mich in den Westturm und hole den Drachenschlüssel!«

Otto zuckte zusammen. »Den Drachenschlüssel?«

»Ja, den brauchen wir auf jeden Fall und dann gehen wir schnell …«

»Oh nein!« Otto raufte sich die Haare.

»Otto, gibt es etwas, das Sie mir sagen müssten?«

Otto atmete tief ein. »Wir brauchen Albertine!«

»Ich vermisse Albertine auch schon. Ihre Freundschaft in allen Ehren, aber bis wir Albertine hierherholen, setzt vielleicht der zweite und nicht wieder rückgängig zu machende Schritt der Verblassung ein.«

»Albertine hat den Schlüssel!«

»Oh, diese Schulzes! Verflucht sei ihre Eigensinnigkeit und ihre Neugier!« Monsieur Flip dachte einen Augenblick nach. »Ich muss weg. Sie bleiben hier und schonen sich, verstanden?«

»Wohin wollen Sie? Wir kommen mit!« Klara schwankte wie ein betrunkener Kosakenhauptmann auf das Loch zu. Ihr Versuch, nach draußen zu steigen, scheiterte schon nach wenigen Schritten.

»Nein, das schaffe ich schon alleine. Es wäre mit Sicherheit zu viel für Sie. Außerdem sollten Sie direktes Tageslicht meiden, denn das fördert den Auflösungsprozess nur noch. Ich komme wieder. Gehorchen Sie mir bitte dieses eine Mal.« Monsieur Flip duldete keinen weiteren Widerspruch.

»Wir sind noch hier, wenn Sie zurückkommen. Die Hand drauf«, sagte Klara und wollte ihre Hand ausstrecken, aber da war nur noch ihr Arm. »Na ja, dann eben Arm drauf.«

Monsieur Flip fasste mit den Händen an die Ränder des Lochs, wippte ein-, zweimal vor und zurück, so wie man es von Bobfahrern beim Start kannte, und sprang. Otto hatte es geahnt – das Loch war zu eng für Monsieur Flips Kugelbauch. Er steckte fest und zappelte hektisch mit den Beinen. »Äh, Otto, vielleicht könnten Sie das kurz vergessen, was ich eben bezüglich ihrer körperlichen Schonung gesagt habe, und mich freundlicherweise aus dieser peinlichen Lage befreien. Ein wenig drücken wäre hilfreich.«

»Dett schaffste nie«, sagte Paule kopfschüttelnd.

»Da kennst du aber Otto schlecht«, erwiderte dieser und griff zur dreizackigen Fleischgabel, die an der Wand hing. »Sind Sie bereit, Monsieur Flip?«

»Wenn Sie es sind«, antwortete der Butler ahnungslos.

Otto legte eine Hand vor die Augen, wandte den Kopf ab und holte aus.

»Huhuhuuuu, Sie kitzeln mich!«, rief Monsieur Flip.

»Schicksal, nimm deinen Lauf«, sagte Otto und pikste gezielter und fester in Monsieur Flips dicken Hintern.

Monsieur Flip schrie auf, es gab einen Ruck, er flutschte durch das Loch und plumpste in einen Rhododendronbusch. Ein wenig gequält lächelnd tauchte das runde Gesicht des Butlers an dem Mauerloch auf. »Ungewöhnliche Lebensumstände erfordern eben ungewöhnliche Methoden. Danke.«

»Beeilen Sie sich und holen Sie Albertine her. Wir machen's nicht mehr lange!«, rief Otto.

Monsieur Flip rieb sich den Po, drehte sich in alter Manier einmal um die eigene Achse und stand in seiner dunkelblauen Chauffeursuniform im Kräutergarten. Auf dem Kopf thronte eine stattliche Schirmmütze, die von einer goldenen Kordel umwunden war. Er verschränkte die Arme, drückte die Finger so weit durch, bis alle Knöchel einmal knackten, und verschwand im Hühnerstall.

Kurz darauf hörten die Kinder ein Knattern.

»Schscht!«, zischte Klara, die ihr Ohr an die Küchentür presste.

Otto hockte sich neben sie und lauschte ebenfalls. »Hat beste Laune, die Hexe!«

Tante Cora tanzte durch die Halle. Ihr Mann traute seinen Augen nicht, aber Cora Rabenschlag schwebte durch den großen Raum wie eine Ballerina, hüpfte mit ausgebreiteten Armen, drehte sich schnell im Kreis und jauchzte dabei. Ab und zu stieß sie ein »Meins, meins, meins!« aus, bis sie endlich genug hatte und ihren Mann mit grimmiger Miene anblaffte: »Du gehst nach oben und packst unsere Sachen zusammen. Und nimm alles mit, was wertvoll aussieht! Ich werde derweil mal ein bisschen telefonieren. In zehn Minuten bist du fertig, verstanden?«

Onkel Rufus machte einen Diener. Das hatte er sich im Laufe der Jahre angewöhnt, wenn Tante Cora in diesem bellenden Kasernenhofton zu ihm sprach. Er ballte wie üblich die Faust in seiner kanariengelben Hosentasche und trollte sich rasch die Treppe hoch.

Tante Cora setzte sich auf das breite Sofa, nahm den Hörer des schwarzen Telefons ab und bemerkte, dass die Leitung tot war. »Alter Schrottkasten!«, verfluchte sie die Villa. Etwas dudelte unter dem Telefontischchen. Tante Cora sank auf die Knie und fischte das Handy hervor, auf dem *Nina ruft an* leuchtete. Sie drückte die grüne Taste und zischte in das kleine Gerät: »Auflegen, Sie stören!« Voller Vorfreude wählte sie Bollenstiels Telefonnummer. Sie setzte eine geschäftsmäßige Miene auf, konnte aber ein leises Kichern nicht verhindern.

»Hallo? Herr Bollenstiel? Sie werden nicht glauben, wer am Apparat ist ... – Richtig, Cora Rabenschlag. – Ja, ich bin immer noch in Wünschelberg, und zwar in der Villa Wünschelberg, um genau zu sein. Da sind Sie platt, was? Jetzt würde ich zu gerne Ihr dummes, feistes Gesicht sehen. – Was mir einfällt? Das kann ich Ihnen sagen: Mir fällt ein, dass Sie mir mal eine Million versprochen haben, wenn ich Ihnen die Villa überschreibe. Tja, dazu bin ich nun in der Lage. – Ach, das freut Sie? Dann können Sie sich jetzt freudigst einen größeren Koffer besorgen, denn leider ist der Kaufpreis auf zehn Millionen gestiegen. Sie wissen schon, Inflation und das ganze Zeug.«

Am anderen Ende der Leitung schüttelte Bollenstiel ein erdbebenartiges Lachen. Es klickte einmal und eine Stimme wiederholte mehrmals: »Die Verbindung ist beendet.«

»Hallo, sind Sie noch dran?« Tante Cora knallte das Handy in die Ecke. »Na, wir werden schon sehen. Der kommt auch noch angekrochen!«

Im Büro des Bürgermeisters warf Bollenstiel sich lachend in seinen Sessel. »Keinen Cent sieht die alte Schachtel! Gomezinger, los, los! Ich will zusehen, wenn die Abrissbirne zuschlägt. Auf geht's!«

Albertines Doppelgänger

Tante Lizzi hatte recht gehabt. Monsieur Flip war ein grausiger Fahrer, aber er gab sich die größte Mühe, den Bugatti auf der Straße zu halten. Gleich hinter dem großen Baustellenschild, auf dem Bollenstiel grinsend für seine Autobahn warb, warf ihn ein Schlagloch, groß wie ein Kanaldeckel, fast aus der Bahn. Aber die dreihundert PS trieben den alten Luxusschlitten flott voran. Endlich sah Flip in der Ferne den Kastenwagen von Kulikov über die Landstraße tuckern und drosselte das Tempo. In einem sicheren Abstand folgte er der Entführerin und gab erst auf einer langen Geraden wieder richtig Gas.

Auf der Ladefläche hörte Albertine das laute Fluchen der Rappelmeier, als Flip an ihnen vorbeibrauste und sie fast in den Graben drängte. Albertine erkannte sofort die mächtigen Scheinwerfer und Kotflügel des eleganten Wagens. Wenn davon nur sechs gebaut wurden, dürfte es wohl ein Wunder sein, wenn das nicht Lizzis Nobelhobel ist, dachte Albertine und schöpfte zum ersten Mal wieder Mut. Der Bugatti gab Gas und verschwand hinter der nächsten Kurve. Albertine klemmte sich hinter das kleine, schmutzverschmierte Sichtfensterchen.

»Weg da. Setzen!«, befahl Frau Rappelmeier.

Aber Albertine gehorchte nicht. Sie durfte die Hoffnung nicht aufgeben.

Wenige Kilometer weiter stand der Bugatti kurz vor der Einfahrt einer einsam gelegenen Tankstelle. Ein hagerer Mensch in einem grasgrünen Overall verdoppelte an der Leuchtreklame gerade die Benzinpreise.

Albertine pochte an die Trennwand.

»Was willst du?«, fragte die Rappelmeier, ohne sich umzudrehen.

»Ich muss mal dringend auf die Toilette.«

»Kann das nicht warten?« Die Heimleiterin rauschte an der Tankstelle vorbei.

»Ich mach in die Hose!«, jammerte Albertine so laut sie konnte.

»Na gut!« Die Rappelmeier bremste, fuhr mit Vollgas im Rückwärtsgang zurück und stoppte den Lieferwagen genau vor dem Toilettenhäuschen der Tankstelle. Sie sprang aus der Führerkabine und entriegelte langsam das Schloss der Ladetür.

Albertine hatte den linken Fuß gegen die Rückwand gestemmt, um sich mit viel Schwung abdrücken zu können. Sobald die Tür sich öffnen würde, wollte sie mit den Fäusten voran losstürmen, die Rappelmeier mit einem Überraschungsangriff überrumpeln und dann rennen, was die Beine hergaben.

Der Plan hatte jedoch mindestens eine Schwachstelle, die Albertine einige Sekunden später schmerzhaft zu spüren bekam. Der plötzliche Angriff überraschte zwar die Rappelmeier, aber ihre Reflexe waren besser als gedacht. Albertine hatte so viel Schwung genommen, dass sie das Gleichgewicht verlor und auf dem Boden aufschlug. Eine Sekunde später verspürte sie einen stechenden Schmerz in ihrer rechten Handfläche, die sie sich auf dem Asphalt aufgeschrubbt hatte. Die Rappelmeier fasste blitzschnell zu und hielt unerbittlich ihre Hand fest. Albertine schossen vor Schmerz und Ärger die Tränen in die Augen.

»Da musst du schon früher aufstehen, wenn du Eleonore Rapp-Meyerbrink überlisten willst, du kleine Schlange.« Die Rappelmeier zerrte sie ohne Mitleid zu der Stahltür, hinter der sich die Damentoilette verbarg. Dabei achtete sie peinlichst darauf, dass kein Blutstropfen ihre aschgraue Bluse verschmutzte. »Rein da!« Sie stieß Albertine in die Toilette. Mit einem lauten Rums knallte sie die Tür zu. »Beeil dich gefälligst!«

Albertine sah sich in der Toilette um. Die zwei Neonröhren an der Decke tauchten den Raum in ein kaltes Licht. In der linken Ecke hing ein Waschbecken aus mattglänzendem Stahl. Daneben befand sich eine Kloschüssel. Einige Klopapierrollen lagen auf dem Boden herum und es stank fürchterlich nach Desinfektionsmitteln. Die weiß gekachelten Wände waren mindestens drei Meter hoch und viel zu glatt, um zu dem kleinen Oberlicht unter der Decke zu klettern. Albertine rutschte mit einem Seufzer der Verzweiflung an der Stahltür hinunter in die Hocke. Wo war bloß Monsieur Flip? Sie hatte doch den Bugatti gesehen!

Vor der Tür hörte sie das Klackern von Rappelmeiers Stöckelschuhen. Albertine richtete sich mühsam auf. Sie schlurfte zum Waschbecken, um sich das Gesicht und die Hände zu waschen. Eiskaltes Wasser spülte die kleinen Steinchen aus den Wunden an ihrer Hand. Albertine hielt den Kopf unter den dünnen Wasserstrahl. Plötzlich hallte ein lauter Knall durch den Toilettenraum. Albertine schreckte hoch und stieß sich den Kopf am Wasserhahn.

War die Bande angerückt, um sie zu retten? Sie fuhr herum, aber die Tür war zu. Wo war der Knall hergekommen?

»Glauben Sie bloß nicht, dass es zu meinen heimlichen Leidenschaften gehört, in Damentoiletten zu glotzen«, sagte eine Albertine wohl vertraute Stimme von oben. Monsieur Flip zerrte einen alten Kartoffelsack über das Betondach und warf ihn Albertine zu. »Oh nein! Das Seil! Ich brauche es.«

Albertine löste das Tau, mit dem der Sack oben zusammengehalten wurde. Sie schleuderte es mit aller Kraft nach oben. Erst beim dritten Versuch kam sie so hoch, dass der Butler es fangen konnte. Nachdem er es mit einem dreifachen Flip – ein Knoten, der ihm für seine Verdienste als Seilartist vor vielen Jahren gewidmet worden war – befestigt hatte, seilte er sich langsam ab.

»Wie lange dauert das denn noch?«, rappelte von draußen Albertines Entführerin und Aufpasserin.

»Durchfall!«, rief Albertine.

»Habe mitgebracht, was ging«, flüsterte Monsieur Flip und zog ein Reisefeuerwerk, zwei Schrumpfkopftöpfe, die pneumatischen Schuhe, eine Machete und allerlei Kleinkram hervor, den er zusammengerafft hatte. »Ihre liebe Tante Cora blockierte leider die Halle, sonst hätte ich vielleicht eine etwas passendere Ausrüstung für diesen Ausflug zusammengesucht.«

»Wie geht es der Bande?« Albertine brannte darauf, etwas über ihre Freunde zu erfahren.

Draußen trat die Rappelmeier mit der Spitze ihres Schuhs gegen die Tür. »Ich komm dir da gleich rein. Sieh zu, dass du fertig wirst.«

Albertine zog Monsieur Flip in die hinterste Ecke. Sie befürchtete schon das Schlimmste. »Sind die Karos wohl schon … « Ihre Lippen wollten das Wort nicht aussprechen.

»Nein, sie sind noch da, aber es geht ihnen schlecht, sehr schlecht.«

Schlecht hieß schlecht, aber nicht *verblasst*. Genau wie verschollen nicht verstorben hieß. Albertine atmete auf.

»Wenn mir nicht jemand den Drachenschlüssel gestohlen hätte, wären die Karos vielleicht schon gerettet!«

Das Blut schoss Albertine in die Wangen. Sie zog den Schlüssel aus der Westentasche.

»Wie Sie an den gekommen sind, besprechen wir ein anderes Mal«, tadelte Monsieur Flip sie. »Behalten Sie ihn!«

»*Ich* soll ihn behalten?«

»Ja, Albertine. Ich will Ihnen die Möglichkeit geben, Ihren Freunden einen letzten Dienst zu erweisen. Ich weiß, wie sehr Ihnen an der Bande liegt. Und außerdem ist es, mit Verlaub, Ihre Aufgabe, denn Sie sind die Herrin von Wünschelberg und damit auch verantwortlich für alles, was dort geschieht. Ich hoffe, Sie bekommen den Bugatti halbwegs heil nach Wünschelberg zurück.«

»Und was muss ich tun?« Albertines Verzweiflung verschwand von einer Sekunde auf die andere. Sie würde alles machen, um ihre Freunde zu retten.

»Hören Sie mir jetzt gut zu. Laut Meister Braduvil müssen die drei zurück ins Traumreich, um ihre alte Stärke wiederzugewinnen. Sie lassen also die Bande zu diesem Zweck in den Schrankkoffer.«

»Nein! Nein! Nicht in den Koffer! Sie wissen nicht … «

»Oh doch, ich weiß!«, unterbrach Flip sie sofort. »Es gibt keine andere Möglichkeit. Sie verschließen den Koffer dann mit dem Drachenschlüssel. Es ist wichtig, dass Sie den

Schlüssel so weit umdrehen, bis es nicht mehr geht und das Feuer des Smaragds Sie blendet. Haben Sie das verstanden?«

»Wie lange müssen sie drinbleiben, bis ich sie wieder rausholen kann?«

»Sie werden sie wohl nie wiedersehen.«

»Was?« Albertines Magen krampfte sich zusammen.

»In diesem Koffer stecken unzählige Träume. Die von Lizzis Hypnose-Vorführungen, die von Braduvils Versuchen und die von vielen Vorgängern. Der berühmte Schlafmaler Zati Songor, von dem die Villa auch noch andere Geheimnisse birgt, war im 19. Jahrhundert im Besitz dieses Buches. Einige Seiten verzierte ein Maler namens Hieronymus Bosch mit wundersamen Kreaturen und die ältesten Teile des Buches stammen angeblich aus dem 11. Jahrhundert. Keiner weiß, wo die Reihe endet.«

»Na und?«, drängelte Albertine.

»Ihre Freunde werden in einem Meer von Träumen verschwinden. Sie finden eher einen bestimmten Tropfen Wasser im Ozean wieder als ausgerechnet den Traum des Laszlo von Prockauer im Reich der Träume.«

Albertine hockte sich in die Ecke. Ihr Herz bebte. Endlich hatte sie Freunde gefunden, gleich eine ganze Bande sogar. Und mit Otto war sie doch fast schon *richtig* befreundet! »Dann will ich nicht mehr zurück, nie, nie mehr!«

Monsieur Flip strich ihr über die wuscheligen Haare. »Albertine, Sie haben Klara, Otto und Paule in diese Welt geholt, Sie müssen ihnen auch den Weg zurück weisen. Wollen Sie sie einfach sterben lassen?«

»Aber sie werden doch immer weiter von den Polizisten gejagt!«

»Träume helfen uns, gerade weil sie so verrückt, manchmal fröhlich und manchmal auch traurig oder schrecklich sind. Es ist nicht an uns, mit ihnen zu tun, was wir wollen.« Er zog Albertine hoch und drückte sie an sich. Dann erklärte er ihr, wie sie den Bugatti in Gang kriegte. »Hier, die pneumatischen Schuhe. Damit kommen Sie aufs Dach und wieder runter.«

»Die Rappelmeier merkt doch in spätestens drei Minuten, dass ich abgehauen bin, und holt mich wieder.«

Monsieur Flip versicherte ihr, dass das seine Sorge sei. Er nahm ihr Lizzis Umhang von den Schultern und schaute sich das Reisefeuerwerk an. Ein Schmunzeln huschte über sein Gesicht. Das Reisefeuerwerk war eine Erfindung Lizzis: kleine feurige Effekte für zu Hause und unterwegs. Kein besonderer wirtschaftlicher Erfolg damals. Monsieur Flip kramte hektisch in seinen Anzugtaschen. »Tja, ohne Streichhölzer hilft uns das nichts.«

Albertine wühlte in ihren Westentaschen. Neben verschiedenen Schraubenschlüsseln, der Taschenlampe, einem Schweizer Taschenmesser und ihrem Erdbeer-Lippenpflegestift gehörte ein Feuerzeug zu ihrer Grundausstattung. »Wie wäre es hiermit?«

Flip forderte sie auf es zu behalten und erklärte ihr, was sie mit dem Reisefeuerwerk zu tun hatte. »Hoffen wir, dass es noch zündet.« Er setzte Albertine seine Chauffeursmütze auf. Für ihren kleinen Kopf war die Kappe viel zu groß. Aber nachdem Albertine ihre dicken Locken darunter verstaut hatte, passte sie einigermaßen.

Die pneumatischen Schuhe machten den Aufstieg zum Dach des Toilettenhäuschens sprichwörtlich zu einem Spaziergang, auch wenn Albertine sich an das Lenken mit den

Zehen erst etwas gewöhnen musste. Sie tapste vorsichtig zur Kante des Daches und linste nach unten. Frau Rappelmeier lehnte mit dem Rücken an der Wand und klackerte mit einem Fuß ungeduldig auf den Asphalt.

»Albertine Schulze, wenn du nicht in drei Sekunden draußen bist, komme ich rein!«, rief sie über die Schulter hinweg.

Von oben konnte man deutlich sehen, dass die Haaransätze der Rappelmeier ein bisschen weiß schimmerten und ihre kastanienbraunen Haare kein Geschenk der Natur und der Jugend, sondern das Werk des Frisörs waren.

Das Feuerzeug warf beim ersten Schnippen eine stattliche Flamme. Albertine zündete die Schnur des Reisefeuerwerks an, zählte, wie Monsieur Flip befohlen hatte: »Einundzwanzig, zweiundzwanzig«, und warf die kleinen bunten Trommeln direkt neben die wartende Heimleiterin. Es zischte und puffte, Dampfwölkchen stiegen auf und Albertine befürchtete schon, dass der Plan danebenginge. In diesem Moment platzte der Deckel des Feuerwerkkörpers auf und zischte wie ein aufgescheuchtes Wiesel zwischen den Beinen der Rappelmeier umher. Mit einem Schrei des Entsetzens sprang sie zur Seite und landete in einer Buchsbaumhecke. Sofort öffnete sich die Tür des Toilettenhäuschens. Eine dickliche Gestalt in einer glitzernden Samtrobe huschte – die Kapuze tief ins Gesicht gezogen – zum Auto und kauerte sich auf die Ladefläche.

Albertine warf sich flach auf das Dach des Häuschens. Frau Rappelmeier tobte einen Augenblick herum, verwünschte Kinder im Allgemeinen und Lausbuben, die einer armen Frau wie ihr solch einen Streich spielten, im Besonderen. Als sie merkte, dass »Albertine« wieder im Auto saß, beruhigte sie sich und verzichtete auf weitere Strafaktionen gegen die unbekannten Attentäter. Sie strich ihren Rock glatt und entfernte die kleinen Blättchen des Buchsbaums aus ihren Haaren.

Gerade wollte sie sich hinters Steuer des Lieferwagens setzen, da meldete sich der Tankwart hoch oben auf der Leiter zu Wort: »Hey, Sie haben was vergessen!«

Albertine hing an der Mauer des Toilettenhäuschens. Blöder Tankwart, bis jetzt ist es so prima gelaufen, dachte sie und ließ sich in die Buchsbaumhecke fallen, die sie komplett verschluckte.

Die Rappelmeier drehte nun die Scheibe hinunter und streckte den Kopf hinaus. »Was habe ich vergessen?«

Der Tankwart zeigte auf ein Schild neben dem Toilettenhäuschen. *Klobenutzung: 5 Euro* stand darauf. »Hier macht demnächst die Wundervilla auf, da steigen die Preise!«

»Sie sind wohl des Wahnsinns fette Beute!«, schrie Frau Rappelmeier und drückte das Gaspedal durch.

Der Bugatti machte Sprünge wie ein ungezähmter Mustang und das Getriebe heulte gequält auf, als Albertine mit ihren kurzen Beinen von der Kupplung abrutschte. Sie hatte noch nie in ihrem Leben ein Auto gefahren. Die Anweisungen, die Monsieur Flip ihr mit auf den Weg gegeben hatte, schwirrten durch ihren Kopf: Zum Schalten Gas weg, kuppeln und wieder Gas geben. Beim Überholen in den Rückspiegel gucken, nur links vorbeifahren und vor allem die Ruhe bewahren. Wie konnte sich ein Mensch das alles nur merken und dann auch noch in der richtigen Reihenfolge tun?

Die Minuten verrannen unerbittlich und Albertine war erst ein paar Kilometer weit gekommen.

Hinter einer Kurve rettete sie nur eine Vollbremsung vor einem Auffahrunfall. Albertine stieg mit beiden Füßen in die Eisen, was der Bugatti mit einem lauten Plumps quittierte. Ein T41 Royale ließ sich nicht gerne abwürgen.

Neben dem Terminator unter den Baggern, der sich auf der Landstraße breitmachte, wirkte der Oldtimer wie eine zarte Schmetterlingsraupe. Der Bagger fuhr im Schritttempo hinter einer Schlange von weiteren Baufahrzeugen. In der Mitte der Kolonne baumelte eine riesige eiserne Birne.

Immer nur links überholen, dachte Albertine und startete den Bugatti erneut. Aber es war zwecklos, die Baufahrzeuge verstopften wie eine Herde gemächlich vor sich hin trottender Elefanten die Straße.

»Weg da!«, rief sie zum Fenster hinaus. »Ich muss ganz dringend vorbei.« Nichts passierte. Ihre Rufe wurden vom Motorenlärm der Baufahrzeugmonster verschluckt. »Krakenkacke, jetzt geht endlich aus dem Weg! He, hallo, hört ihr mich?«

Natürlich hörte sie niemand, stattdessen schmetterte hinter ihr eine Schiffssirene. »He, Sie verwanzte Landratte da vorne in der ollen Kiste, fahren Sie gefälligst zur Seite. Ein Bus hat immer Vorfahrt!«

»Saladin!« Albertine sprang aus dem Auto.

Saladin streckte seinen dicken Seebärenschädel noch weiter aus dem Seitenfenster und rieb sich verwundert die Augen. »Leichtmatrosin Albertine? Große Pottwalscheiße, woher haste denn die schicke Motorjacht?«

»Saladin, du musst mir helfen! Es geht um Leben und

Tod. Ich muss ganz schnell in die Villa zurück, aber ich komme nicht an den Baggern vorbei.«

»Kein Problem, folge mir einfach und bleib stur in meiner Fahrrinne. Schön die Nase in den Wind halten, jetzt wird's stürmisch!«

Saladin überholte mit dem Bus den Bugatti und brauste auf die Bagger zu. Albertine sah noch die überraschten Mienen der Fahrgäste hinter den Busfenstern an sich vorbeiziehen und gab Gas. Der Bugatti machte einen Hüpfer und der Motor hustete röchelnd.

»Nicht schlappmachen!«, beschwor sie das alte Automobil. Sie ließ die Kupplung langsam kommen und trat sachte das Gaspedal. Die acht Zylinder des Motors reagierten mit einem wohligen Schnurren. Nun konnte sie Saladin folgen, der direkt hinter dem Bagger bremste und die Schiffssirene aufheulen ließ. Der Lärm war so groß, dass Albertine sich die Ohren zuhalten musste. Der Bagger fuhr erschrocken zur Seite. Saladin ignorierte das Fluchen und die geballten Fäuste des Baggerfahrers und schnitt wie ein Eisbrecher eine Schneise durch die Kolonne.

Albertine schlängelte sich dicht hinter Saladin durch die Gasse in der Mitte. Die Baufahrzeuge scherten aber, nachdem sie Saladin Platz gemacht hatten, sofort wieder ein. Albertine wich in wilden Zickzacklinien den Lastern aus. Nebenbei versuchte sie Gas und Kupplung nicht zu verwechseln und den Anschluss an Saladins Bus zu halten.

Ein halbes Dutzend der Ungetüme mochten sie schon abgedrängt haben, als Saladin die Hand aus dem Seitenfenster streckte und ihr bedeutete ihn zu überholen. Ohne auch nur daran zu denken, dass sie vielleicht auf Gegenverkehr treffen könnte, riss sie das Lenkrad herum und jagte an dem Bus vorbei. Die wenigen Fahrgäste klebten mit aschfahlen Gesichtern an den Scheiben oder hielten sich krampfhaft an den Haltestangen fest.

Vor ihr lag die freie Straße, weit und breit war kein Auto zu sehen. Albertine trat das Gaspedal durch. Auf der Höhe von Saladins Fenster rief sie ein »Danke!« zu ihm hinüber und sah im Rückspiegel, wie der alte Seebär lachend das Seil für die Schiffssirene zog. Ein lang gezogenes Tuten fegte über sie hinweg und die Tachonadel raste aufgeregt auf die Höchstgeschwindigkeit zu. Sie würde es rechtzeitig schaffen, sie musste es einfach schaffen.

Haarscharf daneben

In der Küche hatte sich eine beklemmende Stille breitgemacht. Otto hörte nur seinen rasselnden Atem und das kurze, leise Hecheln von Klara und Paule, die seit geraumer Zeit nur noch vor sich hin starrten. Die drei lagen hinter einem großen Messingtopf neben dem gigantischen Herd. Dieser Platz war der einzige, der Schutz vor der Sonne bot, die durch das Loch in der Mauer schien. Die Sonneneinstrahlung verstärkte die Verblassung.

Otto stützte sich auf die Ellbogen. Die Umrisse des Küchenherds verschwammen vor seinen Augen. Über dem Herd, wo vorher ein Fenster gewesen war, klaffte ein großes Loch. Was war passiert? Langsam erinnerte er sich wieder. Plötzlich war ihm schwindelig geworden und er hatte den Eindruck gehabt, als täte der Boden sich unter ihm auf und jemand zöge ihn in ein tiefes schwarzes Loch.

Um Paule, der neben einem Stapel Feuerholz lag, war es schlimm bestellt. Sein linkes Bein war schon ganz verschwunden und die Löcher in seinem Oberkörper hatten die Größe von Tennisbällen.

Otto holte das kleine Holzstück aus seiner Hosentasche hervor und griff nach dem Küchenmesser, das über ihm an einem Haken hing. Das Holzstück hatte die Gestalt einer kleinen Figur.

»Kannst du mir mal erklären, Otto, warum du jetzt noch

Schachfiguren schnitzt? So etwas Albernes! Oder soll das ein kleines Laszlo-von-Prockauer-Denkmal werden? Als Andenken für die Nachwelt, hä?«

Gut, dass Klara noch ihre kleinen Gemeinheiten loslassen kann, dachte Otto. Wenn sie diese Marotte verliert, wird's kritisch. »Spar dir lieber die Luft, Klara. Vielleicht brauchst du sie noch.«

Paule tippte sich mit dem Universal-Schraubenschlüssel, den er die ganze Zeit mit einem Küchenhandtuch poliert hatte, an die Stirn. »Du gloobst doch nich', dett Albertine hier noch ufftaucht. Und wenn, dann hat uns dett Sozium disrapatamus längst zabröselt.«

»Sie wird kommen, und zwar rechtzeitig«, sagte Otto ohne Zögern. Albertine würde ihre Bande, würde *ihn* nicht im Stich lassen, da war er sich sicher.

Klara schüttelte den Kopf. »Dir ist aber auch klar, dass für die Villa das letzte Stündlein geschlagen hat. Ich hab vorhin deutlich gehört, wie die fiese Tante mit Bollenstiel telefoniert hat. Ich wette, dass in spätestens einer halben Stunde der Dickwanst und ein Zerstörungskommando über die Villa herfallen werden. Ich glaube nicht, dass Albertine uns in all dem Schutt dann noch findet.« Ein lauter Knall und das Geräusch einstürzender Steine unterbrachen Klara.

Otto tastete sich zum Loch in der Wand hinüber. Die Sonnenstrahlen brannten auf seinem Körper wie tausend kleine Nadelstiche. Schützend hielt er die Hand vor die Augen. Er fühlte die raue Lochkante und riskierte einen schnellen Blick nach draußen. Alles war in ein grelles Licht getaucht. Er sah nur schemenhaft die Umrisse der Bäume und Steinstatuen im Park. In der Ferne vernahmen sie das Klackern von Tante Coras Stöckelschuhen auf der Treppe.

»Jetzt kriegen wir gleich für eine Million eine erstklassige Beerdigung, Freunde«, murmelte Klara.

In der Halle war ein Türenschlagen zu hören. Ein paar Sekunden später wurde die Kommode zur Seite geschoben.

»Wir werden uns nicht kampflos ergeben«, sagte Otto und nahm ein Fleischerbeil vom Haken. Er stellte sich neben die Tür und hob das Beil. Die Tür flog auf und Otto holte aus. Das Beil sauste nieder.

»Nein!!!«, kreischte Klara.

Otto sah Monsieur Flips Chauffeursmütze, doch es war zu spät. Die Wucht des Schlags war nicht mehr aufzuhalten: Er hatte Albertines Kopf am Türrahmen festgenagelt. »Albertine!«, krächzte Otto. Sein Versuch, das Beil aus dem Holz zu ziehen, misslang. Der Schlag mit dem schweren Fleischerwerkzeug hatte ihm die Kräfte geraubt.

»Ne-etter E-empfang«, bröckelte es über Albertines Lippen. Sie zog den Kopf ein. Die Chauffeursmütze und darin verborgen ein sauber abgetrennter Busch ihrer dicken Locken hing, von dem Beil gehalten, am Türrahmen.

»Ich bin's doch nur.« Ihre Stimme zitterte. Vor Schreck. Und vor Entsetzen über den Anblick ihrer Freunde. Und vor Freude, Otto zu sehen.

»Mann, das war aber ganz schön knapp!«, seufzte Klara. Sie zog das Beil aus dem Türrahmen.

Die durchtrennte Mütze fiel auf den Boden und mit ihr das Büschel Haare.

Albertine fasste sich an den Kopf.

»Ick würd erst ma nich' mehr in den Spiegel gucken, ejaal in welchen«, sagte Paule.

Otto zuckte verlegen mit den Schultern. »Tut mir echt leid. Wir haben einen Knall gehört und dachten, deine Tante oder Bollenstiel wollen uns an den Kragen.«

»Ich hab mit dem Bugatti den Feldherrn im Garten gerammt. Er verzeiht es mir hoffentlich. Und du auch, Paule.« Sie bemühte sich so normal wie möglich zu klingen, aber ihre Stimme wackelte und kickste immer wieder. Otto würde es ihr nicht leichter machen, wenn er erfuhr, was sie mit der Bande vorhatte, vorhaben *musste*.

»Ick hab jetz' wohl andere Probleme als wie den Bugatti, wenn ick ma eerlich bin.«

»Deine saubere Tante verscherbelt die Villa gerade an Bollenstiel. Sieht nicht gut aus für dein Erbe.«

»Das ist jetzt ganz egal, wir haben Wichtigeres zu erledigen. Wir müssen nach oben in den ersten Stock. Schafft ihr das?«

Otto und Klara nickten.

Albertine merkte allerdings, dass sie alles andere als sicher waren.

»Vielleicht wäre es besser, wenn du mich stützt. Klara hilft Paule. Dann müsste es gehen«, schlug Otto vor.

»Wenn et denn unbedingt sein muss«, maulte Paule und musterte Klara mit skeptischem Blick von oben bis unten. »Also ehrlich jesagt, ick würd lieber von watt jetragen werden, watt noch nich' so ausjelutscht is. – Wo is' der Missjö eijentlich?«

Papa Flip

Monsieur Flip ging es gar nicht gut, ihm war speiübel. Das Schwanken im Bauch des Walfischs war nichts gegen den Fahrstil der Rappelmeier. Sie fuhr, als sei der Teufel hinter ihr her, und hinten im Laderaum wurde Monsieur Flip hin und her gewirbelt wie die Flocken in einer Schneekugel. Trotzdem freute er sich schon auf das Gesicht der Heimleiterin, wenn er am Ende dieser Fahrt die Kapuze der Robe zurückschob.

Hoffentlich hatte Albertine den Bugatti heil um die nächste Ecke gebracht, davon hing nun alles ab! Das war ohne Zweifel ein Schwachpunkt in seinem Plan gewesen. Einem Kind, das noch nie ein Automobil gelenkt hatte, ausgerechnet ein so kompliziertes Gefährt wie den Bugatti anzuvertrauen, das war eigentlich eine hirnrissige Idee. Albertine hatte jedoch stur und vehement darauf bestanden. Sie war ein genauso großer Dickkopf wie ihre verstorbene Großtante und dafür war sie ihm jetzt schon ans Herz gewachsen. Er würde alles daransetzen, den kleinen, aber wichtigen Auftrag zu erfüllen, den sie ihm mit auf den Weg gegeben hatte.

Plötzlich hielt der Lieferwagen mit einer scharfen Bremsung und die Rappelmeier zeigte mit einem kurzen Hupen ihre Ankunft an. Monsieur Flip spähte durch das schmale Sichtfenster. Ein schweres Metalltor öffnete sich und gab den Blick frei auf das hässlichste Haus, das er je gesehen hatte. *Haus Kinderglück* prangte über dem Eingang in verblichenen Buchstaben. Ihm fiel auf, dass nirgends etwas blühte. Alles war verdorrt und bis auf Grau und Braun schienen hier alle anderen Farben Hausverbot zu haben. Nur ein Stück des Rasens leuchtete in einem künstlichen Grün.

Arme, kleine, tapfere Albertine, dachte Monsieur Flip, ich hätte es hier keine zwei Minuten ausgehalten.

Die Fenster links und rechts neben der Eingangstür flogen auf und neugierige Kindergesichter erschienen. Ein Mann im blauen Hausmeisterkittel trat aus dem Haus.

»Schlupf, hatten Sie alles unter Kontrolle?«, fragte die Rappelmeier und stieg aus dem Lieferwagen.

»Jawoll, Frau Direktorin. Keine besonderen Vorkommnisse. Haben Sie die Ausreißerin eingefangen?«

»Was denken Sie denn? Auf Dame von Welt wollte die machen! Hat sich in einer runtergekommenen Villa versteckt.« Die Rappelmeier entriegelte die Ladetür. »Aber jetzt wird sie merken, wie gemütlich es bei uns sein kann. Die großen Ferien sind vorbei, jetzt ist …«

»… Showtime!«, vervollständigte Monsieur Flip den Satz und sprang an ihr vorbei aus dem Lieferwagen.

Die Rappelmeier schnappte nach Luft, kippte um wie eine gefällte Eiche und landete unsanft auf dem verdorrten Rasen.

»Hoppla«, sagte Monsieur Flip, »ich bin es schon lange nicht mehr gewohnt, dass Frauen meinetwegen in Ohnmacht fallen.«

Einige der Kinder lachten und zeigten auf die bewusstlose Rappelmeier.

»Du bist aber nicht Albertine. Du bist viel zu dick und außerdem ein Mann!«, rief ein kleiner Junge, der sich aus einem Fenster im ersten Stock lehnte.

»Na, das ist ein intelligentes Kerlchen da oben! Du hast recht, ich bin nicht Albertine. Bloß, wer bin ich dann?« Monsieur Flip drehte sich blitzschnell um die eigene Achse und sah mit einem Mal aus wie ein Piratenkapitän. Er trug ein Holzbein und einen wilden schwarzen Zottelbart, in dem brennende Pistolenlunten hingen. »Bin ich etwa der berüchtigte Käpt'n Schwarzbart, der grausamste Freibeuter unter der Sonne, voller Tücke und Niedertracht und stets bereit, ein Warzenschwein wie das da am Spieß zu rösten?« Er stupste mit seinem Holzbein die Rappelmeier an.

Die Kinder lachten lauthals, johlten und klatschten.

Monsieur Flip verwandelte sich abermals, diesmal hatte er eine weiße Astronautenkluft an. Er zog die Klappe seines kugelförmigen Raumfahrerhelms hoch und zeigte auf den Lieferwagen. »Odär bin ich greeßte russische Astronaut, was lebt, und mit Namän Oleg Rumstikov. Was haltän Erdlinge von Schießen die Rappelmeierkowka mit die Blechbüchse auf Mond, hä?«

»Ja, ja, schieß sie auf den Mond! Die Rappelmeier

soll auf den Mond!«, riefen die Kinder und bekamen sich gar nicht mehr ein vor lauter Jubeln.

Der kleine Junge im ersten Stock rief: »Sag uns, wer du bist. Sag es uns!«

Monsieur Flip schnippte mit den Fingern, vollführte eine Drehung und präsentierte sich in seiner schwarzen Butlertracht. »Ich bin Monsieur Flip, berühmt als das Mensch gewordene Chamäleon. Nun müsst ihr mir auch etwas verraten: Wer von euch sind Till und Knobel?«

»Wir sind das, wir sind Till und Knobel!«, kam es aus dem geöffneten Toilettenfenster. Die beiden Zwillinge wedelten mit zwei zerfransten Wischmopps.

»Dann kommt mal her. Es gibt da jemanden, dem habe ich versprochen euch mitzunehmen.«

»Albertine!«, riefen beide im Chor. Sie kletterten aus dem engen Fenster und rannten zu Monsieur Flip.

»Hab dir doch gesagt, Albertine lässt uns nicht im Stich!«, jubelte Till.

»Männo, immer willst du der Erste sein! *Ich* hab's *dir* gesagt!«, entgegnete Knobel.

»Wir haben es uns gesagt!«, schrien die Zwillinge so laut sie konnten.

»Das geht aber nicht. Die können Sie nicht einfach mitnehmen«, schimpfte Schlupf. Er hatte sich die ganze Zeit hinter eine Schubkarre gekauert und wagte sich erst jetzt aus seinem Versteck hervor. Solange dieser Verrückte seine Show abgezogen hatte, hatte er es für besser gehalten, die bewährte Ich-seh-nix-ich-hör-nix-Methode anzuwenden. Aber wenn dieser dicke kleine Kerl zwei der Insassen entführte, würde ihn das nach Rappelmeiers Aufwachen den Kopf kosten.

»So? Warum denn nicht?«

»Äh, weil äh … na, weil man das nicht einfach so machen kann.«

»Ach so, deswegen kann man das nicht machen, weil man das nicht einfach so machen kann. Das klingt logisch«, sagte Monsieur Flip spöttisch.

Die Kinder in den Fenstern kicherten leise.

»Das geht nur mit einer amtlichen Adoption – wenn überhaupt«, entgegnete Schlupf. Beim Wort *amtlich* plusterte er sich auf und reckte das Kinn in die Luft.

»Na bitte, dann ist ja alles klar. Kommt, ihr beiden, setzt euch vorne in den Wagen, wir fahren.«

Till und Knobel flitzten zum Führerhaus.

Monsieur Flip ließ den verdatterten Schlupf stehen und setzte sich hinters Steuer. Er kurbelte das Seitenfenster hinunter und winkte den Kindern zu. »Und ihr anderen lebt wohl und seid immer tapfer. Monsieur Flip kommt bestimmt eines Tages wieder. Versprochen.«

»He, Moment mal, ich habe doch gesagt, das geht nicht!«, rief Schlupf. Er krallte sich mit den Händen am Außenspiegel fest.

»Nein, haben Sie nicht«, entgegnete Monsieur Flip, während er den Motor startete. »Sie haben gesagt, das geht nur mit einer amtlichen Adoption und genau das werde ich tun. Ich werde die beiden adoptieren. Amtlich, amtlicher geht's nicht. Den ganzen Papierkram können Sie mir zuschicken. Die Adresse gibt Ihnen das Warzenschwein. Der Empfänger ist Monsieur, äh, nein, *Papa* Flip.«

Monsieur Flip wendete mit quietschenden Reifen den Lieferwagen und raste unter dem Gejohle der anderen Kinder davon.

Albertine gibt nicht auf

Albertine legte einen von Ottos Armen über ihre Schulter und stützte ihn so gut es ging. Das war ein seltsames Gefühl: Sie hielt Ottos Hand, aber der Arm, der sich um ihre Schulter klammerte, war unsichtbar. Bald würde Somnium disparatum, die Traumverblassung, so weit fortgeschritten sein, dass sie ihre Freunde nicht mehr sehen, spüren oder anfassen konnte.

Paules Beine waren schon ganz verschwunden und so schien es, als schwebe er über dem Boden. Das war ein Trugschluss, wie Klara, deren Pagenkopf an einigen Stellen bereits durchsichtig war, feststellen musste. Sie stützte ächzend den dicken Paule. »Mensch, Paule, du bist zwar farbloser, aber nicht leichter«, keuchte Klara.

Paule seufzte tief, holte zwei schwere Schraubenschlüssel aus seiner Jackentasche hervor und warf sie auf den Dielenboden. »Besser so?«, grummelte er Klara ins Ohr. Das war ein wirklich schlechtes Zeichen. Wenn Paule sich freiwillig von seinem geliebten Werkzeug trennte, ging es ihm wirklich dreckig.

»Wo schleppst du uns eigentlich hin?«, fragte Otto stöhnend.

Albertine hielt vor der wuchtigen Eingangstür zum Theatersaal inne. »Pst, leise. Ihr seid viel zu laut. Wir müssen in den Theatersaal. Das ist eure einzige Rettung.«

In Otto keimte eine böse Vorahnung auf. Er versuchte Albertine aufzuhalten. Sie waren jedoch schon an ihrem Ziel angelangt.

Sie drückte mit einer Hand die Tür zum Theatersaal auf. Die Zeit wurde knapp, das war Albertine klar. Die Rappelmeier dürfte den Mummenschanz bald entdeckt haben und sich unter Missachtung sämtlicher Verkehrsregeln auf den Weg zur Villa machen. Und wo war eigentlich Tante Cora? »Wir müssen uns beeilen!«, rief Albertine und zog Otto in den Saal.

»Nimm's mir nicht übel, aber mir steht überhaupt nicht der Sinn nach Lizzis Traum-Theater«, ächzte Otto. »Und schon gar nicht nach dem Koffer. Das weißt du genau!«

Albertine zerrte ihn unerbittlich weiter. Endlich hatten sie sich zur Bühne vorgekämpft. Der Schrankkoffer stand an seinem angestammten Platz und ragte in der Dunkelheit wie ein mächtiger schwarzer Felsen empor. Albertine kletterte auf die Bühne und wollte Otto am Arm zu sich hochziehen. Sie griff ein erstes Mal ins Leere. Auch der zweite Versuch ging daneben, der Arm war schon komplett unsichtbar. »Otto, du musst meine Hand nehmen, ich sehe doch nichts!«

»Bin schon neben dir«, sagte Otto und kniff ihr ins Ohr. »Klettern kann Otto Karwuttke nämlich noch. Aber jetzt will ich wissen, was das hier werden soll?«

»Ihr müsst zurück in den Schrankkoffer. Glaubt mir, es gibt keinen anderen Weg«, sagte Albertine und zog zusammen mit Klara den völlig erschöpften Paule auf die Bühne.

Otto packte Albertines Schulter und drehte sie zu sich. »Bist du verrückt geworden? Du weißt doch, was uns da erwartet!«

Sein fester Griff entzündete wieder das warme Kribbeln und Blubbern in ihrem Bauch. Dieses Gefühl, vor Kurzem noch so schön und neu, war in diesem Augenblick schlimmer als alles andere. Albertine sah traurig in das schweißüberströmte, schon teilweise durchsichtige Gesicht ihres Freundes, den sie nun dahin schicken musste, wohin sie ihm nicht folgen konnte. Nun mach's mir doch nicht so schrecklich schwer, stand in ihren Augen geschrieben. Sie schaute schnell zu Boden, damit Otto es nicht lesen konnte. »Ihr müsst nur kurz hinein und ich hole euch dann wieder raus. Versprochen!«, log Albertine und drehte sich weg, aus Angst, dass ihre Tränen sie verrieten.

»Du lügst!«, rief Otto.

Albertine wischte sich schnell durchs Gesicht und wandte sich wieder ihren Freunden zu. »Ich lüge nicht. Bitte, bitte tut doch einfach, was ich euch sage.«

»Du schwörst, dass du uns dann wieder zurückholst?«, bohrte Otto misstrauisch nach.

»Ja.«

Otto stellte sich demonstrativ vor den Schrankkoffer. »Ich glaube dir kein Wort. Ich lass dich nicht allein, und das weißt du.«

»Glaubste etwa, Paule eiert wieder durch Berlins Hinterhöfe? Nee, nich' der Paule!«, stammelte Paule und verzog abfällig sein Gesicht – oder das, was von seinem Gesicht noch zu sehen war. »Wir hau'n hier nich' einfach ab!«

»Du bist eine von uns, haste das nicht kapiert?«, sagte Klara mit matter Stimme.

Albertines Freunde machten es ihr schwerer, als sie befürchtet hatte. Für einen Augenblick schwankte sie. Vielleicht gab es eine andere Lösung, vielleicht musste sie selbst noch einmal in Lizzis Aufzeichnungen nachschauen, vielleicht wussten Spezialisten, Wissenschaftler oder Ärzte Rat?

Eine keifend schrille Stimme riss Albertine aus ihren Gedanken. »Albertine Schulze, du bist ein ganz mieses, kleines, hartnäckiges Aas!« Tante Cora stand im Türrahmen. »Nun zieht das liebe Tantchen andere Seiten auf.« Ärgerlich zerrte sie am Lichtschalter. Sie tastete sich vorsichtig durch den düsteren Saal und riss einen der Vorhänge auf, die seit Monsieur Flips großer Vorstellung verschlossen waren.

Otto zuckte zusammen. Seit die Verblassung eingesetzt hatte, brannte jeder Lichtstrahl wie ein Höllenfeuer.

Albertine suchte in ihrer Weste hektisch nach dem Drachenschlüssel. Sie hatte sich immer wieder vorgenommen, ihre unzähligen Westentaschen zu ordnen oder Abteilungen einzurichten wie in einem großen Kaufhaus. Dann würde die ewige Sucherei nach den wenigen wichtigen Dingen, die sie besaß, hoffentlich mal ein Ende finden.

Tante Cora stieg das schmale Seitentreppchen zur Bühne hoch.

Entnervt zog Albertine die Weste aus, drehte sie um und schüttelte. Ihr gesamtes Hab und Gut verteilte sich auf den Bühnenbrettern und endlich fiel auch der Drachenschlüssel heraus. Sie streckte die Hand danach aus, aber eine rot lackierte Kralle kam ihr zuvor.

»Suchst du den hier, Schätzchen?« Lässig baumelte der Drachenschlüssel an Coras kleinem Finger. »Du solltest besser auf deine Sachen aufpassen.«

»Oh nein. Der Drache hat den Schlüssel«, flüsterte Otto.

»Ahhhh!«, kreischte Tante Cora, nachdem ihr Blick auf

Otto gefallen war. Sie hatte Albertine die ganze Zeit über mit ihren Krähenaugen fixiert und den Rest der Bande, die in ihrem Zustand ohnehin nur schwer auszumachen war, völlig übersehen. »Was … ist … denn … mit … denen …? Ist das ansteckend?«

»Es geht um Leben und Tod und wir haben keine Zeit mehr. Gib mir bitte den Schlüssel, Tante Cora«, flehte Albertine, ahnte aber schon Schreckliches.

»Natürlich, Schätzchen. Deine Tante ist ja kein Unmensch. Du musst mir dafür allerdings auch ein bisschen was geben«, grinste Tante Cora hämisch. Sie zog ein Stück Papier hervor und legte es auf das kleine Tischchen, auf dem auch der alte Pailletten-Zylinder stand. Mit einem Lächeln nahe dem Gefrierpunkt reichte sie Albertine einen Kugelschreiber. »Gib auf! Wir machen ein Geschäft, ganz legal und ohne kleine Hündchen, Kinderheimdirektorinnen oder lächerliche Schusswaffen. Das brauchen wir doch alles gar nicht. Du musst nur hier unterschreiben und dann gehören der Koffer und der Schlüssel dir und die Villa mir. Das ist doch nur fair, oder nicht? Komm her und schreib deinen Namen hier auf das Blatt. Das tut gar nicht weh. Der Koffer für dich, die Villa für mich. Basta. Deine komischen Freunde bleiben mir allerdings vom Leib, verstanden?«

»Nein, Albertine! Tu das nicht! Egal, was mit uns passiert, du darfst ihr die Villa nicht überlassen!«, rief Otto und hielt Albertine zurück, die schon die Hand nach dem Stift ausgestreckt hatte.

Klara packte Albertine am Kragen und schüttelte sie heftig. »Willst du etwa wieder zurück in den Kinderknast?«

»Das ist ein Kinderheim und irgendwie hab ich's dort vorher ja auch ausgehalten.« Albertine nahm sachte die fast durchsichtigen Hände Klaras von ihrer Weste, schaute in Tante Coras siegessichere Gesicht und ergriff den Kugelschreiber. Bringen wir's hinter uns, dachte sie und rückte das Stück Papier zurecht.

Aus den Augenwinkeln sah sie, wie etwas an ihr vorbeisprang und noch ehe sie sich aufrichten konnte, zerriss ihr ein Schrei aus Tante Coras Mund fast das Trommelfell.

Otto hatte sich blitzschnell auf Tante Cora gestürzt und zerrte mit aller ihm noch verbliebenen Kraft an dem Schlüssel. »Lass den Schlüssel los, du miese Kröte!«, schrie Otto.

»Niemals!« Tante Cora versuchte ihre Krallen um den Schlüssel zu drücken. In ihren Augen spiegelte sich Wut und Entsetzen. Wut, weil dieser Rotzbengel es wagte, sie anzugreifen, und Entsetzen, weil keine Hand zu sehen war und sie das verdammte Ding trotzdem nicht an sich reißen konnte.

Albertine war für einen kurzen Moment vor Überraschung wie gelähmt. Doch als sie sah, dass Ottos Kraft nachließ, griff sie nach dem Schlüssel. Otto sank erschöpft auf die Knie und kippte wie ein Baumstamm zur Seite. Albertine zog mit beiden Händen an dem Schlüssel und wollte Tante Cora in die Hand beißen.

»Untersteh dich, du kleine Ratte!« Mit einem heftigen Ruck schüttelte Tante Cora ihre Nichte ab, die fast in den Orchestergraben stürzte. Halt suchend klammerte Albertine sich an den kleinen Souffleurkasten, der aber ein beängstigendes Knirschen von sich gab. Vorsichtig zog Albertine sich wieder hinauf auf den Bühnenboden.

Auch Tante Cora taumelte rückwärts und riss die Arme hoch. Der Schlüssel flog in hohem Bogen durch die Luft und landete genau in dem Pailletten-Zylinder. Tante Cora rappelte sich auf, um sich blindwütig auf den schillernden Hut zu stürzen. Ihre Hand verschwand darin, fuhr aber blitzartig wieder heraus: Ein Kaninchen strampelte panisch in Coras Krallen.

Den kurzen Moment der Verwirrung nutzte Albertine und griff ihrerseits in den Zylinder, doch statt des Schlüssels hielt sie eine brennende Fackel in der Hand.

Die Bande stöhnte auf, als der helle Lichtschein die Bühne erleuchtete. Ein kurzer Blick ließ Albertine das Blut in den Adern gefrieren. Drei Gespenster kauerten dicht zusammengedrängt vor dem Schrankkoffer, kreidebleich und nur noch schemenhaft zu erkennen.

Tante Cora hatte die Fassung wiedergewonnen. Sie entriss Albertine den Zylinder, sprang in den Orchestergraben und holte noch im Sprung einen Blumenstrauß hervor. Laut scheppernd landete sie auf dem Schlagzeug. Weiß vor Wut knüllte sie den Zylinder zusammen. »Rück diesen blöden Schlüssel raus oder ich zerreiß dich in tausend Stücke!«, blaffte sie die arg zerdepperte Kopfbedeckung an.

Albertine stürzte sich in den Orchestergraben und bekam Tante Coras Dauerwellen zu fassen. Ein wildes Zerren, Treten, Beißen und Würgen setzte ein. Es war unübersehbar, dass sowohl Cora als auch Albertine mit einer ordentlichen Portion schulzescher Verbissenheit und Zähheit ausgestattet waren. Beide waren so in ihren Kampf vertieft, dass sie fast die flatternde weiße Taube übersahen, die Kreise über ihren Köpfen drehte. Gerade als Cora die kleine Trommel über Albertine stülpen wollte, erstarrten Tante und Nichte plötzlich. Still und mit offenen Mündern schauten sie der Taube hinterher.

Selma flatterte fröhlich gurrend durch den Saal zur offenen Eingangstür. Mit wenigen beherzten Flügelschlägen flog sie hinaus. Der Drachenschlüssel funkelte in ihrem zierlichen Schnabel.

Albertine hastete hinter der Taube her. »Selma, Seeelmaaa, put, put, put!«, rief sie.

Selma ließ sich nicht beirren. Sie freute sich über ihren Fund und steuerte die Halle an.

Mit der Rikscha vermochte Albertine ihr zwar zu folgen, aber Selma flog viel zu hoch, als dass Albertine ihr den Schlüssel entreißen konnte.

In der Halle machte die Taube es sich in dem prächtigen Kronleuchter bequem.

»Selma, komm schon«, flehte Albertine. »Ich brauch den Schlüssel, meine Freunde verblassen sonst.«

Selma war nicht zu erweichen.

»Du musst auch nicht zurück in deine Traumblase, ich verspreche es dir.«

»Ha, das schaffst du nie!«, unterbrach die Stimme ihrer Tante vom Treppenabsatz aus das zähe und einseitige Gespräch zwischen Albertine und der Taube.

Plötzlich donnerte ein Schuss durch die Halle und die Kerzen des Kronleuchters flammten auf.

»Hundertzweiundachtzig mit einem Schuss! Ich steigere mich«, stellte Monsieur Flip, sein Gewehr in der Hand, stolz fest. »Der Kollege Döbler wird sich eines Tages noch warm anziehen müssen.«

Selma flatterte erschreckt hoch, riss ihren Schnabel zu einem entsetzten »Ööörg« auf und ließ den Schlüssel fallen.

Tante Cora nahm Anlauf und hätte den Schlüssel als

Erste erreicht, wenn nicht ihr Erzfeind im Haus, der Säbelzahntiger, ein zweites Mal Appetit auf ihre patschigen Füße gehabt hätte. Sie stolperte über den Kopf des Mottenfängers, ihr rechter Pumps verfing sich darin und sie landete bäuchlings auf dem Fell.

Monsieur Flip klemmte sich Tusnelda Tornada unter den Arm. »Leider kann ich unser Wiedersehen gerade nicht gebührend feiern.« Er verbeugte sich und rannte zur Haustür.

Albertine presste den Drachenschlüssel an die Brust und nahm Anlauf zur Treppe. Immer zwei Stufen überspringend stürmte sie nach oben.

»Rufus! Ruuufus, hol mich hier raus!«, hörte Albertine ihre Tante noch schreien, als sie schon die jämmerlichen Gestalten der Karobande auf der Bühne im Theatersaal erblickte.

»Menschenskinder! Hätten dir gerne geholfen, Albertine, aber siehst ja selbst«, empfing Otto sie.

Albertine steckte den Schlüssel ins Schloss des Schrankkoffers.

Rettung in letzter Sekunde

Die Bagger und Lastwagen standen fein säuberlich aufgereiht an der unteren Auffahrt der Villa. Eines der Ungetüme hatte mit seinen monströsen Reifen, in deren Profil sich ein ausgewachsener Fuchs verirren konnte, die steinernen Torsockel und das schmiedeeiserne Gitter überwalzt. Die darin eingearbeiteten Masken stierten mit leerem Blick und hängenden Mundwinkeln in die Luft. Beiden war das Lachen vergangen.

Till und Knobel klammerten sich aneinander und an das Gitter. Bollenstiel konnte noch so sehr an ihren Beinen zerren, sie rührten sich keinen Millimeter vom Fleck.

»Da sind ja noch Leute drin«, maulte einer der Bauarbeiter. »Ich denk, wir sollen den Schuppen plattmachen, Herr Bollenstiel?«

»Du Idiot sollst vor allem nicht denken, sondern einfach tun, was ich sage. Anpacken! Du da und an jeder Ecke einer!«

Die Bauarbeiter hoben das Gittertor mitsamt den Zwillingen hoch und trugen es beiseite.

»Hilfe! Albertineeeee!«, schrie Knobel, aber es half ihm nichts.

Monsieur Flip öffnete die Eingangstür und trat auf die Veranda. Er trug seine original Billy-the-Kid-Kluft: schwarzes Hemd mit schmaler Schleife, beige Troddel-Weste, schwarze Cowboy-Hose mit ledernen Überschlägen, an den Füßen mit silbernen Sporen versehene Stiefel und auf dem Kopf den schwarzen Hut mit dem Einschussloch in der Mitte. An diesem war eine Kugel aus Wyatt Earps Peacemaker-Colt schuld. Sie hatte dereinst nicht nur Billys geliebten Hut ruiniert, sondern den Gesetzlosesten aller Gesetzlosen auch direkt in die Hölle befördert, wo er seitdem die armen Seelen im Fegefeuer nach Lust und Laune ausraubte und selbst dem Teufel keine Gnade gewährte.

Diese Geschichte erzählte Monsieur Flip gerne den Besuchern der Villa und jonglierte dabei mit Billys altem Silbercolt, der allerdings diesmal an seinem Haken im Kostümfundus blieb. Monsieur Flip hatte sich eine wirksamere Waffe genommen, um Bollenstiel zum Duell zu zwingen.

Bollenstiel stand auf dem Kettenlaufband des Abrissbirnen-Baggers und erteilte dem Baggerführer Anweisungen. Beim Anblick des Butlers brach Bollenstiel in schallendes Gelächter aus.

»Dir wird das Lachen gleich in deinem speckigen Hals steckenbleiben, räudiger Hund«, murmelte Monsieur Flip. Ihm gefiel die Billy-Nummer sehr: Da konnte er so richtig schön fluchen, was er sich sonst niemals erlaubte.

»Aus dir machen wir Hackfleisch!«, schrie eine helle Stimme hinter ihm.

Monsieur Flip fuhr herum und sah Till und Knobel etwa einen Meter hinter sich stehen. »Wenn die jungen Herren mich bitte nicht so erschrecken würden! Ich muss mich auf meinen Auftritt konzentrieren, ich meine, auf mein Duell«, verbesserte er sich. »Und dann sollten Sie auch noch ein paar Schritte zurücktreten. So hundert bis zweihundert Schritte.«

»Hey, wir lassen unseren neuen Papa doch nicht im Stich! Auf Papas muss man nämlich immer aufpassen, das hat Albertine gesagt!«, rief Till.

»Ganz genau!«, pflichtete Knobel ihm bei.

Monsieur Flip schüttelte seufzend den Kopf. »Na, da habe ich mir was angelacht. Also gut, aber bleibt dicht hinter mir, ist das klar?«

Die Zwillinge nickten. »Klar, Papa Flip!«

»Ist das hier ein Kindergeburtstag, oder was?«, blaffte Bollenstiel.

»Sie haben genau fünf Minuten, um zu verschwinden.« Monsieur Flip legte eine Hand auf den Pistolengurt.

»Was glauben Sie eigentlich, wer Sie sind, dass Sie es wagen, mir Anweisungen zu geben, hä?«, brüllte Bollenstiel.

»Billy the Kid!«, rief Till und tat es Monsieur Flip gleich. Nur hatte er leider keinen Pistolengurt.

»Papa Flip, du hast gar keine Pistole an deinem Gurt«, raunte Knobel dem kleinen, kugelrunden Cowboy zu. »Eine Reisetasche mit Blümchen drauf kann doch nicht schießen, geschweige denn den fetten Kerl da wegpusten.«

»Genau das kann meine Tusnelda!«

Bollenstiel brach in heiseres Gelächter aus. »Ach, verhaut uns gleich Billy the Kidili mit seinem Handtäschli?«

»Jetzt sind es nur noch vier Minuten«, sagte Monsieur Flip ungerührt.

Bollenstiel ballte drohend die Fäuste. »Ich habe die Schnauze voll von dieser Schulzebrut und Clowns wie Ihnen. Die Zeit für Verhandlungen ist längst abgelaufen, geht das nicht unter ihren albernen Hut? Jetzt lasse ich Tatsachen sprechen!« Bollenstiel machte kehrt und marschierte zurück zum Bagger. »Los, weitermachen!«

»Kommt nicht in Frage, solange hier noch Menschen sind«, entgegnete der Baggerfahrer.

Bollenstiel erklomm das Führerhäuschen und schubste den Mann unsanft hinaus. »Sie sind gefeuert, Sie Weichei.« Er ließ sich in den Sitz plumpsen und betätigte einen der Hebel.

Der Bagger mit der Abrissbirne setzte sich langsam in Bewegung. Der Feldherr und das Burgfräulein aus Stein zerbröselten wie Butterkekse unter den knirschenden Kettenrädern. Monsieur Flip sprang – an jeder Hand einen der Zwillinge – zur Seite.

»Und was jetzt?«, fragte Till.

»Jetzt lernt Bollenstiel fliegen«, antwortete Monsieur Flip und zückte die Tasche. Er nestelte am Schnappverschluss herum. Zwar war Tusnelda Tornada jung an Jahren, nicht aber die Reisetasche, in der sie sich befand. »Das Mistding klemmt!«, schrie Flip.

Bollenstiel versetzte die Abrissbirne in Schwingungen, holte weit aus und schon bohrte sich die eiserne Träne in die linke Seite des Hauses. Es klirrte und zischte, eine Staubwolke gefolgt von einer Wasserfontäne stob in den Himmel.

»Das war wohl das Wanderbadezimmer!«, seufzte Monsieur Flip.

Im Theatersaal bebte der Boden, aber erst beim zweiten Schlag schob sich die Abrissbirne bis in den Zuschauerraum vor. Durch den staubigen Nebel drang das Husten und Prusten Albertines und der Karobande.

Solange sie noch husten, hat es sie noch nicht ganz erwischt, dachte Albertine. »Otto? Klara? Wo seid ihr? Paule?«, rief sie in die graue, wabernde Wand und wedelte mit den Armen, um den Staub zu vertreiben.

»Volltreffer!«, antwortete Paule, dem Albertine ungewollt einen rechten Haken versetzt hatte.

Der Theatersaal bot ein jämmerliches Bild der Zerstörung. Ein Stützpfeiler war eingebrochen und hatte Teile der Decke mit sich gerissen. Kaum einer der Zuschauersessel war heil geblieben. Nur der Orchestergraben und die Bühne waren halbwegs unversehrt.

Durch den feinen weißen Staub, der die Karos über und über bedeckte, sahen sie aus wie Gespenster.

»Albertine, lange nicht gesehen«, versuchte Otto müde zu witzeln.

Albertine drehte den Drachenschlüssel herum und öffnete die Tür des Schrankkoffers. Wieder empfing sie diese schwarze Untiefe, ein schemenhaftes Nichts, aus dem sich ganz langsam erste Bläschen lösten.

»Wir sehen uns nicht wieder, stimmt's?«, fragte Otto.

Albertine schlug die Augen nieder.

Klara zog sich an der Tür hoch und kippte Albertine in die Arme. Sie hielt den Mund ganz nah an Albertines Ohr. »Mit dir würden wir nicht nur Moneten-Mizzis Bande schlagen, sondern …«, ihre Stimme wurde immer schwächer, »… ach was, du bist 'ne prima Karo! Wehe, du suchst dir 'ne neue Bande!«

Ein größeres Kompliment konnte Klara nicht machen, das war Albertine klar. »Pass gut auf die Jungs auf«, sagte Albertine.

Im Koffer begannen die Traumblasen zu sprudeln. Die erste füllte schon fast den ganzen Innenraum aus.

Klara löste sich von Albertine und stupste Paule an.

»Paule, mach's kurz, ich fang gleich an zu flennen.« Sie hob Paule auf, der kaum noch etwas zu wiegen schien.

»Mach jefälligst ers' ma'n Führerschein, bevor du dich wieder in meinen Bugatti setzt, is dett klar?«, raunzte Paule Albertine freundschaftlich an.

»Ist klar, Paule.«

Klara drehte sich um und ohne noch einmal zurückzublicken, zog sie Paule in den Koffer. Bald war nichts mehr von ihnen zu sehen. Das bunte Reich der Träume hatte sie verschluckt.

»Jetzt bleibe nur noch ich«, sagte Otto.

Albertine nickte stumm.

»Wirste an mich denken?«

Nur noch wenige Sekunden und Otto würde verschwinden, auf Nimmerwiedersehen. »Vielleicht ... vielleicht ...« Albertine suchte nach Worten. Es schnürte ihr die Kehle zu. »Vielleicht können wir ... sternentelefonieren«, flüsterte sie.

Otto hielt Albertine an den Schultern, aber er hatte nicht mehr die Kraft, sie so fest zu halten wie bei ihrer ersten Begegnung. Seine Hand rutschte an Albertines Arm hinunter und er schob ihr ein winziges, raues Etwas zwischen die Finger. »Solltest du eigentlich zur Eröffnung bekommen. Is' nich' so dolle geworden. Vielleicht pinselste sie noch ein bisschen an, rote Schürze und so. Grüß Luminos von mir.« Otto stolperte in den Koffer. Er drehte sich um. Hinter ihm begann das Sprudeln der Traumblasen. »Ich werde dich besuchen, jede Nacht.«

Die Traumblase, die sich gerade ihren Weg nach draußen bahnen wollte, platzte, aber Albertine schlug schnell die Tür zu.

»Träume mich, träume mich, dann sehen wir uns wieder!«, hörte Albertine ihren Freund Otto noch schreien.

Sie drehte den Schlüssel drei Mal herum und warf sich schluchzend in den Drachensessel, der neben dem Koffer stand. Das Karotaschentuch, mit dem sie sich die Tränen abwischen wollte, verschwand vor ihren Augen. Die Bande war in letzter Sekunde in ihr Reich zurückgekehrt.

In Albertines rechter Hand lag ein winziges Holzpüppchen. Otto hatte ihr, so gut er es konnte, eine Ninotschka geschnitzt. Eine Ninotschka, die nicht verblassen und auf sie aufpassen würde.

Durch das Loch in der Außenwand drangen zwei laute Kinderstimmen. »Wahnsinn! Das ist Wahnsinn!« Tills Kopf erschien an der offenen Mauerkante. Wie immer war er der etwas Schnellere und früher dran.

Knobel schob ihn zur Seite. »Albertine, komm raus. Das musst du sehen.«

Ein Rauschen, stärker als das Tosen der Niagarafälle, erfüllte den Raum. Albertine rannte aus dem Haus.

Monsieur Flip hielt die offene Reisetasche weit von seinem Bauch weg. Ein dünner Luftwirbel zeigte mit einem launigen Fiepen, wie sich der Taschentornado über seine Befreiung freute. Er schraubte sich schneller und schneller in die Höhe. Die rotierende Säule aus Staub und warmen Winden wurde von Sekunde zu Sekunde stärker. Die Bauarbeiter ergriffen panisch die Flucht. Bollenstiel fummelte fieberhaft an den vielen Hebeln und Schaltern des Baggers herum.

Rufus Rabenschlag schob seinen Hintern rückwärts aus dem Hauptportal der Villa und zerrte das Säbelzahntigerfell hinter sich her.

»Du wirst auf der Stelle loslassen! Ich verlasse dieses Haus nicht. Und wenn es mir über dem Kopf zusammenbricht«, kreischte seine Frau aus dem Inneren.

»Du hältst jetzt dein Maul, verstanden?«, brüllte Rufus zurück und alle waren erstaunt, dass Tante Coras Mann auch sprechen konnte. Er zog ein letztes Mal an dem Tigerfell und seine Frau purzelte – ihr Fuß steckte noch zwischen den Zähnen der ausgestopften Bestie – die kleine Steintreppe hinab auf den Kiesweg.

Der Tornado fegte über den Vorplatz und verschluckte ein Baufahrzeug nach dem anderen. Als habe er sich das Beste bis zum Schluss aufbewahrt, jagte er schließlich auf Bollenstiel zu. Der größte Einwohner Unterwünschelbergs, Bürgermeister, Bauunternehmer und selbst ernannter Wohltäter, versuchte aus dem Führerhäuschen zu springen. Aber Tusnelda Tornada hatte ihn schon erfasst und samt Abrissbirne in ihren Schlund gesogen. Einen Augenblick turnte das große Fahrzeug wie ein Trampolinspringer auf der Windhose. Bevor Tusnelda sich endgültig zum Himmel erhob, ergriff sie mit einem schlängelnden Ableger die verstummte Tante Cora. Der Sturm wickelte sie in das Tigerfell und verschwand mit ihr hinter dem kleinen Wäldchen, das die Villa umgab.

»Eine gute Reise wünsche ich!«, rief Monsieur Flip.

»Wo fliegt der denn hin?«, fragte Knobel.

»Keine Ahnung. Vielleicht nach Hause zu den Bermudas. Tusnelda war schließlich lange genug gefangen und fern der Heimat. Auf jeden Fall haben Bollenstiel und Cora einen anstrengenden und langen Weg vor sich. So ein Taschentornado hat mehr Puste, als man meinen sollte.«

Till und Knobel rannten zu Albertine.

»Da sind wir!« Till strahlte aus allen Poren, soweit die dicke Staubschicht, die Tusnelda auf alle verteilt hatte, das zuließ.

»Und hier bleiben wir!«, ergänzte Knobel.

Albertine kämpfte gegen die Tränen an. Ihre Freude über die beiden lieben Halunken war groß, aber noch größer war ihre Trauer. Nur eine Karo, eine einzige von der unschlagbaren Karobande war übrig geblieben.

»Ein bisschen mehr Begeisterung würd nicht stören«, sagte Till. »Was ist los mit dir? Dein Haus bauen wir wieder auf ...« Er merkte jedoch, dass Albertine nicht so leicht zu trösten war.

»Ach Till, das ist eine lange Geschichte. Die erzähle ich euch mal abends, wenn ihr nicht einschlafen könnt.«

Träum, Albertine, träum!

Albertine lag in ihrem Blumenstübli auf dem Palmwedel und starrte durch das Fenster in den sternenklaren Himmel. In der Stille und Dunkelheit krochen die Trauer und Einsamkeit aus einer finsteren Ecke ihres Herzens hervor. Sie fröstelte und zog die Liliendecke bis über ihre Nasenspitze. Dicke Tränen kullerten über ihre Wangen und tropften auf das Mooskissen.

In ihrem Kopf rasten die Erinnerungsfetzen an ihre Freunde wie auf einem wild gewordenen Karussell herum: die Flüge in den Skootern und die Vertreibung Tante Coras, die Vorbereitung für die Eröffnung der Villa, Klaras Grinsen, nachdem sie sich in der Bibliothek tot gestellt hatte, und Paules Begeisterung für das kleine Handy, den Bugatti und all den anderen technischen Kram in der Villa.

Besonders weh taten die Erinnerungen an Otto, an sein heiseres Lachen, das Herumalbern, das Prinzessin- und Baronspielen im Theatersaal, seine akrobatischen Kunststücke und das unendlich traurige Gesicht, bevor er in den Koffer sprang. Es kam ihr alles wie eine Ewigkeit vor, dabei war sie erst vor drei Tagen in der Villa angekommen. Sie wollte nicht einmal ein Sternentelefonat mit Papa führen. Er sollte nicht wissen, wie traurig sie war.

Albertine zog ein Kissen über den Kopf, damit diese quälenden Bilder in ihrem Kopf verschwanden. Sie atmete den moosigen Duft ein. »Du wirst jetzt auf der Stelle an etwas anderes denken, Albertine Schulze!«, rief sie und warf das Kissen beiseite. Tief durchatmend richtete sie sich auf, zog ein grimmiges Gesicht à la Saladin, schob die Unterlippe nach vorne und kniff die Augen zu kleinen Schlitzen zusammen. Dann schlang sie die Decke wie einen Feldherrnumhang um sich und warf einen entschlossenen Blick auf die Matroschkas.

Fein säuberlich standen sie auf der Fensterbank aufgereiht. Man sah Mascha die Freude an, dass die kleine Ninotschka da war. Albertine sprang auf und nahm das Püppchen in die Hand.

»Mädels, alle mal herhören. Punkt eins: Ich bin stolze Besitzerin einer spitzenmäßigen Villa. Punkt zwei: Da, wo andere ein schrabbeliges Gärtchen haben, hab ich 'nen ganzen Park. Punkt drei: Monsieur Flip ist ein wunderbarer, bekloppter Butler und er sorgt eins a für mich. Punkt vier: Ich kann tun und lassen, was ich will, und keiner kommandiert mich herum. Punkt fünf: Ich bin der glücklichste Mensch der Welt.« Albertine starrte auf die stummen Püppchen. Sie sackte in sich zusammen und ließ sich rücklings auf das Sofa fallen. Es war zwecklos, das alles war nur dummes Geschwätz. Was nützte eine Villa, ein Park, ein Butler und ein Liliensofa, wenn man keine Karobande hatte?

Es klopfte leise an der Tür.

Das musste Monsieur Flip sein. Sie wischte sich mit der Decke über das Gesicht. »Herein, wenn's keine Tante ist«, sagte sie und setzte ein notdürftiges Lächeln auf.

Monsieur Flip betrat das Zimmer. Er hielt ein Glas Milch in der Hand. »Ich dachte, ich serviere Ihnen als meine letzte Amtshandlung für den heutigen Tag einen Nachttrunk. Unsere Zwillinge schnarchen schon tief und fest in der Königssuite.«

»Monsieur Flip?«

»Ja, Fräulein Albertine?«

»Würde es Ihnen etwas ausmachen, mich Albertine zu nennen? Und du zu sagen?«

»Es ist mir eine Ehre, Fräul…, ich meine, *Albertine*!«

»Hört sich schon besser an.«

»Ist alles in Ordnung?«

»In bester Ordnung.« Sie quälte sich ein Lächeln ab.

»Gut geschwindelt, kleine Dame. Du bist wirklich ein außergewöhnliches Persönchen und etwas anderes hat die Villa auch gar nicht verdient. Nun müssen wir zwei beide das alte Schmuckstück noch einmal auf Vordermann bringen. Du kannst mich dabei nicht im Stich lassen, das ist dir doch wohl klar.«

Albertine nickte kaum merklich und trank einen Schluck von der Milch. »Glauben Sie, den dreien geht es gut?«, fragte sie unvermittelt.

»Da bin ich mir sicher. Abgesehen davon, dass Paule seinem Werkzeug nachtrauert und Klara sich ohne deine Hilfe mit Moneten-Mizzis Bande herumschlagen muss. Otto hat bestimmt schon ein Fernrohr gemopst und sucht fieberhaft den Himmel nach einem Stern namens Luminos ab, um mit dir ein Sternentelefonat zu führen.«

»Ich glaube, ich kann heute nicht einschlafen.«

»Angst davor, dass die Bande dir im Traum begegnet und du morgen feststellen musst, dass alles nur eine Ausgeburt deiner Fantasie war?« Monsieur Flip hatte sie durchschaut.

Albertine schaute ein wenig verlegen in das Milchglas und trank es aus.

»Ich weiß, wenn man einmal in der Wirklichkeit einem Traum begegnet ist, dann können einem die eigenen Träume belanglos vorkommen. Das ist Lizzi auch passiert und sie hat ihren Träumen kein Vertrauen mehr geschenkt. Ohne Träume können wir nicht leben, Albertine. Stell dir vor, alle unsere Träume, die bösen wie die guten, kämen hierher in unsere Welt. Das totale Chaos bräche aus! Ängste, schwere Gedanken und Traurigkeit, die wir in unseren Träumen verarbeiten, wären ständig um uns herum und brächten uns um den Verstand. Aber noch viel schlimmer wäre, dass wir all unsere Sehnsüchte verlören.«

Albertine schaute ihn fragend an.

»Ja, die Träume sind auch die Hüter unserer Sehnsüchte und Hoffnungen. Ohne die könnten wir nicht leben, denn sie treiben uns weiter, geben uns die Sicherheit, dass auch das Morgen und das Übermorgen noch Lebens- und Liebenswertes für uns bereithalten.« Monsieur Flip setzte sich auf die Kante des Liliensofas. Er rückte das Kissen unter Albertines Kopf zurecht und strich ihr sanft eine der übrig gebliebenen Locken aus dem Gesicht. »Träume sind nichts anderes als ein Kissen, auf dem unsere Seele sich ausruht. Also schlaf jetzt.«

»Könnten Sie nicht bei mir bleiben, bis ich eingeschlafen bin?«, fragte Albertine. Sie fühlte sich schon ein bisschen besser. Ein Anflug von Müdigkeit legte sich auf ihre Augenlider.

»Du hast deine Bande nicht verloren. Sie sind nicht verblasst und sie können jederzeit zu dir zurückkommen – in deinen Träumen. Denk beim Einschlafen ganz fest an Otto,

Klara und Paule und sie werden dich wieder besuchen!« Er legte die rechte Hand auf ihre Stirn.

Ein wohliges Gefühl durchströmte Albertine. Sie schloss die Finger fest um die kleine Ninotschka in ihrer Hand. Ihre Augen wurden schwer, sie begann zu schweben und von weit her hörte sie eine Stimme, Ottos Stimme, die nach ihr rief. Das Zimmer verschwamm vor ihren Augen und verwandelte sich in ein bunt glitzerndes Lichtermeer.

Von Frank M. Reifenberg
u.a. ebenfalls bei Thienemann erschienen:

Albertine und die Hüter der Träume
Albertine und der Sternendieb
Mit dem Herz einer Piratin

Reifenberg, Frank M./Strathmann, Jan:
Albertine und das Haus der tausend Wunder (Vorsicht, Hochspannung!)
ISBN 978 3 522 17965 2

Einbandgestaltung: init. büro für gestaltung, Bielefeld, und Rüdiger Trebels
Innenillustrationen: Eva Möhle
Schrift: Goudy und Coop
Satz: KCS GmbH, Buchholz/Hamburg
Reproduktionen: Medienfabrik, Möglingen
Druck und Bindung: Friedrich Pustet, Regensburg

www.thienemann.de